periplaneta

DANIEL MARSCHALL: „Tontatiuh oder Apokalypse in Pasewalk“
1. Auflage, Juli 2019, Periplaneta Berlin

Inh. Marion Alexa Müller, Bornholmer Str. 81a, 10439 Berlin
www.periplaneta.com

Lektorat & Projektleitung: Laura Alt
Cover: Thomas Manegold (basierend auf einer Fotografie von Ralf Roletschek - www.roletschek.at)
Satz & Layout: Thomas Manegold

Gedruckt und gebunden in Deutschland
Gedruckt auf FSC- und PEFC-zertifiziertem Werkdruckpapier

print ISBN: 978-3-95996-142-4
epub ISBN: 978-3-95996-143-1

Daniel Marschall

TONATIUH

oder
Apokalypse in Pasewalk

Roman

periplaneta

I

Es musste eine Ausnahme bleiben. Diese lächerliche Berichterstattung über einen nicht stattfindenden „Weltuntergang“ konnte Konrad Falls Rückkehr in den Qualitätsjournalismus nicht aufhalten. Dafür würde Konrad Fall sorgen, jetzt, wo er trocken war.

Nur im Moment musste er das Spiel mitspielen. Durfte nicht abtauchen in Selbstmitleid, Resignation und, nun ja, in den Alkohol. Das war für Konrad Fall, einem der bekanntesten Sportjournalisten Deutschlands, am Ende des Jahres 2023, das Entscheidende.

Gestern hatten die Kollegen gelacht, als er sich auf der Redaktionskonferenz von *Content Mafia 24* mit Händen und Füßen gegen diese Demütigung zu wehren versucht hatte. Sie hatten grinsend zu Boden geblickt, als er zornig erklärte, was er gewesen und wozu er eigentlich journalistisch fähig sei. Und dass das ganze Thema für einen wie ihn einfach nichts sei. Besonders von seiner Ex-Frau, Britta Hochstieg, hatte sich Konrad Fall mehr Unterstützung erhofft. Immerhin war sie die Chefredakteurin in dieser „Sklavenbude“, wie Konrad Fall *Content Mafia 24* zu nennen pflegte. In einem Unternehmen, dessen einziger Existenzsinn in der Fütterung des zentralen Contentmanagementsystems des *Sprang & Siegel Verlag* bestand, des größten der zwei verbliebenen deutschen Medienhäuser auf dem Markt. *Content Mafia 24* versorgte das CMS *Minerva-N3ws*® mit journalistischen Inhalten, die das System selbständig nach Auswertung der neuesten Trends anforderte, bearbeitete und publizierte. Die Redaktion, die größtenteils aus Systemassistenten bestand, hatte weder Einfluss auf die Themenwahl noch auf die Wege der Veröffentlichung. Sie waren die Heizer im medialen Kohlenkeller. Und aus diesem Kohlenkeller wurde Konrad Fall nun von *Minerva-N3ws®* zu einer Berichterstattung über einen definitiv nicht stattfindenden „Weltuntergang" an die Erdoberfläche beordert.

Britta Hochstieg kannte die Qualitäten von Konrad Fall. Sie wusste, dass er bis vor kurzem ein bekannter Fernsehjournalist gewesen war. Sie wusste, dass er als einer der besten Interviewer im Land galt, trotz *Minerva-N3ws®*. Aber sie wusste auch, dass er, im Gegensatz zu den Algorithmen, ein unzuverlässiger Alkoholiker war, und so hatte sie das demütigende Gelächter der Kollegen geduldet, das auf die Dienstplaneinteilung durch *Minerva-N3ws®* folgte.

„Passt doch."

„Hoffentlich schneiden die Azteken ihm nicht das Herz raus, da oben in der Wildnis."

„Wohl eher die Leber."

„Müssen sie aber zu zweit anfassen."

„Ich seh schon die Schlagzeile ..."

„Mysteriöser Opfertod des Konrad Fall."

„Nee, Apokalypse in Pasewalk. Das ist der Aufmacher."

An Konrad Falls Enttäuschung über ihr Verhalten änderte auch nicht, dass Britta Hochstieg ihn am Ende der Redaktionskonferenz, die intern „CMS-Befehlsausgabe" genannt wurde, beiseite nahm, um ihm endlich eine Position in der neuen Sport- und Eventredaktion in Aussicht zu stellen. Als Wiedergutmachung für den „Weltuntergang" und das versaute Wochenende sozusagen. Auf dieses Angebot hatte Konrad Fall seit Wochen gewartet und dass er bisher übergangen wurde, nahm er persönlich. Aber in der Redaktion von *Content Mafia 24* interessierte es niemanden, ob „Kofa" etwas persönlich nahm. Er galt als Auslaufmodell, als ein im Gnadenbrot seiner Ex-Frau stehender ehemaliger Irgendwas, der von den jungen, die Karriereleiter nach oben strebenden Systemassistenten sorgsam gemieden wurde. Konrad Falls berufliche Wege führten ihrer Meinung nach in die entgegengesetzte Richtung. Und er stieg die Leiter nicht herab, er stürzte sie hinunter.

Aber Konrad Fall hatte Pläne. Der von allen als alter Mann Belächelte wollte noch einmal wiederkommen. Denn er fühlte sich keineswegs alt, Konrad Fall war gerade erst fünfzig Jahre geworden. Zwar wirkte er zwischen den Milchgesichtern mit seiner von der Alkoholsucht gezeichneten Physis wie ein Stück altes Schwemmholz.

Trotzdem sollte diese Anstellung bei *Content Mafia 24* nur eine Durchgangsstation auf seinem erneuten Weg nach oben sein. Er fühlte, dass er die Jungen noch einmal würde wegmuskeln können. Immerhin war er eines der beliebtesten Moderatorengesichter im deutschen Sportfernsehen gewesen. Das war noch nicht lange her. Und das wieder zu werden, hatte er sich fest vorgenommen. Auch und gerade, weil ihn bei *Content Mafia 24* die meisten Kollegen für ein Relikt aus der Vergangenheit hielten. Einer lange vergangenen Vergangenheit. In der Gegenwart setzten die Redaktionen nicht mehr auf Star-Journalisten wie ihn, sondern auf Technik: Lichtfeld-Hologramme, animierte Interviewer-Bots, Social-Bots, den KI-Contentmanager *Minerva N3ws®*, Infocrawler, Cluster Scanner, autonome Stative, intelligente Drohnen.

Konrad Fall ahnte, dass es im Mediengeschäft inzwischen Produktionsmittel gab, deren Funktionsweise ihm so vollständig fremd war, dass er sie genausogut für Zauberei halten könnte. Aber er wollte kämpfen.

Schon vor seinem Umzug von München nach Berlin vor fünf Jahren, hatte es wegen „der Sache“ einen unangenehmen Karriere-Knick gegeben. Ihm war nach diesem peinlichen Aussetzer bei der Skiflug-Weltmeisterschaft in Oberstdorf 2018 nichts anderes übrig geblieben, als den Aufhebungsvertrag mit *Kanal 2* zu unterschreiben. Und nachdem er aus Trotz endgültig gekündigt hatte, war er für München beruflich verbrannt und der Job bei der *Berliner Rundschau* das einzige Angebot weit und breit. Bei *Kanal 2* nahmen sie die Art seines Abganges zum Anlass, verstärkt auf den Einsatz von Interviewer-Bots zu setzen. Denen wäre dieser „Fauxpas“ sicher nicht unterlaufen.

Konrad Fall arrangierte sich. Überwintern in Berlin hatte er gewollt. Um dann, wenn Gras über die Sache gewachsen war, größer als jemals zuvor in den TV-Sportjournalismus zurückzukehren. Noch wollte das Publikum echte Menschen und echte Leidenschaft im Sport-Fernsehen, davon war er überzeugt.

Konrad Fall, der Wintersportexperte aus München, arbeitete sich bei der *Berliner Rundschau* ohne Murren in die Sportressorts Leichtathletik, Schwimmen und Breitensport ein. Es würde nicht für lange Zeit sein. Den Fachbereich Breitensport übernehmen zu müssen, empfand er damals 2019 als größtmögliche Degradierung. Dass es mit seiner Karriere noch weiter nach unten gehen könnte, hielt er für unmöglich. Im sterbenden Zeitungsgeschäft für eine kurze Zeit Kraft zu schöpfen, schien Konrad Fall keine schlechte Strategie. Das war nicht ehrenrührig. Denn bei der *Berliner Rundschau* trafen sich die ausrangierten Journalisten der „alten Garde". Viele frühere Edelfedern waren darunter, die sich, wie Konrad Fall, von *Minerva-N3ws®* zwar gedemütigt und bevormundet fühlten, aber heimlich von „Ihr" ihre Kolumnen schreiben ließen. Ansonsten wurde viel schwadroniert. Und getrunken. Die meisten Kollegen hatten sich damit abgefunden, dem Sonnenuntergang ihres Berufslebens entgegenzudämmern. Aber sie hatten Kontakte. Und das war es, worauf es Konrad Fall ankam.

Er konnte sich damit arrangieren, sein Gesicht nicht mehr in jede Kamera zu halten. Aber er vermisste die Aufmerksamkeit, das Erkanntwerden auf der Straße und auch das Verschicken von altmodischen Autogrammkarten. Ja, Konrad Fall war einer der letzten Sportmoderatoren des Landes gewesen, die noch eigene Autogrammkarten besessen hatten. Schneider, Lässing, Bachmann und er, Konrad Fall. Aber all das war seit fünf Jahren vorbei, niemand erkannte ihn mehr in der Öffentlichkeit und keiner wollte mehr ein Autogramm von ihm. Er hatte nach „der Sache" mit einem Schlag Ruhe vor aufdringlichen Menschen an den Supermarktkassen. Weder Getuschel im Theaterfoyer noch peinliches Geraune in der Umkleidekabine der Schwimmhalle störten mehr den Feierabend des ehemaligen TV-Stars Konrad Fall. Wie es das Publikum schaffte, einen Spitzenklassenjournalisten wie ihn innerhalb weniger Wochen total zu vergessen, war ihm bis heute ein Rätsel. Aber er entnahm dieser Tatsache, dass sie ihn ebenso schnell wieder in ihre Herzen schließen würden, wenn er nach einer Schonfrist erneut auf den Bildschirmen der Bundesrepublik auftauchte.

„Keine Fußballberichterstattung!" Das war seine wichtigste Bedingung für eine Beschäftigung bei der *Berliner Rundschau* gewesen. Damals konnte er noch Bedingungen stellen, denn er war noch nicht das Alkohol-Wrack, als das er später durch das Großraumbüro schwankte. Noch galt er etwas in journalistischen Kreisen. Noch war er nicht zum Systemassistenten niedergesunken. Den Fußball überließ er zur Berichterstattung gerne irgendwelchen Algorithmen, dafür waren die gut genug, denen tat Stumpfsinn nicht weh. Konrad Fall schon. Das ganze System Fußball zeichnete sich, nach Meinung Konrad Falls, durch die komplette Hirnlosigkeit aller Akteure aus, sowohl derer auf den Rängen als auch derer auf dem Rasen, vom Intellekt der Journalistenkollegen ganz zu schweigen. Das Skispringen, das war Konrad Falls Sportart.

Er bestand darauf, dass die Wintersportberichterstattung in jeder Hinsicht professioneller, nüchterner und bodenständiger war als jede andere Sportberichterstattung. Außerdem war Konrad Fall ein Sportästhet. Skispringen war kunstvoll und zugleich gefährlich. Das war richtiger Sport: männlich, dramatisch, athletisch und äußerst fotogen. Und die Aktiven waren einigermaßen intelligent. Keine Leuchten, aber bei Verstand. Ganz anders der Fußball, der war zwar auch männlich, aber auf eine dümmliche, brutale Art. Da gab es Applaus dafür, wenn einem der Spieler der Ball nicht meterweit vom Fuß sprang oder eine Flanke tatsächlich den Kopf des Mitspielers erreichte – Oh, was für ein Wunder! Das war für Konrad Fall so, als ob er einen Skispringer dazu beglückwünschen müsse, auf der Flugschanze in Planica nicht nach einhundert Metern kopfüber auf den Aufsprunghang gestürzt zu sein. Eine Beleidigung echten Könnens.

Aber Konrad Fall kam seine unkontrollierte Trinkerei in die Quere. Die hatte nichts mit seiner ehemaligen Prominenz zu tun, sie lag auch nicht an seiner Entlassung oder an der Stadt Berlin. Getrunken hatte er schon immer und dass es in Berlin aus dem Ruder gelaufen war, das kam einfach so. Es begann mit dem ersten Glas am Morgen und endete schließlich mehrfach im Krankenhaus. Einmal sogar in der psychiatrischen Klinik der Charité, weil sich die Sanitäter und der Anamneseroboter nicht mehr anders mit dem delirierenden Konrad Fall zu helfen wussten, als ihn zwangseinzuliefern. Aus der Klinik entließ ihn der diensthabende Arzt mit der Warnung, dass er dabei sei, sich „totzusaufen". Er empfahl ihm die Anonymen Alkoholiker. „Bla, bla, bla", dachte Konrad Fall und bestellte sich gegenüber des Krankenhauses im „Zapfhahn" ein Bier. Eine Woche später ging er hin. Widerwillig zuerst und dann einfach, um die wirklich fertigen Säufer zu sehen, diejenigen, zu denen er keinesfalls gehören wollte. Diejenigen, die auf den Parkbänken saßen, in die Ecken pinkelten oder mit dem Gesicht in ihrer eigenen Kotze lagen. Er ging hin, um zu sehen, was am Ende kam. Davon erhoffte sich Konrad Fall eine heilende Wirkung, denn das Ende war kein schöner Anblick. Das Ende war aufgedunsen und hässlich - diese Erkenntnis hatte ihn auf die trockene Spur gesetzt. Das war nun drei Monate her. Und jetzt, eine Woche vor dem „Weltuntergang", ging es Konrad Fall so lala.

Dass „die Sache" bei *Kanal 2* und das Angebot an seine Ex-Frau, den Chefredakteursessel bei *Content Mafia 24* zu übernehmen, zeitlich zusammenfielen, war reiner Zufall gewesen. Britta Hochstieg, die bis dahin im Karriere-Windschatten Konrad Falls gesegelt war, hatte das Angebot nicht ausschlagen wollen. Jetzt, zu einem Zeitpunkt, an dem Konrad Fall sich beruflich neu orientieren musste, war sie an der Reihe Karriere zu machen. Er akzeptierte, dass sie sich von ihm emanzipieren wollte. Er akzeptierte, dass ihm der Umzug nach Berlin den Wiedereinstieg erschwerte.

Aber er wollte allen beweisen, dass er in der Lage war, von vorne anzufangen. Eine Trotzreaktion auf die, in seinen Augen, unwürdige Behandlung bei *Kanal 2*.

Für Britta Hochstieg, die durch Konrad Falls Fürsprache den Online-Auftritt von *Kanal 2* redaktionell betreut hatte, war *Content Mafia 24* eine große Chance. Konrad Fall kam die Fütterung eines CMS wie *Minerva-N3ws®* mit Text-, Bild- und Videomaterial wie ein Götzendienst vor. Das Contentmanagementsystem war zwei Jahre zuvor als großer Wurf zur Rettung der deutschen Verlagswelt gefeiert worden. Die auf künstlicher Intelligenz beruhende „verwissenschaftlichte Produktion" von Meldungen, Berichten und Reportagen galt als Bollwerk der Pressefreiheit gegen Fake-News und russische Propaganda. Nebenbei war sie zur radikalen Kostensenkung in den Redaktionen genutzt worden. Konrad Fall ging heute, im Jahr 2023, davon aus, dass die Hälfte der Veröffentlichungen im Printbereich und zwei Drittel der im Infonet publizierten deutschsprachigen Inhalte autonom durch *Minerva-N3ws®* erstellt wurden. Das CMS übernahm alle Bereiche journalistischer Tätigkeit: von der Themenwahl, über die redaktionelle Endbearbeitung der Artikel, Bilder und Videos, bis hin zu der Entscheidung in welchen Medien was, wann zu publizieren sei. Die Arbeit der Redaktionen bestand nur noch darin, *Minerva-N3ws®* bei der Recherche und Bewertung der Informationen zu unterstützen und für den nötigen Content der Anschlussberichterstattung zu sorgen. *Minerva-N3ws®* stand für die neuen journalistischen Heiligtümer: Personalisierung, Bequemlichkeit und Benutzerfreundlichkeit.

Konrad Fall kam nicht umhin, über die Fähigkeiten von *Minerva-N3ws®* ins Staunen zu geraten. Es waren nicht nur die umfangreichen Datenbanken, die weltweit durch Unternehmen wie *Content Mafia 24* permanent vergrößert wurden. Auch nicht die leidlich intelligenten Artikel und Interviews, die *Minerva-N3ws®* zu schreiben in der Lage war. Das fachfremde Publikum konnte nicht mehr zwischen den von Menschen oder der

Maschine verfassten Texten unterscheiden. Selbst den Turing-Test zweiten Grades hatte das CMS bestanden. Was Konrad Fall an *Minerva-N3ws*® wirklich erstaunte, war die Fähigkeit des Systems mit einem „Blick“ neunzig Prozent der sich in einem Raum befindlichen Personen nach deren Einstellungen und Aussagebereitschaft zu prüfen. Diese Kennzahlen wurden durch *Minerva* zu einem individuellen Rating zusammengefasst und über eine *iglasses*® Datenbrille ausgegeben.

Wenn man durch die Brille sah, zu deren Benutzung die Systemassistenten bei *Content Mafia 24* vertraglich verpflichtet waren, trug jeder Mensch ein kleines farbiges Fähnchen am Kopf, das je nach Suchanfrage in den Ampelfarben anzeigte, wie stark jemand dem gewünschten Suchprofil entsprach:

Thema: generelles Kopftuchverbot.
Alter: 35.
Geschlecht: weiblich.
Bildung: Akademikerin.
Religion: Islam.
Aussagebereitschaft: hoch.
Video: Ja.
Social Media: Ja.
Print: Nein.

Der oder die Angesprochene hatte von diesem Verfahren keine Ahnung, sich aber durch die Benutzung der großen Social Media Plattformen wie „Cyber-Chat“ dazu in den Allgemeinen Geschäftsbedingungen bereiterklärt.

So weit, so gut. Aber ein brillanter Sportjournalist und Interviewer wie Konrad Fall konnte über *Minerva-N3ws*® trotzdem nur die Nase rümpfen. Suche nach Informationen, Gesprächspartnern und Illustrationen – geschenkt. Nur war das in den Augen Konrad Falls eben nicht alles. Er schlug jeden Interviewer-Bot in Eloquenz, Humor und emotionaler Intelligenz. Klar, konnte so ein Bot auf endloses Detailwissen zurückgreifen. Darauf kam es aber bei guten Interviews und Berichten nicht an, es musste „menscheln". Und niemand konnte besser „menscheln" als Konrad Fall. *Minerva-N3ws*® jedenfalls konnte es nicht. Und noch einen Schwachpunkt hatte die Maschine. Ein Interview- oder Chat-Bot hatte bei der Berichterstattung über einen nicht stattfindenden „Weltuntergang" keine Chance. Die künstliche Intelligenz stand sich bei solchen „hypothetischen" Ereignissen selbst im Weg. Die neuronalen Netzwerke würden in den Datenbanken nichts Kluges finden über ein Ereignis, dessen Eintrittswahrscheinlichkeit an diesem spezifischen Tag des 21.12.2023 bei Null lag – außer der Erkenntnis, dass das Ereignis nicht eintreten würde. Damit wäre für jeden Nachrichten-Bot die Sache beendet. Die Algorithmen konnten weder etwas ausschmücken, noch Nebensächlichkeiten aufbauschen oder Korrelation für Kausalität ausgeben. Das Publikum hatte das in der Sommerflaute 2021 bei den Nessie-Sichtungen am Loch Ness live mitansehen können. Die holografischen Interviewer-Bots, erstmalig von den Sendern „Telemat" und „Funcat" eingesetzt, kamen mit der Berichterstattung nicht klar, weil sie vom naturwissenschaftlichen Standpunkt ausgingen, dass Nessie nicht existierte. Der Fakeindex der Bots lag über dem für eine Berichterstattung zulässigen Wert. Das hieß für den Bot, dass es eine Lüge war. Und die war es ja auch. Aber während ein menschlicher Reporter wie Konrad Fall das Beste daraus machen würde, hatten sich vier der digitalen Interviewer vor den Augen des erstaunten Publikums in einer Art Pixelraserei selbst ausgelöscht und dabei allerlei obszönes von sich gegeben. Dieses Risiko wollte seine Ex-Frau bei dem angekündigten „Weltuntergang" in Pasewalk nicht eingehen.

Weltuntergang. Und das ausgerechnet in Pasewalk, im tiefsten Osten. „Es wäre nicht mal schade um den Ort, der nach dem deutschen Austritt aus der Gemeinschaftswährung im letzten Jahr und dem Beginn der innerpolnischen Wirren wahrscheinlich voller deprimierter Arbeitsloser und Flüchtlinge ist, die in den letzten Überresten der DDR-Plattenbauten wohnen", dachte Konrad Fall, als er den Auftrag trotzig annahm. Er würde es ihnen allen zeigen. Konrad Fall war trocken und kampfbereit.

„Kollege Fall, das müssen Sie falsch verstanden haben. In Pasewalk geht die Welt eben nicht unter, ganz im Gegenteil, Pasewalk wird der einzige Ort auf dieser Welt sein, an dem weder Polsprung, Springfluten noch Meteoriteneinschläge zu befürchten sind. Sie haben Glück. Sie werden als einziger aus unserer Redaktion den Azteken-Weltuntergang überleben."

Nachdem Britta Hochstieg, die ihren Ex-Mann im Kollegenkreis konsequent zu siezen pflegte und auch sonst in der Redaktion jede Vertraulichkeit unterließ, geendet hatte, begannen alle zu feixen. Laut und ordinär. Alle diese unerfahrenen Systemassistenten, sie lachten ihn, den gestandenen Sportjournalisten, aus. Er wusste genau, wie Blaschkowski und die anderen ihn hinter seinem Rücken verspotteten, sein journalistisches Kürzel „Kofa", mit dem er alle seine Beiträge zeichnete, in „konstanter Fall" oder „Kostenfaktor" verballhornten. Er wusste, dass sie ihn für einen Alkoholiker hielten, der eine Karrierebruchlandung hingelegt hatte und seinen Job dem Mitleid seiner Ex-Frau zu verdanken hatte. Sie mieden ihn, als hätte er mehrere todbringende Krankheiten. Konrad Fall hatte bei *Content Mafia 24* nichts zu sagen.

Und als hätte das alles noch nicht ausgereicht, bekam Konrad Fall auch noch die Höchststrafe. Dass er nicht allein nach Pasewalk würde reisen können, war ihm klar. Er hatte im Gegensatz zu seinen jungen Kollegen keine Ahnung, wie man eine Lichtfeldkamera bediente, geschweige denn davon, wie man das Material auf die Server von *Minerva-N3ws*® hochlud. Konrad Fall war ohne technische Begabung und hatte kein Interesse an Digitalem oder dem auf dem Superpositionsprinzip beruhenden deutschen Infonet. Oder an den Dingen, welche die Kollegen mit einem „5.0“ garnieren mussten: Journalismus 5.0, Chatbots 5.0, Wissenschaft 5.0, Redaktion 5.0. Unter den Kollegen war momentan alles „5.0“, sogar die Heimat. Heimat 5.0. Für Konrad Fall war klar: Irgendwann würde 6.0 kommen, dann 8.0, 10.0, immer weiter. Wie bei den Rasierklingen, immer eine Schneide und eine Goldmark mehr. Das waren für Konrad Fall nichts als Worthülsen, Ideologie, verarmtes Denken.

Das Einzelkämpfertum der Journalisten bei *Content Mafia 24* fand Konrad Fall lächerlich. Irgendwann würden die Jungen, die ihr Wissen so bereitwillig an die Maschine abgaben, alle durch das selbstlernende *Minerva-N3ws*® ersetzt werden. Und sie sahen es nicht einmal kommen. Zu diesem Zeitpunkt würde Konrad Fall hoffentlich schon in Rente sein.

Den Volontär Andrej Fischer an die Seite gestellt zu bekommen, empfand er als unnötige Demütigung. Nicht nur, weil er Fischer für einen Angeber hielt, mit dem sich auf dieser Reise kein anständiges Gespräch würde führen lassen. Nein, er war auch der neue Lover seiner Ex-Frau. Die beiden hatten es eine Weile vor ihm geheim halten können. Das war nicht schwer gewesen, so benebelt, wie Konrad Fall die meiste Zeit über gewesen war. Aber seit drei Monaten, seit er aufgehört hatte zu trinken, war es offensichtlich, dass seine Ex sich einen Jüngeren und Knackigeren gesucht hatte. Immerhin hatte sie ihn nicht für Fischer verlassen, das glücklicherweise nicht, aber auch so war das Selbstvertrauen des vom Alkohol aufgedunsenen Fünfzigjährigen beschädigt. Die beiden lachend in der Meeting-Lounge turteln zu sehen, bereitete ihm Übelkeit. Er mied den Anblick so gut es ging.

Konrad Fall konnte es Britta Hochstieg nicht verdenken, sich mit einem Volontär eingelassen zu haben. Ihm war es mit ihr zehn Jahre zuvor ähnlich gegangen, als er die fünfzehn Jahre jüngere Britta geheiratet hatte. Die Jüngeren hatten etwas, was den Älteren fehlte: Leichtigkeit. An Konrad Fall jedenfalls war in den letzten Jahren nichts leicht gewesen. Alles an ihm war sackschwer, stockdunkel und deprimierend. Als Säufer neigte er zum Grübeln, zum besoffenen Grübeln. Das war ganz natürlich, wenn man so oft wie Konrad Fall allein vor einem Glas saß. Es war ganz natürlich, dass man anfing, in die Ecken und Ritzen der menschlichen Existenz zu gucken und sich selbst zum Mittelpunkt der Welt zu erklären. Alles verständlich, nur eben nicht gesund.

Bisher waren Konrad Fall und Andrej Fischer sich aus dem Weg gegangen. Aber jetzt ließ sich ein längeres Zusammentreffen nicht mehr vermeiden. Konrad Fall beschloss, es so professionell wie möglich über die Bühne zu bringen. Die notwendigen dienstlichen Absprachen zu treffen, die Hinweise der Algorithmen des Contentmanagers, der Lichtfeldkamera und des automatischen Stativs zu beachten und ein Minimum an Kollegialität gegenüber Fischer an den Tag zu legen. Allen Umgang mit ihm und der Technik auf ein arbeitsfähiges Mindestmaß zu reduzieren. Nicht mehr, nicht weniger.

Nach der Redaktionskonferenz versuchte er bei Britta Hochstieg zu intervenieren, aber die versteckte sich hinter *Minerva-N3ws®*. Der Dienstplan des CMS sei nicht verhandelbar, das stünde in den Arbeitsverträgen und den Verlagsrichtlinien.

„Kollege Fall, das System sucht die am besten geeigneten Systemassistenten für die jeweilige Berichterstattung aus. Wer bin ich denn, dass ich das manuell ändere?"

„Du bist die Chefredakteurin."

„Richtig. Und ich muss den Kopf hinhalten."

„Nur ein Mal?"

„Nichts da. Außerdem ist Herr Fischer der einzige verfügbare Mitarbeiter in der kommenden Woche, damit basta."

Natürlich waren so kurz vor Weihnachten die meisten der Kollegen in den Ferien. Für Konrad Fall spielte Weihnachten keine Rolle. Er brauchte weder Weihnachts- noch Silvesterurlaub, die waren sogar hochgradig gefährlich für ihn. Ohne Alkohol allein unterm Tannenbaum zu sitzen, das würde ihm nicht guttun. Aus diesem Grund hatte er sich auch freiwillig für den Feiertagsdienst gemeldet. Ihm war das egal und es hatte ihm, wenn schon nicht Respekt, dann doch eine gewisse Dankbarkeit der Redaktion eingebracht.

Keine Frau mehr, Kinder nie gewollt, Eltern gestorben, der einzige Bruder lebte in den USA. Konrad Fall, alias Kofa, war es einerlei, während der Feiertage zu arbeiten. Er war kein Feiertagschrist. Er war überhaupt kein Christ mehr, allerdings wusste er nicht seit wann und warum das so gekommen war. Es hatte einfach aufgehört.

Konrad Fall graute es davor, mit dem permanent durch seine *iglasses*® starrenden Andrej Fischer im Zug sitzen und Konversation machen zu müssen. Er konnte sich an den abgelenkten Unterhaltungsstil der jungen Menschen nicht gewöhnen. Immer musste er den letzten gesprochenen Halbsatz sekundenlang im Kopf wiederholen, um den Faden nicht zu verlieren, bis sein Gegenüber endlich von der Infoleiste der Smartbrille oder von welchem Display auch immer aufblickte und den verdammten Satz beendete. Den Satz, den er vor gefühlt drei Minuten begonnen hatte. Ein kultiviertes Gespräch würde sich so jedenfalls nicht führen lassen.

Konrad Fall hatte sich auf ein paar nette Weihnachtsmarkt- und Silvester-Features eingestellt, ein bisschen Bratwurst, ein paar Lammfelldecken, herzerwärmende Spendenaufrufe. Und jetzt sollte die Welt untergehen? Das war sinnlos. Aber er, Konrad Fall, würde kämpfen. Nur dieser eine Auftrag noch, dann kam ein neues Jahr. Und 2024 würde Kofas Jahr werden. Wenn Britta Hochstieg Wort hielt, könnte er schon im Januar in die neue Sport- und Eventredaktion wechseln, rechtzeitig zur ersten vollständigen Dopingfreigabe bei einer Olympiade seit 1968. Diese sportpolitische Rolle rückwärts war bis vor kurzem noch unvorstellbar gewesen. Aber nach der weltweiten Legalisierungswelle bei Rauschmitteln war das existierende Dopingverbot nicht mehr aufrechtzuerhalten. Die Auswirkungen würden sich spätestens bei der Sommerolympiade in Paris zeigen: Fabelrekorde, Monsterathleten, Todesfälle. Konrad Fall musste zurück in den Sportjournalismus. Und wenn das bei *Content Mafia 24* nicht möglich war, dann würde er sich woanders bewerben. Er hatte noch genügend Kontakte. Und jetzt, wo er trocken war, würden sie sich auch nutzen lassen.

Nur eine Sache durfte unter keinen Umständen passieren: dass sie ihn auch noch bei *Content Mafia 24* aussortierten. Das wäre das Ende für Konrad Falls Karriere, so viel stand fest.

Nachdem Konrad Fall gedemütigt die Redaktionskonferenz verlassen hatte und an seinen Arbeitsplatz im Großraumbüro zurückgekehrt war, hatte er große Lust gehabt, sich einen zu genehmigen. Das war genau die Situation, in der er normalerweise zur Flasche griff – und vor Interviews mit großen Sportstars natürlich. Nicht, um sich zu betrinken, nur zur Beruhigung und um ein bisschen in Stimmung zu kommen. Aber er durfte nicht, durfte sich nicht beruhigen, durfte nicht in Stimmung kommen. Was stand ihm da bevor? Pasewalk. Wo in Gottes Namen lag Pasewalk? Wahrscheinlich würde er in der Einöde, von der der Ortsname kündete, Wanderschuhe brauchen, weil die Bürgersteige Wildwechselpfaden glichen. Und was war mit den polnischen Flüchtlingen, die in den verlassenen Dörfern in Brandenburg und Mecklenburg hausen sollten? Von denen die absonderlichsten Geschichten im Umlauf waren? Sie würden geheime Quantencomputerparks betreiben, die einen so großen Stromverbrauch hätten, dass es in der Gegend häufig zu Stromausfällen käme. Immer noch kamen den Berichten zufolge Hunderte täglich über die Grenze, obwohl diese stark befestigt worden war. Aber nach dem Euroaustritt Deutschlands im vergangenen Jahr hatten Regierung und Bevölkerung genug Sorgen mit der steigenden Goldmark und überließen den Polen die unrentablen und unterbevölkerten Dörfer.

Am Abend, bevor Konrad Fall zu seinem wöchentlichen Treffen

der Anonymen Alkoholiker ging, rief er Martin Weidemann, einen früheren Kollegen bei *Kanal 2*, an. Er fühlte sich stark, er fühlte sich bereit. Konrad Fall wollte sich im Gespräch halten, ein paar Tipps abgraben: interne Stellenausschreibungen, bevorstehende Abgänge, so etwas in der Art.

Zwar hatten sie Martin Weidemann vor einem Jahr bei *Kanal 2* ebenfalls freigestellt. Jetzt arbeitete er, zu einem Systemassistenten degradiert, in der bbr-Sportredaktion in Potsdam. Aber immerhin Sport. Immerhin keine „Content Mafia".

Weidemann hatte neben dem Wintersport auch die „Tour de France" bei *Kanal 2* redaktionell betreut. Letztes Jahr raunten die Kollegen etwas von gekauften Berichten französischer Restaurants. Diese hätten dann in der Berichterstattung freimütig Erwähnung gefunden. Das war Weidemann auf die Füße gefallen. Wie tief er wirklich drinnen gesteckt hatte, wusste Konrad Fall nicht. Aber es war kein Geheimnis: Im „alten" Sportjournalismus waren parteiische oder gekaufte Geschichten nichts Besonderes, das machten damals viele. Mehrere Sportchefs hatten für ähnliche Geschichten schon ihren Hut nehmen müssen. Aber seitdem alle Redaktionen auf KI-Systeme wie *Minerva-N3ws®* und „Chat-Bots" setzten, wurde sowieso immer weniger selbst geschrieben, recherchiert oder moderiert. „Gefälligkeiten" wurden meist vom System als solche erkannt und konnten zur Aberkennung der Systemassistenten-Lizenz durch das CMS führen. Das disziplinierte.

Zu Weidemann pflegte Konrad Fall eine besondere Beziehung. Sie war enger als je zuvor, seitdem beide Journalisten im Karrieretief dümpelten. Natürlich durchschwamm Konrad Fall die schwarze Tiefsee des Journalismus, während Weidemann sich immerhin noch in der Dämmerungszone aufhielt. Aber der berufliche Tauchgang verband.

Konrad Fall und Martin Weidemann kannten sich seit vielen Jahren, genaugenommen seit beide als Volontäre bei der Vierschanzen-Tournee 2001/2002 gearbeitet hatten. Nach dem großartigen Hannawald-Sieg und Konrad Falls unterhaltsamen Kurzinterviews nach den Sprüngen waren viele Kollegen und auch das Fernseh-Publikum zum ersten Mal auf ihn aufmerksam geworden. Er hatte Säcke voller Zuschauerpost bekommen. Post! Keine E-Mails oder hingerotzte Kommentare an den Wänden einer Webseite. Post, handgeschrieben und länger als 160 Zeichen – die Menschen hatten sich Mühe gegeben, mit ihm in Verbindung zu treten. Konrad Fall wurde ab diesem Zeitpunkt allgemein Großes zugetraut. Und er selbst hielt diese Hoffnungen für gerechtfertigt. Zweifel an seinen eigenen Fähigkeiten waren ihm fremd. Selbst für seine sich häufenden Alkoholabstürze bemühte er berühmte Vorgänger: Hemingway zuvorderst, Hans Fallada und natürlich den verehrten Theodor Fontane. Alles Säufer, die, wie der Grieche Anakreon, lieber trunken als tot am Boden lagen. Im Herausreden war Konrad Fall immer groß gewesen.

Nach dem letzten Springen in Bischofshofen saßen Martin Weidemann und er nachts oben im Anlauf der Großschanze, unter sich den finsteren Abgrund des Schanzenauslaufes und zwischen sich eine Flasche Champagner. Es gab nicht viele Kollegen, denen sich Konrad Fall öffnen konnte, dem Weidemann schon. Ein paar Stunden zuvor hatte sich Sven Hannawald von diesem Platz aus einhundertneununddreißig Meter in die Tiefe gestürzt und einen neuen Schanzenrekord aufgestellt. Tourneesieg mit vier Einzelsiegen – das hatte es zuvor noch nie gegeben. Aber Weidemann hielt nicht viel von Hannawalds Sprungtechnik.

„Das liegt bei dem Hannawald nur am Körpergewicht, glaub mir. Der steht viel zu weit hinten auf seinen Ski. Der ist einfach nur leicht."

„Sehe ich nichts so. Der Anstellwinkel in der Anfahrt, das ist es. Er fährt für sein Gewicht eben auch gut an."

„Noch einen Schluck?"

Im gleichen Jahr arbeiteten beide für *Kanal 2* bei den Olympischen Winterspielen in Salt Lake City. Das war wegen der Alkoholrestriktion in der Mormonenstadt schon damals ein zweifelhaftes Vergnügen für Konrad Fall, aber glücklicherweise hatte man in den Bars der großen Hotels für Journalisten eine Ausnahme gemacht. Anders wäre Konrad Fall nicht arbeitsfähig gewesen. Er sah außer den Wettkampfstätten, Pressezentren und Hotelbars nichts von der Stadt Salt Lake City, nichts vom Bundesstaat Utah oder dem Land USA. Das Fremde interessierte ihn nicht.

In den folgenden Jahren ging es für Konrad Falls Karriere nur bergauf. Bis zu seinem Karrierehöhepunkt: der Hauptmoderation der Vierschanzen-Tournee, die zu diesem Zeitpunkt schon „World-Sports-Tour" genannt wurde. Danach war er eine ganz große Nummer, eine so große Nummer, dass zum Sekt zur Einstimmung vor den Sendungen bald flaschenweise japanischer Whisky und deutscher Gin hinzukamen. Erst später, als er sein Saufen verstecken musste, begann er Wodka zu trinken. Während seiner Glanzzeit musste er sich nicht mal selbst um Nachschub kümmern, es gab immer Praktikanten, Volontäre oder Kameraassistenten, die mehr als glücklich waren, ihm in dieser Frage zu Diensten zu sein. Das war bis vor ein paar Jahren völlig akzeptiert. Heute musste er bei Neuanstellungen wie der bei *Content Mafia 24* unterschreiben keine Kollegin länger als fünf Sekunden anzusehen, denn das galt als sexuelle Belästigung und war ein Kündigungsgrund. Aber damals entstand unter den journalistischen Novizen ein regelrechter Wettkampf, ihm den besten und außergewöhnlichsten Stoff mitzubringen. Niemand hatte etwas dagegen gehabt von Konrad Fall länger als fünf Sekunden angesehen zu werden. Denn es war Konrad Fall, der entschied, wer im Team etwas wurde und wer eben nicht. Zu seinen Geburtstagen stapelten sich deshalb die Präsentkörbe im Büro, gefüllt mit den besten Spirituosen der Welt. Alkohol war nie ein Problem und Belästigung auch nicht. Auf welcher Grundlage der Algorithmus von *Minerva-News®* Karriereempfehlungen aussprach, wusste Konrad Fall nicht.

Alles ging gut bis zur Skiflug-Weltmeisterschaft in Oberstdorf im Januar 2018, die war der Anfang vom Ende. Konrad Fall war nur noch ein Schatten seiner selbst.

Die Erfolgswelle der letzten Monate hatte von seiner guten Stimmung und seiner charmanten Eloquenz nur noch geistlose Witzelei und selbstverliebtes Geplapper übriggelassen. Er betreibe egomanischen „Dampf-Talk", das hatten viele Kollegen ihm hinter vorgehaltener Hand vorgeworfen. Für die Verantwortlichen des *Kanal 2* war das kein Problem.

Ein Problem wurde Konrad Fall an dem Abend, als er on air der Kameraassistentin im Scherz zurief, sie solle ihm einen Gin Tonic mixen, er müsse sich erst mal einen genehmigen „nach der dämlichen Flachzange", die er da gerade hatte interviewen müssen. Diese „Flachzange" war die neue österreichische Skisprunghoffnung, Peter Backenbrett, der gerade erst das Studio verlassen hatte. Assistentinnen schlecht zu behandeln gehörte zum guten Ton. Aber kein werdendes Sportidol mochte es „Flachzange" genannt zu werden. Und dessen Fans mochten das noch weniger. Skispringer mussten wie Popstars behandelt werden, so wollten es die Fernsehzuschauer.

In dem Moment, in welchem er den Aufnahmeleiter sich im Schein des roten Kameralichts an die Stirn schlagen sah, wusste Konrad Fall, dass es vorbei war, dass seine Zeit im Rampenlicht abrupt zu Ende gehen würde. Dieser Satz ließ sich nicht mehr einfangen.

Heute hatte die Szene eine Million Klicks auf *videoportal.io* und tausende hämische Kommentare darunter. Konrad Fall hatte mehrfach vergeblich versucht, das beschämende Video löschen zu lassen.

Aber aus irgendeinem Grund ertrug Konrad Fall den Sturm, der seiner „Entgleisung" folgte, mit Würde. Ließ die Zuschauerpost, nachdem er drei Hassbriefe gelesen hatte, ungeöffnet. Keine Mails, keine Chats, keine Telefonate. Er lächelte sich stolz durch das Degradierungsgespräch mit der Chefredaktion und dem Vertreter der Intendanz. Auch die belanglosen Gespräche mit den Kollegen, die über alles mit ihm redeten, außer über „die Sache", durchstand er. Alles ertrug er mit einem hochmütigen Lächeln.

Und dann entschied Konrad Fall in einem Moment alkoholisierten Übermutes die Degradierung nicht einfach hinzunehmen, sondern zu kündigen, alles hinter sich zu lassen, und mit Britta Hochstieg nach Berlin zu ziehen.

Dass Konrad Fall relativ geräuschlos zur *Berliner Rundschau* wechseln konnte, hatte er Weidemann zu verdanken. Und so schlecht war die Stelle nicht, auch wenn er den Breitensport betreuen musste. Ein bisschen Schreibtischarbeit würde ihm guttun, dachte Konrad Fall damals.

Aber es ging nicht lange. Und schon gar nicht gut. Denn Konrad Fall hatte sofort, nachdem er in Berlin angekommen war, begonnen schwer zu trinken. So schwer wie noch nie. Natürlich machte die Stadt, ihr Angebot und ihre Anonymität, es ihm einfach, aber das eigentliche Problem war der Schreibtisch. Der Schreibtisch war Konrad Falls Bar. Und die Bar verfügte rechts und links über jeweils fünf Schubladen. In jeder dieser Schubladen hatte Konrad Fall im hinteren Drittel mit einem exakt zugeschnittenem Stück Pappe eine Abtrennung eingebaut, hinter der er je eine Flasche Wodka lagerte. Von denen brauchte er mindestens zwei am Tag, der Rest war Reserve. Reserven zu haben war das Wichtigste für Konrad Fall. Ohne Reserven konnte er nicht arbeiten und nicht schlafen. Der Stoff musste in der Nähe und verfügbar sein, dann war alles gut. Dann funktionierte er.

Ein Jahr nach ihrem Umzug trennte sich Britta Hochstieg geräuschlos von ihm, ihre Trennung glich eher einem Verschwinden. Von Drama keine Spur, das hatten sie schon hinter sich. Am Ende ihrer Ehe hatte sich seine Frau nicht einmal mehr über den vollgekotzt in der Diele liegenden Konrad Fall aufgeregt, ihm nur schweigend einen Eimer mit Wasser und den Schrubber hingestellt und einen Duftbaum neben ihn auf den Boden geworfen. Dann war sie mit ihren Stöckelschuhen über ihn hinweggestiegen und zur Arbeit gegangen. Hätte sie ihn eine Woche nach ihrem Auszug nicht angerufen, er hätte gar nicht bemerkt, dass sie fort war. Und dann gab es kein Halten mehr. Dann ging die Trinkerei richtig los. In die Redaktion der *Berliner Rundschau* schaffte er es nur noch selten, meist blieb er in einer der Spelunken der großen U- und S-Bahnhöfe hängen. Am liebsten waren ihm Zoologischer Garten, Friedrichstraße und Alexanderplatz. Konrad Fall schätzte diese anonymen Bierausschänke, dort wurde niemand schief angesehen, der sich am Vormittag einen Wodka Orange gönnte. Außerdem konnte er auf diese Art ganz bequem mit der Stadtbahn von Tresen zu Tresen fahren.

Aber diese Zeiten waren vorbei. Jetzt hatte Konrad Fall noch eine Stunde bis zu seinem AA-Treffen. Er war sicher kein besonders schwerer Fall, aber ihm taten genau diese gut: die schweren Fälle. In deren teigige Gesichter zu blicken und die kindliche Gemeinschaft zu spüren, die von den Ex-Spritis ausging, das tat gut. Nicht so weit unten zu sein wie sie, das richtete Konrad Fall auf. Vielleicht war es mit den Alkis wie mit den Ossis: Dazugehören mochte Konrad Fall nicht, aber er schätzte deren Erdung und Direktheit. Die hatten etwas Beschützendes, ein Gefühl von Geborgenheit.

Konrad Fall nahm es Martin Weidemann nicht krumm, dass er jetzt am Telefon eher zurückhaltend auf sein Ansinnen sich beim *bbr* nach Jobs umzuhören, reagierte. Konrad Fall hatte dessen Erleichterung bemerkt, als Weidemann das Thema auf seinen Pasewalker Verwandten lenken konnte. Aber was sollte er tun? Der Weidemann saß beim *bbr* auch nicht fest im Sattel und wollte sich die unsichere Personalie Konrad Fall nicht ans Bein binden. Verständlich, aber immerhin war der Anruf nicht gänzlich unnötig gewesen. Denn mit einer Sache konnte Martin Weidemann tatsächlich helfen: Sie würden eine Unterkunft im offenbar völlig von Journalisten überrannten Pasewalk haben und noch dazu bei einem ehemaligen Skispringer. Mit dem würde sich Konrad Fall wenigstens unterhalten und die Zeit vertreiben können. Von Andrej Fischer war in dieser Beziehung nichts zu erhoffen.

Aber Schwippschwager hin oder her, Mark Pölke verlangte dreihundert Goldmark pro Nacht. Und das nannte der ehemalige deutsche B-Nationalkader Pölke einen absoluten Freundschaftspreis, denn Pasewalk sei komplett ausgebucht. Nicht nur Journalisten aus den USA, Mexiko und Südkorea würden jeden Preis bezahlen, sondern auch die Flüchtlinge aus Polen. Weltuntergangsjünger habe er noch keine gesehen, aber die kämen sicher bald. So wäre das doch im Kapitalismus, sogar der „Weltuntergang" sei eine Ware. Dreihundert Goldmark und keinen Pfennig weniger, da ließ Mark Pölke nicht mit sich verhandeln.

Pölke, der jetzt als Bestattungsunternehmer tätig war, hatte eine angenehm dunkle Stimme. Wie sich Konrad Fall später offenbarte, kam diese aus einem kleinen und schmächtigen Körper. Solche Körpermaße waren bei einem ehemaligen Skispringer, der sich auf der Flugschanze in Planica seinerzeit mit einem zweihundertundein Meter Sprung kurzzeitig unter die Besten der Welt gemischt hatte, nicht verwunderlich. Allerdings war ihm die große Ehre des ersten Weltrekordsprunges über zweihundert Meter versagt geblieben. Denn Pölke hatte bei seiner Landung in den Schnee gegriffen und das galt nach den Regeln des Internationalen Skisprungverbandes FIS als gestürzt. Also, kein Weltrekord. Und ein Jahr später folgte das vorzeitige Karriereende. Von diesem einen Sturz hatte Mark Pölke sich nie erholt.

Bei Konrad Falls erstem Besuch der Anonymen Alkoholiker hatten Peter und Umut ihn unter den Armen fassen und auf die Eingangstreppe der Kirche, in der die Treffen stattfanden, setzen müssen. Nicht, dass er vor Rührung nicht mehr hätte laufen können, nein, er war bis zum Brechen voll gewesen. Er hatte sich daneben benommen, denn während des Meetings begann er hysterisch über Horst und Lydia zu lachen, die von ihren Rückfällen erzählten. In den Ohren des Sportjournalisten Fall klang es zu drollig: Der eine war besoffen seinem Chef im Bordell begegnet und hatte versucht, von diesem unerkannt aus einem Fenster im dritten Stock zu entkommen. Der Unglückliche musste dann unter den Augen seines Chefs und unter großem Tamtam durch die Feuerwehr von der Hausfassade gekratzt werden. Lydia hatte sich wodkagetränkte Slip-Einlagen in das Unterhöschen gesteckt, um den Pegel zu halten, und sich dabei eine juckende Infektion im Genitalbereich zugezogen. Das klang so skurril, dass Konrad Fall erst kichern, dann lauthals losbrüllen musste und sich nicht mehr beruhigen konnte.

Nachdem Peter und Umut ihn freundlich aber bestimmt hinausbegleitet hatten, sagten sie, er solle wiederkommen, einigermaßen nüchtern, wenn es ginge, nur für diesen einen Tag. Also kam er wieder, nüchtern, zumindest einigermaßen, aber ohne recht zu wissen, was er von den ganzen Säufern eigentlich wollte.

Konrad Fall sprach wenig in den AA-Meetings, aber er lachte auch nicht mehr. Er hörte sich alles an und spielte die ganze Zeit mit seinem GPS-Schlüsselanhänger, einem skispringenden Esel, den er von seiner Ex-Frau geschenkt bekommen hatte – ohne Hintergedanken, wie er hoffte. Aber das Eingeständnis: „Hallo, ich bin Konrad und ich bin Alkoholiker", das bekam er nicht über die Lippen. Das durfte nicht sein. Das brauchte er nicht, um mit dem Trinken aufzuhören. Er war anders als die anderen Trinker. Das erste Glas stehenlassen, das war es, worauf er sich konzentrieren musste, der Rest war einfach. Konrad Fall hatte die Sache ab jetzt im Griff, wollte sie im Griff haben, musste sie im Griff haben.

Die AA-Treffen taten ihm gut. Hier in seiner Gruppe herrschten eine brutale Offenheit und gegenseitiges Vertrauen, auch, wenn Ramadhan in seinen Trockenräuschen den Drei-Sterne-Alkoholiker gab und nervtötend langwierig seine Saufeskapaden schilderte.

„... und ich dem so mit Flasche auf den Kopf. Nix wie raus da. Die Schlampe schreit. Und das alles wegen vier Euro und siebzig Cent, aber das schärfste war ...“

Dabei war Ramadhan seit zwanzig Jahren trocken, der kam nur noch, um seine Geschichten loszuwerden. Aber darauf kam es Konrad Fall ja an. Er wollte die harten Fälle sehen und hören. Er mochte die Berliner Kiez-Sprache. Die Geschichten von verunglückten Gerüstbauern, zittrigen Ärzten, schreibunfähigen Standesbeamtinnen, vergesslichen Kellnern oder peinlichen Moderatoren, wie Konrad Fall einer gewesen war, machten ihm Mut. All die Erzählungen der Lydias und Horsts und Ramadhans zeigten ihm, dass er noch nicht ganz unten war. Und sie zeigten ihm den Abgrund. Die Furcht, in diesem zu versinken, gab ihm Kraft.

An jenem Abend vor seiner Abreise nach Pasewalk war er nur aus Gewohnheit zu seinem wöchentlichen AA-Treffen in der Glogauer Straße in Kreuzberg gegangen, eigentlich fühlte er sich jetzt, nach drei Monaten Abstinenz, sicher und nicht rückfallgefährdet. Er hatte ein Projekt – das Projekt „Wiederaufstieg“. Der Mensch musste sich etwas vornehmen, Ziele haben, das war ihm klar. Die Teilnahme an den Treffen der Anonymen Alkoholiker war Bestandteil eines größeren Planes, an dessen Ende er wieder den Platz in der veröffentlichten Meinung einnehmen würde, der ihm zustand.

Konrad Fall wohnte in Berlin-Wilmersdorf, einem durch und durch bürgerlichen Bezirk Berlins. Zwar kostete es ihn jedes Mal eine Menge Zeit, in diese abgelegene Gegend Kreuzbergs zu gelangen, aber er wäre ja verrückt gewesen, in seinem eigenen Stadtteil zu den Anonymen Alkoholikern zu gehen. Auf der Straße wollte er den Damen und Herren Trinkern keinesfalls begegnen.

Außerdem gab es, wie er glaubte, in Kreuzberg die härteren Fälle zu sehen. Und das war entscheidend.

Er setzte sich wie immer in die letzte Reihe und lehnte sich entspannt zurück. Aber nach der üblichen Verlesung der Präambel und der rhetorischen Frage, ob einer ein drängendes Problem mit sich herumschleppe, stand jemand auf, den Konrad Fall kannte. Kennen musste.

„Hallo, ich heiße Andrej und bin multipel abhängig."

Konrad Fall zuckte wie zusammen und duckte sich instinktiv hinter dem Rücken seines Vordermanns. Er brauchte einen kurzen Moment, um den unmittelbaren Fluchtimpuls zu unterdrücken und seine Gedanken zu sammeln. Aber er erholte sich recht schnell vom ersten Schock. „Geschieht dir recht", dachte er, denn Konrad Fall vermutete in Andrej Fischer nicht nur den Stenz seiner Ex-Frau, sondern zusammen mit Frieder Blaschkowski auch die treibende Kraft hinter dem ganzen „konstanter Fall" und „Kostenfaktor" Gequatsche. Andrej Fischer stand zwei Stuhlreihen vor Konrad Fall und gestikulierte aufgeregt in der Luft herum.

„Ich mach mir jetzt voll den Kopf, dass die jetzt voll ausrasten und die Polizei einschalten. Bei den Mengen Synthetik denken die doch, dass ich da krass alle Kollegen beliefert habe. Aber das war doch alles für mich, nur zur Safety. Ich wollte den Stuff doch nur in der Nähe liegen haben. Reserven halt. Was soll ich denn jetzt machen?"

Den einzigen Rat, den man auf einem AA-Meeting bekommt, wollte Andrej Fischer natürlich nicht hören: nüchtern bleiben und wiederkommen. Der wollte Telefonnummern von Anwälten oder eine Bescheinigung, dass er an dem Treffen teilgenommen hatte, also praktisch geheilt war. Andrej Fischer war panisch und verzweifelt, so, wie fast alle, die das erste Mal bei den Anonymen Alkoholikern auftauchten. Damit gingen die alten Trinker routiniert um.

„Ach, nicht so schlimm. Hauptsache, du lebst noch", sprach einer aus, was die anderen dachten.

Aus den unzusammenhängenden Schilderungen Andrej Fischers schloss Konrad Fall, dass die Redaktionsspitze von *Content Mafia 24* am Freitagabend auf der Suche nach irgendwelchen Chat-Log-Unterlagen eines Bot-Interviews über die Methanaustritte aus dem sibirischen Permafrostboden gewesen sein musste. Und dass sie beim Durchsuchen der Schreibtischschränke einiger Kollegen bei Andrej Fischer Kokain und zwei Flaschen Wodka gefunden hatten. Er war nicht der einzige mit einem Flachmann im Schrank, aber der einzige mit großen Mengen einer synthetischen Substanz.

Konrad Falls Ex-Frau hatte ihrem neuen Freund ohne Gnade mit der Polizei gedroht, auch wenn sie vermutlich wusste, dass das Zeug seit 2022 legal war. Konrad Fall musste schmunzeln, als er sich die tobende Britta Hochstieg vorstellte. Er kannte ihre Zornesausbrüche zur Genüge. Er sah es vor sich, wie ihre Halsschlagader langsam dicker und dicker wurde, so, als ob sich Wasser in einem verstopften Schlauch staute. Wie dann der Kopf rot anschwoll und sie einen Kübel Flüche über Andrej Fischer ausgoss. Passiv an Konrad Falls Trinkerei zu leiden, war jedenfalls nichts für Britta Hochstieg gewesen.

Die Hälfte seiner Suffverletzungen gingen auf ihr Konto: Blutergüsse, wacklige Zähne, ein gebrochener Finger und diverse kalte Duschen. Mehrfach hatte sie ihn über Nacht in den Keller gesperrt, damit er nicht in die Kneipe konnte, einmal sogar nur in Unterwäsche. Andrej Fischer schien unverletzt, er war also noch gut weggekommen. Konrad Fall dachte an seine eigenen Geheimfächer, aber er war relativ sicher sie geleert zu haben.

Während Fischer in Selbstmitleid badete, suchte Konrad Fall nach einem Ausweg aus der Situation. Was sollte er jetzt tun? Sollte er Andrej Fischer als AA-Freund begegnen, ihm Halt geben? Dass er den nötig hatte, war offensichtlich. Oder sollte er ihn für das Mobbing im letzten Jahr bestrafen? Dafür bestrafen, dass er jünger war und mit seiner Ex rummachte? Sollte er Andrej Fischer am eigenen Leib spüren lassen, wie es sich anfühlte, das

Getuschel, die abwertenden Gesten, die überheblichen Blicke? Von den anonymisierten Beschimpfungen per Punktschall-App ganz zu schweigen. Auf der anderen Seite war Andrej Fischer ein helles Köpfchen, hatte immerhin in Harvard studiert. Die Frage musste daher lauten: Wie konnte er Andrej Fischer jetzt dazu bringen, ihm bei seinem Wiederaufstieg den Steigbügel zu halten?

Außerdem gehörte zu den besonderen Charaktereigenschaften Konrad Falls ein absoluter Pragmatismus in zwischenmenschlichen Fragen. Übelnehmen konnte er nichts. Konrad Falls Lebenserfahrung äußerte sich darin, der Kanaille Fischer jetzt nicht – wie jeder andere an seiner Stelle es getan hätte – den Boden unter den Füßen wegzuziehen. Das konnte er sich immer noch für später aufheben, falls Fischer sich als ein unwilliger Knecht herausstellen sollte.

Für den Moment entschied sich Konrad Fall dafür, das AA-Meeting unauffällig zu verlassen. Später, beim Kauf einer beheizbaren Luftpolsterjacke und laufunterstützender Wanderschuhe, gingen ihm zwei Sachen durch den Kopf: Was bloß sollte er von einem nicht stattfindenden „Weltuntergang" berichten? Und wie konnte er dieses unsinnige Unternehmen zu einem Erfolg machen?

Es konnte nicht schaden, sich die ganze Weltuntergangssache mal näher anzuschauen. Eigentlich hatte Andrej Fischer den Auftrag, bis zu ihrer Abfahrt am nächsten Morgen von *Minerva-N3ws®* ein Dossier über diesen Blödsinn anfertigen zu lassen. Fischer würde bis morgen nichts Brauchbares abliefern, so, wie es im Moment aussah. Und von der Zuarbeit dieses Kokainisten konnte Konrad Fall keinesfalls seine Rückkehr in den Qualitätsjournalismus abhängig machen. Das war klar.

Konrad Fall brauchte in der Regel nur ein Minimum an Fakten, um informative Berichte zu machen. Die Beantwortung der Fragen „Wer?", „Was?", „Wann?", „Wie?" und „Wo?", zusammen mit etwas Hintergrundwissen, geschickt eingestreuten Emotionen und ein bisschen Lokalkolorit wären zu jedem anderen Zeitpunkt seiner Karriere völlig ausreichend gewesen. Aber unter den jetzigen Umständen hing viel davon ab.

Tatsächlich musste Konrad Fall nicht tief im ihm verhassten Infonet graben, um auf eine Flut absonderlichster Weltuntergangstheorien zu stoßen. Er hatte geahnt, dass das Infonet mehr noch als sein Vorgänger das Internet ein Tummelplatz der wahnwitzigsten Spinner war, war zuvor jedoch nie dazu veranlasst gewesen sich damit abzugeben. Er bevorzugte nach wie vor Bücher und Zeitungen aus Papier, auch wenn es keine Neuveröffentlichungen mehr in diesem Bereich gab. Man mochte von Verlegern, Chefredakteuren und Lektoren halten, was man wollte. In der idealen Medienwelt des Konrad Fall waren sie die Wächter eines Tores, hinter dem Stumpfsinn wie „Weltuntergänge" unpubliziert blieb. Aber das Infonet war offenbar eine Einrichtung, die duldsam gegenüber jeder Art von Dummheit war. Konrad Fall war *Minerva-N3ws®* durchaus dankbar, dass sie solch ermüdende Recherche in kurzweiligen Reports bündeln konnte. Aber jetzt musste er da selbst durch.

Konrad Fall konnte sich aussuchen, wie er kommende Woche Donnerstag zugrunde gehen wollte. Zur Auswahl stand das Ertrinken in einer Flutwelle, die durch schmelzende Pole verursacht übers Land rollen würde. Vielleicht würde er auch bedingt durch eine plötzliche Gebirgsbildung unter seinen Füßen von der Erde fallen. Oder lieber doch durch den Anstieg des Meeresspiegels auf einem Stück Holz im Ur-Ozean treibend verdursten? Er konnte wählen. Es könnte auch der Planet Nibiru an der Erde vorbeirasen und diese dabei um einhundertachtzig Grad drehen. Wenn er dann immer noch lebte, würde er spätestens durch den explodierenden Stern Beteigeuze endgültig ausgelöscht werden. Und das alles nur, weil ein ihm völlig unbekannter Kalender der Azteken endete. Konrad Falls Stimmung pendelte zwischen Erheiterung, Faszination und kaltem Grauen.

Von einem literarischen Standpunkt aus gesehen, war der ganze Weltuntergangstrubel vielversprechend. Der Endzeitcocktail beinhaltete alles, was man für eine gute Story brauchte: ein sagenumwobenes indigenes Volk, spirituelles Geheimwissen, verborgene Inschriften und mystische Kultplätze im Dschungel. Und tatsächlich, nur in Pasewalk sei man vor dem Weltende sicher. Hier würden die Eingeweihten alles überstehen und danach mit der Zucht einer neuen menschlichen Rasse beginnen.

Nach nur einer Stunde Infonet-Recherche drehte sich alles in Konrad Falls Kopf. Das war der „Weltuntergang" 5.0, einer, der im Infonet als unabwendbare Tatsache galt. Im Mittelalter waren zu solchen Anlässen Geißlerbewegungen durchs Land gezogen, den Menschen wurde das drohende Weltende durch den Tumult auf den Straßen verkündet. Jetzt war draußen alles ruhig, während im Infonet eine regelrechte Hysterie ausgebrochen war. In Chats und auf Plattformen hatten die verängstigten Jünger zu Hunderten angekündigt, nach Pasewalk zu ziehen, um dort von Außerirdischen abgeholt zu werden oder durch Zeittüren in eine andere Dimension hinüberzuwechseln. Aber auch der Qualitätsjournalismus schien sich nicht zu Schade dem Nichtereignis Sendezeit und Schlagzeilen einzuräumen, immer darauf hinweisend, dass die Welt natürlich nicht untergehen werde. Und dass man im Wesentlichen nur berichtete, weil die anderen Medien es auch taten. Natürlich könne man das Ganze nicht ernst nehmen.

Die Vierte Gewalt im Staate erlebte gerade, was es hieß, wenn Algorithmen wie *Minerva-N3ws*® die Schlagzeilen bestimmten. Denn der Contentmanager suchte mit Bots und Crawlern permanent im Infonet nach Clustern zu bestimmten Themen und verstärkte diese dann durch die eigene Berichterstattung. Konrad Falls Meinung nach wäre das unbedenklich, wenn die Clusterbildung von Menschen verursacht würde.

In der Regel waren es aber andere Contentsysteme und Webcrawler auf der Suche nach Neuigkeiten, die sich da versammelten. Die Algorithmen beobachteten sich gegenseitig und so entstand 2023 die Hälfte aller Berichterstattung aus maschinell erzeugten Feedbackloops.

Die Jungen sagten, es sei unvermeidlich, dass man Mensch und Maschine im Infonet nicht mehr auseinanderhalten könne. Dafür sei das quantenmechanische Datennetz entworfen worden. Außerdem seien das die normalen Folgen der verhaltensanalytischen Programmierung, aber die Technik hätte an Desinformation ja keinerlei Interesse. Die Menschen seien das Problem. So dachten Systemassistenten wie Andrej Fischer. Konrad Fall dachte anders. Genaugenommen wollte er an solche Dinge überhaupt nicht denken. Die Maschinen waren ihm zuwider.

In Pasewalk nahm man den „Weltuntergang" ernst. Der Bürgermeister drohte auf Pressekonferenzen bereits mit dem Einsatz von Sonderkommandos der Polizei, Versammlungsverboten und einer digitalen Absperrung der Stadt. Drohnen kreisten über Pasewalk, dem Ort, der als einziger von der Apokalypse verschont bleiben sollte. Die Sektenbeauftragten der Parteien und Kirchen gaben sich im örtlichen *Kurier* alarmiert und forderten die Bevölkerung zu Vernunft auf. Die Pasewalker selbst erschienen in Interviews des *Kanal 1* Mittagsmagazins zuversichtlich, dass alles gut gehen werde. Sie freuten sich darauf, dass die Berichterstattung und besonders das Geld der Spiritisten der wirtschaftlich schwachen Stadt guttun würden.

„Wenn das anständig abläuft und die Fremden sich benehmen, ist da doch nichts einzuwenden."

„Solche Leute haben ja Geld."

„Die kommen und gehen."

Am Abend war es auch in den Zwanzig-Uhr-Nachrichten. Die Moderatorin Serpil Hassan musste in den Hauptnachrichten dem Pasewalker Bürgermeister Tito Putzbrunnen einfältige Fragen über den „Weltuntergang" stellen. Man sah der sonst schlagfertigen Hassan an, wie sie litt, und dass sie das Gespräch möglichst schnell hinter sich bringen wollte. Erst während des folgenden Berichts über die Kostenexplosion beim Bahnhofsbau in Stuttgart entspannte sich ihr Gesichtsausdruck. Selbst der „Rennwagen-Skandal" hatte einen höheren Nachrichtenwert, als der nicht stattfindende „Weltuntergang“. Diesen hatte der Sohn des außenpolitischen Beraters des chinesischen Präsidenten ausgelöst, nachdem er begleitet von zwei nackten Frauen bei einem Autounfall ums Leben gekommen war. Immerhin hatte dessen merkwürdiger Tod die Diskussion um Korruption in China angeheizt. Welche Diskussion konnte ein nicht stattfindender „Weltuntergang“ anheizen? Höchstens eine über den allgemeinen Geisteszustand dieser Gesellschaft, ihrer Journalisten und Algorithmen. Aber eine solche Diskussion war nicht zu erwarten.

So, wie der armen Serpil Hassan, würde es Konrad Fall auch ab morgen ergehen. Aber er war gewillt, den Zuschauern die Zeit zu vertreiben. Konrad Fall war bereit, die dunklen Zeiten, durch die er gegangen war, hinter sich zu lassen. Und sei es um den Preis, in die Niederungen des Boulevard-Journalismus hinabzusteigen. Er konnte gar nicht anders als obsiegen.

Am frühen Morgen erwachte Konrad Fall schweißgebadet in seiner Berliner Wohnung. Er hatte den Geschmack von Whisky auf den Lippen. Nach dem ersten Entsetzen über seinen Rückfall war er erleichtert aufgestanden, da es sich offenbar nur um einen Traum gehandelt hatte. Aber schon sein zweiter Gedanke wollte ihn dazu verführen, einen echten Schluck zu trinken. Nur war kein Whisky mehr im Haus. Das Zeug hatte er weit entfernt von seiner Wohnung in einen öffentlichen Flaschencontainer geworfen. Nicht, um das Glas der Wiederverwertung zuzuführen, sondern aus Angst davor, sie im eigenen Hinterhof in einer für ihn jederzeit zugänglichen Mülltonne liegen zu haben. Sämtliche Flaschen entsorgte er mit Inhalt, denn Konrad Fall konnte es nicht über sich bringen, sie zu öffnen und die Flüssigkeit in die Toilette zu gießen.

Obwohl Konrad Fall sich in den Tagen zuvor innerlich gestärkt und über den Berg gefühlt hatte, ergriff ihn nun eine ungekannte Panik. Eine Panik, die imstande war, jeden Einwand gegen das Trinken wegzuwischen. Sein Herz und sein Atem rasten. Er zitterte. Aber nur kurz. Plötzlich lösten sich seine umherirrenden Gedanken auf und aus der Dunkelheit seines Kopfes stieg ein Bild auf, wurde größer und größer. Schließlich nahm es die ganze Innenseite seines Kopfes ein.

Und dann erkannte er es ganz genau, das Bild zeigte eine Flasche Thüringer Myrrhentinktur. Sie war noch da. Sie wartete auf ihn im Badezimmerschrank. Er brauchte nur ein paar Schritte zu gehen, den Schrank zu öffnen, sie herauszuholen und auszutrinken. Niemand konnte ihn davon abhalten, niemand würde es auch nur bemerken.

Die Mundspülung mit fünfundachtzigprozentigem Alkoholauszug hatte Konrad Fall schon häufig den Morgen gerettet. Denn nichts war für einen Alkoholiker schlimmer als der Morgen. Das wusste jeder, der das Metier ernsthaft betrieb. Offizielles Trinken ging um diese Uhrzeit noch nicht – heimlich am Morgen Wodka zu trinken war asozial und ein Eingeständnis des Problems. Thüringer Myrrhentinktur aber war gesellschaftlich akzeptiert, beruhigte augenblicklich die Nerven und machte einen frischen Atem, mit welchem man ungeniert seine Frau küssen konnte. Die Myrrhentinktur hatte zu Konrad Falls morgendlichem Gute-Laune-Programm gehört, bevor er in die Redaktion gefahren war, um dann den ganzen Tag Wodka aus einem Wasserglas zu trinken. Den Wodka würde er jetzt weglassen, aber ein bisschen Myrrhentinktur konnte nichts kaputtmachen. Oder?

Konrad Fall drückte seinen Kopf in das Kopfkissen und schrie. Er schrie zehn Minuten lang, bis ihm der Hals schmerzte und der Whiskygeschmack auf seinen Lippen durch die Feuchtigkeit, die sich im Kissen gesammelt hatte, abgewaschen war. Den Trick hatte er von Horst gelernt. Einen AA-Freund anzurufen, wie das alle Anonymen Alkoholiker in solchen Momenten tun sollten, widerstrebte Konrad Fall. Er wollte es allein schaffen. Er brauchte die menschlichen Wracks nur als abschreckende Beispiele. Konrad Fall wollte stark sein. Vor allem wollte er nicht auf einer Stufe mit jemanden stehen, der Horst hieß.

Es war kalt in Konrad Falls Wohnung, erst jetzt spürte er das. Vor den Fenstern lag noch die nächtliche Dunkelheit. Er blickte auf seine Armbanduhr. Es war sechs Uhr. Um zehn war er mit Britta Hochstieg und Andrej Fischer, falls der es überhaupt schaffen würde, in der Redaktion verabredet. *Minerva-N3ws*® hatte ein kurzes Briefing geplant, dann sollte die Technik sich ins Auto einladen und dieses sie nach Pasewalk bringen. Das war der Plan. So, wie die Sache stand, musste das Zähneputzen für Konrad Fall heute ausfallen, das war zu gefährlich. Anstatt ins Bad zu gehen, ging er in die Küche und wollte sich einen Kaffee brühen, fand aber keine Ruhe. Er musste pinkeln. Im Radio lief ein Interview mit dem deutschen Biathleten Andreas Lächler. Er hatte eine Woche zuvor ein Weltcuprennen in Hochfilzen gewonnen.

Konrad Fall versuchte, sich auf die Fragen des Moderators und die Antworten Lächlers zu konzentrieren. Er versuchte, sich abzulenken. Versuchte, sich bessere Fragen als der Interviewer-Bot auszudenken. Aber ihm fielen keine guten Fragen ein, keine Fragen, deren Antworten ihn jetzt interessiert hätten. Konrad Fall interessierte nur eines: die Thüringer Myrrhentinktur.

„Herr Lächler, mal Hand aufs Herz. Soll ich oder soll ich nicht? Trinken Sie nicht auch am Morgen hin und wieder einen Schluck Thüringer Myrrhentinktur? Jetzt nach der allgemeinen Dopingfreigabe ist das doch eine Lappalie, meinen Sie nicht?"

Lächlers Antwort auf diese Frage hätte Konrad Fall interessiert. Er versuchte, den Gedanken zu vertreiben, indem er den Kühlschrank öffnete und dessen Inhalt zu studieren begann. Er wollte frühstücken. Aber Konrad Fall ertappte sich dabei, dass er nur die Inhaltslisten der verpackten Lebensmittel nach Branntweinessig oder anderem versteckten Alkohol durchsuchte.

Konrad Fall wusste nicht, wie es dazu gekommen war. Plötzlich hielt er die Thüringer Myrrhentinktur in der Hand. Er schrie auf, als ihm bewusst wurde, was er da gerade tat. Er hielt sich mit einer Hand den Mund zu und warf das Fläschchen mit der anderen zu Boden.

Dann passierte etwas Kurioses: das Telefon klingelte. Nicht, dass bei Konrad Fall das Telefon nie klingeln würde, aber eben nur seine mobilen Einheiten und nicht das altertümliche Festnetztelefon. Dessen Existenz vergaß er manchmal. Die Nummer gab er immer nur dann an, wenn er nicht erreicht werden wollte. Zum Beispiel von einem Anonymen Alkoholiker mit einer Flasche Obstler in der Hand, der damit drohte, sie sich sofort hinter die Binde zu kippen.

Nachdem sich sein Gegenüber mit den Worten: „Ich bin Ewald und ich bin Alkoholiker“, gemeldet hatte, war es Konrad Falls erster Impuls gewesen, sofort die Auflegetaste zu drücken. Dann aber war er im Flur resigniert zusammengesackt und hatte Ewald reden lassen. Eine Ablenkung war das weinerliche Gestammel von Ewald allemal. Der dicke Ewald jammerte, dass er die halbe Nacht vor einer Obstlerflasche zugebracht und bei seinem Abwehrkampf das Mobiliar seiner Wohnung zertrümmert habe. Er erzählte wie dann, Gott sei Dank, die Polizei gekommen sei und ihn mitgenommen habe, weil er sich nicht hatte beruhigen können. Jetzt stünde er vor der Wache und traue sich nicht nach Hause, weil die Flasche dort auf ihn wartete. Er brauche jetzt einen starken Charakter, einen wie Konrad Fall, der ihm die Flasche vom Hals schaffen solle. Bitte.

Konrad Fall verspürte überhaupt keine Lust, jetzt den Helden zu spielen, auch, wenn er sich von dem kindlichen Zutrauen Ewalds geschmeichelt fühlte. Also antwortete er wahrheitsgemäß, dass er gerade selbst im Begriff sei, sich eine Flasche Thüringer Myrrhentinktur einzuverleiben. Und dass er keinesfalls daran dachte, jetzt eine Flasche Obstler anzurühren. Ewald solle sich verpissen. Dieser sah über die Beschimpfung hinweg und überredete Konrad Fall, sich am Hermannplatz zu treffen, um einen gemeinsamen Spaziergang durch die Hasenheide zu unternehmen.

„Vielleicht jagen wir ein paar Paketroboter? Nur so zur Ablenkung.“

„Nicht dein Ernst.“

„Klar, ich bin jetzt Mitglied im Verein *Rob the Robot*."
„Und ihr überfallt Roboter?"
„Warum nicht?Zerstören darfst du sie nicht, das ist Sachbeschädigung, aber ein bisschen Ketchup auf die Sensoren zu schmieren, das geht, das wird wegen Geringfügigkeit sofort eingestellt."
„Und was passiert dann?"
„Dann? Du meinst mit dem Roboter?"
„Ja."
„Na, was passiert, wenn dir einer Ketchup in die Augen spritzt?"
„Ich seh nichts mehr."
„Genau. Aber wenn du keine Lust hast ... einfach ein bisschen Spazieren reicht mir schon, ich kann jetzt nicht nach Hause. Bitte."

Konrad Fall wurde schwach, willigte ein und zog sich mühsam seine neuen laufunterstützenden Wanderschuhe an. Er wollte direkt von der Hasenheide in die Redaktion fahren. Mal sehen, was die Dinger taugten.

Dann griff Konrad Fall seine Reisetasche und knallte die Tür hinter sich zu, ohne zu bemerken, dass er einen Schlüssel von innen hatte stecken lassen.

Es dauert eine Weile, bis er mit der U-Bahn den Hermannplatz erreichte. Obwohl zu dieser frühen Stunde viele Sitze im Waggon frei waren, konnte Konrad Fall sich nicht überwinden sich zu setzen. Er stand dicht an der Tür, in eine Ecke gedrängt, und vermied jeden Augenkontakt mit seinen Mitreisenden. Er wechselte dreimal den Waggon, zweimal, weil es darin nach Bier stank, und einmal, weil da einer die Leute am frühen Morgen vollquatschte. Konrad Fall hasste die Berliner U-Bahn, die im Winter eher einem Obdachlosenasyl als einem öffentlichen Verkehrsmittel glich. Aber seinen Führerschein hatte er, nachdem er ihm wegen Trunkenheit abgenommen worden war, nie zurückverlangt. Totfahren wollte er niemanden. Dass er das Autofahren freiwillig aufgegeben hatte, empfand Konrad Fall immer als Ausdruck seines verantwortungsvollen Trinkens.

Daran änderten auch die Fahrassistenten nichts. Dann schon lieber mit diesen Menschen in der U-Bahn eingepfercht sein, als von sprechenden Autos belästigt zu werden. Aber „Verantwortungslosigkeit" sollte ihm keiner vorwerfen.

Ewald war keineswegs der typische Proletensäufer, für den Konrad Fall ihn lange gehalten hatte. Er sah nur so aus: groß, aufgebläht, mit Säufernase und meist mit einem Flanellhemd in Zeltgröße bekleidet. Ewald war Fachanwalt für Sozial- und Mietrecht. Und obwohl er auch im Winter ohne Jacke unterwegs war, glühte er. Sein Gesicht war knallrot und auf Stirn und Nase glänzten kleine Schweißperlen.

Sie sprachen auf ihrem Weg durch die Hasenheide nicht viel miteinander, vor allem, weil sie sich nicht trauten, über Obstler und Myrrhentinktur zu reden. Beide wussten, dass das Einzige, was ihnen half, Ablenkung war. Und die Ermüdung, die ein paar Kilometer Spaziergang hinterlassen würden. Gehen, um Distanz zum Alkohol zu gewinnen. Auch symbolisch.

So stapften sie weiter, tranken Mineralwasser, balancierten auf einer Beetabsperrung und versuchten den Esel des Kinderzoos mit einem Grasbüschel anzulocken. Nach einer Stunde waren sie bester Laune. Sie hatten der Versuchung widerstanden, fühlten sich wie Könige, frei zu tun, was immer sie wollten. Und der erste, der ihre neue Freiheit zu spüren bekam, war tatsächlich ein kleiner Paketroboter, der an diesem Sonntagmorgen einsam durch die Hasenheide surrte. Die übermütigen Männer fingen ihn ein und warfen ihn über den Zaun auf das Gelände eines Hindu-Tempels. Dort irrte der Roboter dann piepsend umher. Konrad Fall schämte sich, dem AA-Freund Ewald dankbar sein zu müssen.

Als sich Ewald vorbereitet fühlte der Flasche Obstler in seiner Wohnung gegenüberzutreten und sie zu entsorgen, trennten sie sich. Zum Abschied drückte der Anonyme Alkoholiker Ewald ihn heftig an seine schwammige Brust.

Als Konrad Fall vor der Redaktion in der Dorotheenstraße in Berlin-Mitte ankam, entlud ein verschwitzter Andrej Fischer gerade das Firmenauto und stapelte drei silberne Alukoffer fluchend auf den vereisten Gehweg. Man konnte ihm ansehen, dass er wenig geschlafen hatte und körperlich unter einem starken Entzug litt. Das war die erste schlechte Nachricht für Konrad Fall. Wie sollte der Volontär in dieser Verfassung in den nächsten Tagen irgendetwas liefern können, geschweige denn einen „Weltuntergang" überstehen? Andrej Fischer könnte froh sein von einer Riesenwelle verschlungen oder in den Weltraum geschleudert zu werden, dachte Konrad Fall höhnisch. Neben dem gebeutelten Fischer stand Britta Hochstieg mit abwehrend verschränkten Armen, aber durchaus mütterlichem Blick.

„Danke Andrej, du kannst jetzt deine Sachen aus dem Büro holen."

„Guten Morgen, Frau Hochstieg."

„Morgen, Fall. Es gibt Probleme mit dem Auto. Sensoren eingefroren. Ich kann auch nichts dafür. Am Sonntag findet sich auf die Schnelle auch kein Ersatzwagen. Das muss jetzt halt so gehen. Nehmt nur die Kamera, die Drohne und die Quanten-Pads mit und lasst das Licht hier. Andrej hat schon die Zugtickets, Taxi kommt gleich. Pass bitte auf."

„Auf was soll ich aufpassen?"

„Mensch, frag nicht so blöd. Wenn ihr zusammen in Pasewalk Party macht, fliegt ihr beide raus. Ich habe die Faxen dicke. Wenn der Andrej irgendwas nimmt, dann meldest du das sofort an *Minerva*, klar? Der ist auf Bewährung."

„Das geht mich doch nichts an."

„Geht dich nichts an? Du hast Nerven. Los, macht, das Taxi kommt!"

Britta Hochstieg hatte wie selbstverständlich angenommen, dass Konrad Fall über die Razzia der Schreibtische informiert war. Erst später sah er die Anweisung der Chefredaktion, die noch am Abend zuvor verschickt worden war, und in der die Ereignisse der

Durchsuchung „erschütternd“ und „nicht hinnehmbar“ genannt wurden. Konsequenzen in Form einer für alle Mitarbeiter verpflichtenden Nutzung einer „Intoxikationsanalyse-App“ waren angekündigt worden. Die Softwareanwendung stünde ab dem neuen Jahr zur Installation auf die firmeninternen „wearables“ bereit.

Konrad Fall, jetzt offenbar als Anstandsdame für Fischer eingeteilt, ließ das kalt. Er war trocken und glaubte sich durch einen Sonderpassus im Arbeitsvertrag, der ihm die Benutzung des mit Gadgets gespickten Firmen-Oufits lediglich *empfahl*, von solchen Ankündigungen nicht betroffen. Ein drängenderes Problem war, dass das Firmenauto in der winterlichen Kälte den Geist aufgegeben hatte. Das war nicht schön. Er hatte sich auf eine entspannte Fahrt und ein bisschen Schlaf gefreut. Warum genau dieses angeblich autonom fahrende Auto nicht fahren wollte, interessierte Konrad Fall wenig. Klar war nur, dass er sich in diesem Leben keine Kamera würde auf die Schulter setzen lassen, das hatte er sich geschworen. Diese rote Linie seiner Berufsehre würde er nicht überschreiten. Er war Sportjournalist – kein Systemassistent, kein Kameramann und schon gar kein Packesel. Er trat zur Seite und bedeutete dem wieder erschienenen Andrej Fischer, sich die Tragegurte der angeblich selbstnavigierenden Aluminiumkisten um den Hals zu hängen. Denn die bewegten sich in der Kälte offenbar genauso wenig wie das Auto. Was war nur aus der Welt geworden, dachte Konrad Fall und schüttelte still den Kopf, während der Volontär die Kisten schulterte, die ihm eigentlich laut Hersteller wie ein Hund überall hin folgen sollten. Sogar Treppen sollten die Dinger steigen können. Aber eben nicht im Winter. Konrad Fall war es gleich. Die kleine Reise würde ihn mal herausbringen aus dieser hässlichen Stadt. Und weit weg von der Thüringer Myrrhentinktur. Er spürte Vorfreude.

In der Glasfassade des Berliner Hauptbahnhofs spiegelte sich der graue Himmel, aus dem vereinzelte Schneeflocken fielen. Gerade so viele, dass Konrad Fall sich nicht die Mühe machte, sie aus seinem Gesicht zu wischen, während er Fischer antrieb, die Kisten auf den Bordstein zu wuchten. Das fahrerlose Taxi drohte damit, in zehn Sekunden loszufahren. Wenigstens Fischers eigener Koffer hatte keine Probleme mit der Kälte und folgte diesem wie ein Schatten in den Bahnhof. Ein immer noch gewöhnungsbedürftiger Anblick für Konrad Fall, der solche technischen Spielereien überflüssig fand. Er selbst warf seine Ledertasche betont locker über die Schulter.

Die Fahrt würde nicht einmal zwei Stunden dauern. Konrad Fall wunderte sich, dass Pasewalk so nahe an Berlin lag, er aber bis vorgestern nie von der Stadt gehört hatte. So viel hatte er immerhin in der Nacht über das Nest herausgefunden: alte preußische Militärstadt, Hugenottenkolonie, früher Tabak- und Zigarrenproduktion, im Zweiten Weltkrieg als Eisenbahnknoten bombardiert, in der DDR ein paar Großbetriebe und wieder Militär, heute steigende Einwohnerzahlen durch die Evakuierung der umliegenden Dörfer, aus denen die Landesregierung die letzten Bewohner zwangsweise in noch versorgte Orte brachte. Diese Informationen hinterließen ein eher düsteres Bild von Pasewalk.

Nachdem Fischer das Gepäck verstaut und sich stöhnend in den Abteilsitz hatte fallen lassen, bemerkte Konrad Fall, dass sie einen Fehler gemacht hatten. In ihrem Waggon hatte sich eine ganze Schulklasse Pubertierender schreiend niedergelassen. Aber der erschöpfte Fischer war nicht mehr dazu zu bewegen, sich zu erheben und den Waggon zu wechseln. Konrad Fall schauderte es bei dem Gedanken an die vor ihnen liegenden zwei Stunden voller Gejohle, dümmlichen Witzen und Eiergegrapsche. Er mochte keine Kinder und Jugendliche schon gar nicht. Er fühlte sich in ihrer Nähe beklommen. Traf Konrad Fall auf Teenagergruppen, so löste das in ihm Hilflosigkeit gepaart mit Aggressivität aus. Er wusste nicht, woher diese Gefühle rührten, denn schlechte

Erfahrungen mit Kindern hatte er nie gemacht. Aber irgendwie waren ihm Menschen unter dreißig Jahren zuwider. Konrad Fall konnte dem Gejammer über die alternde Gesellschaft nichts abgewinnen. Wozu brauchte man junge Männer – außer als Packsklaven und Kanonenfutter? Andererseits waren die ihm verhassten autonomen Systeme überflüssig, solange eine Jugend existierte, die entweder durch Bildung oder durch Drill gefügig gemacht werden konnte.

Andrej Fischer war jung. Und groß und schlank. Als er in der Halle des Bahnhofs seine Mütze abnahm, sah Konrad Fall, dass er die aschblonden Haare in der Nacht längs über den Kopf kurzrasiert hatte und an den Seiten nach hinten gelegt trug. Ein umgekehrter Irokesen-Schnitt sozusagen. Konrad Fall verdrehte die Augen.

„Was ist? Das ist der Schnitt der Woche. *Fresher* Trend aus Angola."

„Du siehst furchtbar aus!"

„Tausend *Likes* in zwei Stunden, *just saying*!"

Danach saßen sich Konrad Fall und Andrej Fischer gegenüber und hatten sich nichts mehr zu sagen. Der eine begann in der Nase zu bohren und der andere verdrehte die Augen, weil er mit ihnen den Cursor seiner *iglasses*® Datenbrille bewegte. Dass der eine der Bettnachfolger des anderen sein sollte, kam beiden merkwürdig vor. Und je länger der popelnde Konrad Fall den Jüngeren ansah, desto mehr beschlich ihn das Bewusstsein der eigenen Endlichkeit. Schlimmer noch, er hatte das Gefühl, bereits im Sterben zu liegen und sich für seine fortgesetzte Existenz entschuldigen zu müssen. Wenn er Fischer ansah, konnte er kaum glauben, dass beide zur selben Zeit auf derselben Welt existierten.

Konrad Fall schloss die Augen und lächelte bei dem Gedanken daran, dass vermutlich auch der mit digitalen Prothesen gepimpte Andrej Fischer nach dem Sex mit Britta Hochstieg sofort aufstehen und duschen gehen musste, so, wie sie das von ihm verlangt hatte. Das war eine Marotte von ihr, die sicher auch vor dem

Volontär nicht haltmachte. Das beruhigte ihn etwas. Natürlich war der Gedanke, dass dieser junge Mensch erotische Bewegungen auf seiner Ex-Frau ausführte, unangenehm für Konrad Fall. Aber er musste zugeben, dass er und dieser Nichtsnutz sich im Grunde ähnlich sein mussten. Man konnte doch kaum von der gleichen Frau geliebt werden und keine Gemeinsamkeiten haben. Dieser Gedanke war für ihn unerträglich.

Konrad Fall fiel nichts ein, was ihn mit jenem Menschen verband, der ihm jetzt gegenüber saß und im Bemühen in seiner Datenbrille einen Cursor zu steuern seine Augen wie ein Epileptiker verdrehte. Diese ganze Generation war ihm ein Rätsel. Vielleicht lag es am Alter. Es lag immer am Alter. Ihm war bewusst, dass schon die Sumerer auf ihre Jugend geschimpft hatten: ungepflegtes Aussehen, umstürzlerische Gedanken, Ablehnung der Werte der Alten. Aber, zur Hölle, genau das tat diese Mittelklassejugend heutzutage eben nicht. Die Jungen waren weder verdorben, böse, gottlos noch faul. Sie waren das genaue Gegenteil. Das war das Irritierendste. Vielleicht waren die Kinder der Proleten anders, aber die der Mittelklasse waren so. Bei denen bemerkte Konrad Fall eine eigentümliche Spannung aus einer grundsätzlichen Regierbarkeit, einer moralisch aufgeladenen Arbeitsamkeit und einer Bereitschaft zur Selbstkritik, die beängstigend war. Jedenfalls für Konrad Fall. Wenn die Alten fauler, hochnäsiger und uninteressierter waren als die Jugend, stimmte doch etwas nicht.

„Du Opfer, gib die Mütze her!“

„Wallah, ich hab’ sie nicht. Was soll ich mit deiner hässlichen Mütze?“

„Hey, Khaled und Amir! Hinsetzen!“

„Der hat doch angefangen!“

Konrad Fall schreckte hoch. Der Zug hatte den Bahnhof verlassen und rollte in Richtung Norden. Endlich raus. Er vergaß seine letzten Gedanken und atmete auf. Die Häuser verschwammen, Bernau und Eberswalde rauschten vorbei, die Landschaft weitete sich, die Wolken türmten sich im Himmel wie Eisberge.

Konrad Fall mochte diese Stadt nicht, er mochte keine Stadt. Auch München war eine Katastrophe, nicht so schlimm wie Berlin, aber auch dort waren die Menschen eine Zumutung. Diese ständige Anspannung, die Aggression, die Verwahrlosung, die Überwachung, die in den Städten herrschten, waren nichts für Konrad Fall. Sein Sehnsuchtsort war der Wald, darin war er aufgewachsen, darin kannte er sich aus. Wintersport und nichts anderes als Wintersport, das war sein Metier. Keine Politik, kein Feuilleton, kein „Vermischtes" und vor allem kein aztekischer „Weltuntergang". Andrej Fischer und er blickten hinaus auf den Bahnsteig von Angermünde. Fischers Schuhe summten.

„Schalt die doch mal aus, Mensch!"

„Geht nicht, ist ein spezieller Tarif, kostenlose Unfallversicherung, solange ich die Schuhe eben nicht ausschalte."

„Barfuß geht man am Besten!"

„Weißt du, dass Angermünde vor ein paar Jahrzehnten mal ein richtig großer Bahnhof war? Steht hier in den *iglasses*®, fünfzehn Haupt- und zweiundfünfzig Nebengleise ..."

„Ist doch egal."

„Das ist doch interessant. Sollen wir ein paar O-Töne machen, Meinungsbild und so? Ich will hier nicht nur die Zeit absitzen. Der „People-Scan" zeigt im Waggon mindestens zehn Leute, die auch nach Pasewalk wollen und deren Profile auf ..."

„... den ‚Weltuntergang' passen?"

„So ungefähr. Ich habe es ein bisschen feiner verschlagwortet."

„Wir warten auf den Schaffner."

„Schaffner? Ein Echter?"

„Ja, hier gibt es noch einen echten Schaffner – erschrick dich nicht!"

Andrej Fische wippte nervös auf seinem Sitz herum. „Der hat was genommen!", dachte Konrad Fall. Aber das war besser, als einen Andrej Fischer auf Entzug mitzuschleppen. Jetzt konnte der wenigstens etwas tragen, falls sich die Koffer nicht nachdem die Sensoren aufgetaut waren von selbst bewegen würden. Dazu war er schließlich da, der Herr Volontär. Konrad Fall hoffte, dass sie getrennte Zimmer beim Bestatter Pölke haben würden. Für dreihundert Goldmark konnte man das eigentlich erwarten. Tagelang mit dem Schaumschläger in einem Zimmer, das könnte er nicht überstehen.

„Hey, du Hurensohn! Ich gewinne! ‚Ausstieg in Fahrtrichtung rechts', mach einen Strich bei mir. 4:1."

„Kannst deine Meinungsumfrage bei den Jungs da anfangen."

„Sehr witzig. Aber interessante Profilbilder. Willst du sie mal sehen?"

„Sie zu hören reicht mir."

Konrad Fall blickte aus dem Fenster. Vorbei rauschten mehrere fensterlose Logistikzentren, dann feuchte Wiesen und Felder, ein Hochsitz und ein riesiger Windrad-Park. Dann wurde er schläfrig. Für Meinungsumfragen würde noch Zeit genug sein. Trotz des Lärms dieser Schulklasse und Fischers Hippeligkeit war er kurz davor einzunicken, als ein heftiger Aufprall ihn aus dem Sitz riss und mit voller Wucht gegen Andrej Fischer schleuderte. Konrad Fall prallte von dessen magerer Brust ab und landete auf den Knien zwischen den Sitzen. Die Passagiere schrien durcheinander. Der ältere Herr, der neben ihnen gesessen und während der bisherigen Fahrt andauernd gehustet hatte, hielt jetzt sein Gebiss in den Händen, welches ihm beim Aufprall aus dem Mund gerutscht war. Die Mädchen der Schulklasse kreischten, die Jungen feixten, und die Klassenlehrerin drohte damit, sofort umzukehren, sollte sich herausstellen, dass einer von ihnen die Notbremse gezogen hatte.

„Ich warne euch, wir drehen um."

„Scheiße, ich bin blind!"

„Ausstieg in Fahrtrichtung rechts."

Konrad Fall erhob sich vorsichtig und blickte aus dem Fenster. Zu sehen waren abgeerntete Felder und schlammige Gräben, kein Bahnhof. Die Wolkentürme hatten sich in einen grauen Brei verwandelt. Es nieselte. Das musste so sein, das Ganze war ja auch die Höchststrafe, dachte er. Durch die Lautsprecheranlage des Zuges erklang die Melodie von „Das Wandern ist des Müllers Lust".

„Sehr geehrte Fahrgäste, wegen eines Personenschadens verzögert sich die Weiterfahrt um voraussichtlich dreißig Minuten. Wir bitten alle Fahrgäste, Ruhe zu bewahren, nicht auszusteigen und den Anweisungen des Bahnpersonals Folge zu leisten – auch denen der Assistenz-Roboter. Besuchen Sie unser Automatenbistro mit seinem Angebot an Speisen und Getränken. In Kürze erhalten Sie weitere Informationen."

Andrej Fischer rieb sich stöhnend die Brust und beugte sich dann fluchend über die Aluminiumkisten, um die Kamera zu überprüfen.

„Koffer?"

„Ja, Herr?"

„Ist dein Inhalt in Ordnung?"

„Ja, Herr, es sind keine Schäden feststellbar."

„Alles okay, wie es scheint. *Damn it*, kann man die eigentlich verklagen, wenn was kaputtgeht?"

„Wen?"

„Na die Bahn."

„Bei autonomen Fahrsystemen? Kannst du ja mal versuchen. Die schieben das auf den Hersteller der Triebwagen und der auf den Programmierer des Algorithmus und der auf sein Baby, das Saft in die Tastatur gekippt hat. Dann kommt der Safthersteller dran ..."

„Jaja, ist ja gut. Koffer?"

„Ja, Herr?"

„Funktionieren deine Apps wieder vollständig?"

„Vollständig, Herr."

„Schlafmodus."

„Danke, Herr."

Konrad Fall erhob sich und blickte über die Sitzreihen hinweg, ob irgendwo der Grund der Notbremsung zu erkennen war.

„Walid, deine behinderte Schwester hat sich wahrscheinlich vor den Zug geworfen. Und jetzt kommen wir wegen der nicht nach Pasewalk. Danke!“

„Können wir nicht einfach zurück nach Berlin? Das ist doch jetzt schon scheiße.“

„Ja, lieber Schule, gibt wahrscheinlich nicht mal Shisha da.“

„Jetzt mal Ruhe. Walid, hinsetzen! Ist jemand verletzt? Simone, ja, geh damit mal zu Herrn Kurtz, der hat die Verbandstasche. Noch jemand mit einer Verletzung? Ayse, warum weinst du?“

„Wegen dem Arsch ...“

„Wer hat geschrien, er sei blind?“

Konrad Fall spähte erneut durch das Fenster. Seine Stirn wurde von der Fensterscheibe angenehm gekühlt. Die Vermutung der Kids, dass der Zug jemanden getroffen hatte, war gar nicht so doof, dachte er. Aber falls der Zug tatsächlich über einen Menschen gefahren war, musste der hinter ihm liegen. Er wandte den Kopf. Nichts war zu sehen. Sie waren zu weit vorne im Zug. Er fluchte, früher hatte man wenigstens die Fenster öffnen können.

„Steh auf! Es geht los. Schnapp deine Kamera!“

„Was, wieso?“

„Frag deine Daten-Brille. Aber meiner Einschätzung nach war das einer von den Weltuntergangsjüngern, der nicht mehr warten konnte. Los, los, Kamera auf die Schulter! Ich will nicht bis zur Rente in eurer Loserbude arbeiten. Jetzt kannst du etwas lernen.“

„Die Kamera trägt man heutzutage nicht mehr auf der Schulter.“

„Dann nimm sie auf den Rücken.“

„Oh, gosh ...“

Andrej Fischer nahm die runde Lichtfeldkamera, die etwa die Größe einer Orange hatte, aus dem Koffer und zerrte am Stativ, das seine Befehle nicht zu deuten wusste.

„Stativ!“

„Ja, Herr?“

„Bereitmachen, Selbstaufbau, dann Folgen im ‚Gib Acht‘-Modus!“

„Stimmen-Authentifizierung fehlgeschlagen. Kein Netzwerk. Nur manueller Gebrauch möglich.“

„Jetzt zick nicht rum! Steh auf, du …“

„Bitte um Vergebung Herr, wenden Sie sich an *Minerva-N3ws*® oder den Hersteller, sobald eine Netzwerkverbindung besteht.“

„Jetzt quatsch nicht mit dem Stativ! Trag das Ding einfach, wenn es nicht laufen will!“

„Danke für den Tipp.“

„Stativ?“

„Ja, Herr?“

„Login manueller Modus.“

„Ausgeführt, Herr.“

„Jetzt mach mal!“

Nachdem Andrej Fischer gereizt das Stativ geschultert hatte, welches über Sensorik für Licht, Bewegung, Sprache und eine Gesichtserkennung verfügte, kämpften sie sich durch den Zug. Vorbei an besorgten Rentnern, einem kläffenden Hund und einer Gruppe singender Fußballfans des FC Hansa Rostock. „Gott sei Dank kein Fußball!“, dachte Konrad Fall bei deren Anblick.

Die von allen Seiten bestürmten Assistenz-Roboter bestätigten, dass sich der Zug kurz vor Pasewalk befinde, die nächste Station sei Nechlin. Im Moment lägen keine weiteren Informationen vor. Konrad Fall gratulierte sich innerlich, diese Bilder würde kein anderes CMS haben. Das würde ordentlich Wellen schlagen, wenn die Spiritisten sich schon jetzt auf den Weg ins Jenseits machten.

Konrad Fall legte sich im Kopf seinen Text für die Moderation zurecht. Die Hilfe von *Minerva-N3ws*® würde er nicht benötigen. Der richtige Ton musste getroffen werden, das war bei solchen Geschehnissen entscheidend. Eine Mixtur aus kühlem Bericht und Emotionen, immerhin lag da eine unglückliche Seele auf den Gleisen. Die Fernsehzuschauer wollten mitleiden, aber mit Abstand, versteht sich. Konrad Fall musste lächeln und blickte erneut aus dem Fenster.

„Nichts zu sehen. Siehst du was?“

„Nee, nichts.“

In seinem Heimatort würde ein Selbstmörder es auch heutzutage nicht auf den Kirchhof schaffen, dachte er. Aber hier in den Ostgebieten waren sie ja alle Atheisten. Als ob Andrej Fischer seine Gedanken erraten hatte, sagte der:

„Man müsste mal rausfinden, ob die sich im Osten häufiger umbringen als im Westen."

„Ja, das tun sie. Dazu brauch ich keine *iglasses*®, das sagt einem der gesunde Menschenverstand – wirtschaftlicher Ruin, Entvölkerung, Vergreisung, Goldmark-Schock und jetzt noch die polnischen Flüchtlinge. Das muss man nur zusammenzählen."

„Und als Ergebnis legt man sich im Osten auf die Gleise?"

„So, jetzt schau mal da hin!"

Am Rande des kleinen Waldstücks gegenüber der Bahnstrecke tauchten die Warnlichter der Kranken- und Polizeiwagen auf. Und zur Freude Konrad Falls schwebte auch eine Rot-Kreuz-Rettungsdrohne über dem Feld, scheinbar noch unentschlossen, wo sie in dem Morast landen sollte. Das gab gute Bilder. Er stieß Andrej Fischer kumpelhaft in die Seite. Jetzt war er bester Laune. Es würde das letzte Mal sein. Das letzte Mal, dass er solchen Mist würde kommentieren müssen, danach war wieder Profisport angesagt.

Sie waren im letzten Waggon angekommen und Andrej Fischer versuchte, durch die rückwärtige Fahrerkabine irgendetwas zu erkennen. Konrad Fall kratzte sich nachdenklich am Kopf. Wie sollten sie es machen?

„Fischer, hör zu! Erst Halbtotale: landende Rettungsdrohne. Dann Totale: Schwenk über Unfallstelle, darüber eine kurze Voiceover-Anmoderation, anschließend Nahaufnahme: ich und ein Sanitäter im Interview, vielleicht ein Polizist, der schon Hintergründe durchblicken lässt oder ein Vertreter der Bahn, ein Schaffner, falls greifbar.

„Was ist mit dem Lokführer? Der ist der einzige Augenzeuge."

„Der ist ein Nervenbündel, das sieht nicht gut aus." Konrad Fall stockte, hoffentlich gab es überhaupt einen Lokführer und der

Zug fuhr nicht vollständig autonom. Obwohl, die Reaktion eines autonomen Systems auf die Konfrontation mit dem Fakt, dass es gerade einen Menschen getötet hatte, verfügte durchaus über Schlagzeilenpotential.

„Zum Schluss nochmal Totale: abgedeckter Leichnam und Abtransport, eventuell noch ein Close-up mit der Abmoderation, ein bisschen Spekulation über den Zusammenhang des Selbstmordes mit dem „Weltuntergang", der Flüchtlingskrise, dem Goldmark-Schock, plus etwas Lokalkolorit, kapiert?"

„So, wie du das sagst, klingt das nicht real. Das macht *Minerva* nie mit."

Aber Konrad Fall hörte den Einwand des Volontärs gar nicht. Er überlegte, wie sie so schnell wie möglich auf die Bahnstrecke gelangen konnten. Dann zog er abrupt seinen Presseausweis aus der Tasche und hielt ihn wie ein Fußball-Schiedsrichter die Rote Karte über den Kopf in den Waggon hinein.

„Bitte lassen Sie die Presse durch. Bitte einen Gang freimachen für die Presse."

„Ey, kieck ma! Die Leichenfledderer sin schon da."

„Andrej, film den mal, dann ist er still."

„Samuel Panzke, dreiunddreißig Jahre, 3-D-Baudrucker, zwei Kinder, Berliner Jugend-Boxmeister 2003, Jahresgehalt circa siebentausend Goldmark, letzter Urlaub in Griechenland ..."

„Das reicht. Nicht interessant."

Der Baudrucker Samuel Panzke blickte irritiert auf und verstummte. Konrad Fall kannte solche Reaktionen und stieg, als wäre nichts gewesen, an zwei älteren Damen mit Wanderstöcken vorbei. Er schob einen dicken Mann aus dem Weg. Nachdem er diesen passiert hatte, drehte er sich nochmal um und fragte ihn, ob er wisse, wie sich die Zugtür manuell öffnen ließe.

„Das ist aber nicht erlaubt."

„Presse!"

„Und dann darf man das?"

„Wissen Sie es jetzt, oder nicht?"

„Mach doch selbst, du Heini."

Der Mann wandte sich schroff ab, berührte die Seitentasche seines Fahrrades und ließ sich von ihr eine Wasserflasche reichen, aus der er geräuschvoll trank. Niemand hier mochte die Presse. Journalisten genossen 2023 laut Umfragen weniger Vertrauen als Versicherungsmakler oder Politiker. Dahinter rangierten nur noch Vermögensberater und Angestellte der privaten Sicherheitsdienste.

„Dann machen wir das selbst. Hier steht es ja: Notöffnung."

„Kann ja nicht krass schwer sein."

„Drück mal!"

Es zischte, die Verriegelung knackte und die Tür öffnete sich einen Spaltbreit. Dann blieb sie mitten in der Bewegung stecken.

„Na, zieh mal! Zieh doch, Mensch! Steck die Finger rein!"

„*I am trying my fucking best*."

Andrej Fischer schob seine Finger in den Spalt und zog mit einem Gesichtsausdruck an der Tür, als erwarte er, dass auf der anderen Seite etwas nur darauf wartete, ihn anzuspringen. Aber es ging nicht. Konrad Fall spürte die feucht-kalte Winterluft durch die Öffnung hereinwehen, aber die Tür bewegte sich keinen Zentimeter. Schließlich gab Andrej Fischer mit hochrotem Kopf auf.

„Na, Kameraden? Braucht ihr Hilfe?"

Von hinten hatte sich ihnen ein älterer Herr genähert, der offenbar gerade aus einem der oberen Abteile nach unten gekommen war. Der Schnauzer des Herrn hing an den Mundwinkeln struppig nach unten, der Bürstenschnitt stand etwas verwahrlost auf dem Kopf und die Augen blickten wässrig zwischen Konrad Fall und dem Volontär hin und her. Er wiederholte seine Frage.

„Wie ist es nun, Kameraden? Braucht ihr Hilfe oder nicht?"

Der Hinzugekommene trug über seinem weißen Hemd eine graue Wollweste, aus deren Brusttasche eine Brille lugte. Den Mantel hatte er sich wie einen Umhang um die Schultern gelegt. Der Mann, dessen Kleiderordnung an einen pensionierten Förster erinnerte, drückte dem Volontär das Bahnmagazin, das er zu einer Rolle gefaltet gehalten hatte, in die Hand und quetschte sich zwischen den beiden hindurch zur Tür.

„Presse, verstehe schon. Da muss man nachgucken, wenn sich wieder ein schönes Kind aus dem Pommerland das Leben genommen hat, verstehe schon. Na, lasst mich mal machen."

Mit offenbar geübter Hand betätigte er erneut den Notöffnungsgriff, ruckelte ein bisschen daran, bis ein Zischen ertönte, hob den Finger, wartete noch einen Moment, stemmte sich dann mit der Schulter gegen die Innenseite der Tür und schob sie mit einem Ruck zu Seite.

„Hydrauliktür, Kameraden. Älteres Modell, da muss man warten können. Nicht hektisch rütteln, ansonsten macht die Tür gar nichts. Und nun passt auf, unterschätzt nicht die Höhe bis ins Gleisbett, da ist keine Leiter am Waggon."

„Sehr eindrucksvoll. Sie sind wohl vom Fach?"

„Bettac, aber nennt mich Karl. Jawoll, melde fünfzehn Jahre bei der Nationalen Volksarmee als Eisenbahnpionier, ruhmreiche Entlassung als Fähnrich. Ohne Wende wäre ich heute General außer Dienst. Schwamm drüber, alles lange her. Aber gelernt ist gelernt."

Konrad Fall lächelte und versuchte Andrej Fischer mit den Augen, ein unauffälliges Zeichen zu geben, endlich mit den Lichtfeld-Aufnahmen zu beginnen. Aber der Volontär stand nur da und begriff nicht, bis Konrad Fall den alten Fähnrich ganz offen einlud:

„Willst du nicht mitkommen? Ein bisschen die technische Seite des Unglücks erklären?"

„Ach, was soll ich denn da sagen?"

„Komm, Herr Fähnrich, komm schon, da findet sich etwas. Du bist doch ein patenter Mensch."

„Na, wenn du meinst."

Konrad Fall blickte Andrej Fischer ärgerlich an, als der wieder nicht begriff und stieß mit dem Fuß leicht gegen die Kamera, die auf dem Boden lag. Endlich verstand Andrej Fischer, kletterte aus dem Waggon, ließ sich, draußen auf der Bahntrasse angekommen, von Konrad Fall die Kamera reichen und filmte den Ausstieg der beiden älteren Männer. Das Aussteigen gestaltete sich in der Tat recht schwierig. Konrad Fall legte sich nach anfänglichem Zögern bäuchlings in die Tür und ließ sich vorsichtig ins Gleisbett hinunter. Dann assistierte er dem Fähnrich. Hinter den beiden begannen andere Passagiere ihr Gepäck zu schultern oder diesem Anweisungen zum Aufbruch zu geben, um ebenfalls unbefugt auszusteigen. Die Versuche des alten Soldaten, die Zugtür von außen wieder zu verschließen, wurden von innen mit Geschiebe und Pfiffen beantwortet. Besonders traten die angetrunkenen Fußballfans hervor. „Gott sei Dank kein Fußball", dachte Konrad Fall erneut. Aber der Korken war nicht mehr auf die Flasche zu bekommen, und so konnte Andrej Fischer filmen, wie sich die Abteile langsam leerten und Menschen, Koffer und Fahrräder das Feld füllten.

„Hansa Rostock, wir singen Hansa Rostock!"

„Los, Koffer, gib Bier aus dem Kühlschrank."

„Ja, Herr."

Fünf erwachsene Männer torkelten Arm in Arm über den matschigen Acker und stimmten Schlachtgesänge an. Konrad Fall kümmerte das wenig. Die Fußballidioten konnten von ihm aus im Schlamm auf und ab waten. Der Schaffner würde die Herde schon zusammentreiben, zur Not mit Hilfe der Polizei, die hinter dem Zug langsam mit einem Einsatzwagen über das Feld fuhr und die Pappenheimer schon in den Blick genommen hatte. Konrad Fall konnte die Unfallstelle jetzt sehen, aber sie lag nicht auf den Schienen, wie er es erwartet hatte, sondern ungefähr zwanzig Meter feldeinwärts. Dort parkten zwei Krankentransporter und ein schwarzer Kombi. Tote oder Verletzte waren nicht sichtbar. Die Rettungsdrohne hatte sich zum Leidwesen Konrad Falls wieder davongemacht. Das wäre ein stärkeres Bild gewesen, als diese schüchtern blinkenden Krankenwagen vor grauem Himmel. Ein Polizist sprach die beiden an.

„Was wollen Sie denn hier?"

„Wir sind von der Presse. Wir nehmen unseren verfassungsmäßigen Auftrag wahr."

„Unterhalb der Verfassung machen Sie es wohl nicht? Absperrung! Polizeigesetz! Beliebiger Paragraf."

„Was soll das heißen?"

„Das heißt: Sie bleiben hier und keinen Meter weiter, klar? Absperrung, sage ich. Kollegen, macht doch mal dicht hier!"

„Könnte ich der Polizei ein paar Fragen stellen? Andrej, komm!"

„Wir wissen selbst noch nichts. Sind ja gerade angekommen, wie Sie sehen."

„Hat der Selbstmord etwas mit dem Azteken-Weltuntergang in Pasewalk zu tun?"

„Sonst sind Sie noch ganz richtig im Kopf, ja? Wenden Sie sich mit dem Blödsinn an die Pressestelle der Bundespolizei, die freuen sich schon auf Sie. Und jetzt gehen Sie, bitte."

„Ich lasse mich nicht schubsen."

„Wer hat Sie denn geschubst?"

Der alte Fähnrich trat beschwichtigend zwischen Konrad Fall und den Bundespolizisten, der sich sehr nahe vor den zwei Journalisten aufgebaut hatte.

„Lass, Micha. Ich mach das schon."

„Ja, Bettac, nimm den mal weg."

„Kommt, kommt schon!"

Ihr Begleiter griff nach dem leuchtenden Ärmel von Konrad Falls beheizbarer Luftpolsterjacke und zog ihn sanft ein paar Meter von der rot-weißen Laser-Absperrung weg.

„Nimm das nicht persönlich, der Micha ist eigentlich ein netter Bursche. Aber der hat es auch nicht leicht gehabt. Das ist heutzutage alles eine Tragödie im Pommerland. Dem ist die Frau mit einem Ukrainer weggelaufen und hat die zwei Kinder mitgenommen. Wohnt jetzt mit dem in Stettin, trotz des ganzen Chaos."

„Kann trotzdem freundlicher sein. Ich mach auch nur meinen Job."

„Wissen wir, wissen wir. Wenn du und dein Kollege euch dort drüben auf die kleine Anhöhe stellt, dann könnt ihre alles gut überblicken und filmen. Und seht, da drüben steht schon der Bestatter.“

„Der da? Warum steht der so abseits?“

„Der kann kein Blut sehen, deswegen geht der nicht näher heran. Aber der Pölke erzählt gern mal etwas. Und gegen ein bisschen Trinkgeld vielleicht noch etwas mehr. Dem können die Leute im Moment gar nicht schnell genug sterben – die Schulden ...“

„Schulden?“

„Ich habe nichts gesagt.“

Konrad Fall sah zu dem kleinen Bestatter hinüber, der neben der geöffneten Heckklappe seines schwarzen Kombis stand. Das traf sich ja gut, dass Mark Pölke sie hier gleich persönlich vom Zug abholte, dachte Konrad Fall amüsiert. Aber erst mussten ein paar Bilder geschossen werden. Sie hatten schon zu viel Zeit verschwendet. Mindestens ein paar Standbilder und einen Schwenk über den Ort des Geschehens plus Kurzbericht. Wenn keine Zeit mehr war, dann eben mit Auto-Text aus *Minerva-N3ws®*. Zu dem musste Konrad Fall dann nur seine Lippen bewegen. Wenigstens diese Minimallösung mussten sie liefern. Dann würden sie sich um Pölke und ihren Schlafplatz kümmern. Als Bestatter fände der sicher auch noch ein paar warme Worte. Abschließend ein Abspann mit verblassendem Blaulicht, Martinshorn und dramatischen Filtern. Dann zusammen mit Pölke und dem ersten Opfer des „Weltuntergangs“ nach Pasewalk. Konrad Fall freute sich, dass alles so gut lief. Das war doch großer Journalismus, den er hier ablieferte, oder nicht? Es ging aufwärts.

Der ehemalige Skispringer und jetzige Bestattungsunternehmer Mark Pölke, dem sich die beiden Journalisten und Karl Bettac langsam näherten, war wenig festlich gekleidet: schwarze Lederjacke, schwarze Bundfaltenhose, Gummistiefel. Wie um den liederlichen Aufzug zu komplettieren, ragte ihm ein Beatmungsschlauch aus der Nase. Der Bestatter Pölke sah aus, als ob er gerade selbst von einer Bahre aufgestanden war. Alles in allem eine wenig vertrauenerweckende Gestalt, wie Konrad Fall missmutig feststellte. So bleich wie Pölke aussah, war der nichts für die Kamera. Ein todkranker Bestatter, das ging nicht. Das war schlimmer als ein Friseur mit Glatze oder ein Metzger mit fehlenden Fingern.

Der Verweis Pölkes auf eine schwere Bronchitis klang wie eine billige Ausrede. Konrad Fall dachte eher an eine Herz-Kreislauf-Geschichte, die bei ehemaligen Leistungssportlern nicht selten vorkam. Vergrößerter Herzmuskel, der für das bedächtige Leben eines Provinzbestatters einfach zu langsam pumpte und sich dem Stillstand bedrohlich näherte. Pölke ächzte gefährlich, als er gemeinsam mit dem Sanitäter den grauen Plastiksarg mit der Toten in den Kombi wuchtete. Dass die Tote weiblich war, war das Einzige, was der Notarzt mit Sicherheit sagen konnte. Im Krankenwagen fluchte währenddessen der Lokführer und beschimpfte die Selbstmörderin als „eigensinnige Fotze". Aber das half Konrad Fall auch nicht. Der Zugführer war zwar keine Maschine, aber das waren viel zu viele Emotionen für seinen und den Geschmack des Publikums. Er hielt Andrej Fischer an der Jacke fest, als der Anstalten machte, sich mit der Kamera der offenen Tür des Krankenwagens zu nähern.

Anders als von Konrad Fall erhofft, konnten sie nicht mit Mark Pölke und der Toten im Bestatterwagen nach Pasewalk fahren, denn der musste die Selbstmörderin erst in die Gerichtsmedizin nach Greifswald bringen.

„Erst zur Polizei und dann die Hinterbliebenen kontaktieren. Formalitäten, Formalitäten."

„Jaja, von der Wiege bis zur Bahre ... Keine Sorge, wir kommen schon irgendwie nach Pasewalk."

„Normale Leichen sind ja okay, aber die Unfallopfer zehren an den Nerven. An meinen zumindest."

„Ist ja auch kein schöner Anblick."

„Gott sei Dank hab' ich fürs Herrichten neuerdings einen Assistenten. Drücken Sie mir die Daumen, dass ich die Leiche behalten darf."

Dann lehnte sich Pölke auf dem Fahrersitz zurück und überließ Konrad Fall und Andrej Fischer der Obhut Karl Bettacs, der sich erfreut zeigte, die „Herren" nach Rollwitz, in seinen Heimatort zu führen.

„Wenn ihr gut zu Fuß seid und wir das Flüchtlingslager umgehen, können wir den Weg in zwei Stunden schaffen. Den Lokführer lassen sie auf keinen Fall weiterfahren."

„Aber der Fahrassistent kann doch wenigstens in den nächsten Bahnhof fahren?"

„Nicht erlaubt, meine Herren. Nach einem solchen Unfall dürfen die Lokomotiven der Sprinterreihe nicht im autonomen Modus fahren."

„Wozu das Ganze?"

„Die Einsatzregeln der Bahn sind da ganz klar: Nach Unfällen mit Personenschaden werden die Assistenzsysteme ganz oder teilweise abgeschaltet und der Zug manuell zur Unfallbegutachtung gebracht."

„Und jetzt?"

„Die warten jetzt auf einen Ersatzfahrer, ganz sicher, aber das kann heutzutage dauern. Zu Zeiten der Reichsbahn ging das zack, zack!"

„Ja, die Effizienz heutzutage ist ein Mythos."

„Kam damals ja noch häufiger vor als heute, dass die Leute sich auf die Gleise gelegt haben, die Reichsbahn hatte einfach mehr Übung mit solchen Geschichten. Hab' auch nie einen so ausrasten sehen wie den da. Aber wer weiß, was mit dem ist, man soll nicht voreilig urteilen."

Karl Bettac zeigte auf den Krankenwagen, aus dem der Lokführer seine Verwünschungen geschrien hatte.

„Ich kann aber nicht laufen mit dem ganzen Gepäck. Das kannst du vergessen."

„Ich dachte, die klugen Koffer fahren selbst? Und wenn nicht, nimmst du ein bisschen Pulver, dann geht das schon."

Andrej Fischer erstarrte und blickte fassungslos auf Konrad Fall. Der trat von einem Bein auf das andere und pustete sich in die Handschuhe, denn es hatte begonnen zu schneien und die Kälte sickerte ihm langsam in die Knochen. Die Bemerkung war ihm rausgerutscht. Ohne Hintergedanken. Er dauerte einen Moment bis ihm klar wurde, etwas Falsches gesagt zu haben. Er legte dem Jüngeren besänftigend die Hand auf die Schulter.

„Schon gut. Das war nicht so gemeint. Gib mir deinen Rucksack. Aber mit den Kamerakoffern setzt du dich auseinander. Ich rede nicht mit Koffern. Ich rede überhaupt nicht mit Dingen."

„Jaja. Koffer!"

„Ja, Herr?"

„Fischer, Log-in."

„Ja, Herr."

„Folge!"

„Gott, wenn Marco Polo uns so sehen könnte. Karawane mit selbstfahrenden Koffern. Man muss es sehen, um es zu glauben."

Es war ein beschwerlicher Weg nach Rollwitz, der Morast klebte in Klumpen an den Sohlen und manchmal versanken die Wanderer bis zu den Knöcheln in der schweren Erde. Die Wolken hingen tief und Nebel kroch in Schleiern über den braunen Acker. Nach einhundert Metern steckten die Koffer fest und mussten manuell getragen werden. Auch mit Hilfe Konrad Falls.

Nachdem der erste Groll verflogen war, versuchte Konrad Fall, sich beim Schleppen vorzustellen, was in den letzten Sekunden vor dem Aufprall im Kopf der Selbstmörderin vorgegangen sein mochte. Woran dachte ein Mensch, wenn ein Regionalexpress auf ihn zurollte? Er konnte sich nur Belanglosigkeiten vorstellen, weil Karl Bettac wie ein Wasserfall redete und die blödsinnigen Koffer sich dagegen zu wehren schienen von einem Menschen vorwärtsbewegt zu werden. Karl Bettac hingegen störten weder der Schlamm noch die Nässe in den Schuhen. Es störte ihn auch nicht, dass die beiden Journalisten sich fluchend mit dem Gepäck herumschlugen, während er mit hinter dem Rücken verschränkten Armen querfeldein lief und quasselte. Konrad Fall und Andrej Fischer konnten kaum Schritt halten, aber es war besser, so vorwärtszukommen, als mit grölenden Fußball-Fans auf einen neuen Lokführer zu warten. Außerdem war Karl Bettac eine gute Quelle für den Lokalkolorit. „Du musst immer an den Lokalkolorit denken!", ging es Konrad Fall durch den Kopf. Zur Entlastung seiner müden Arme lud er den angeblich autonom fahrenden Koffer ächzend auf die Schulter und stellte die Laufunterstützung der Schuhe auf Maximum. Dann blickte er mit zugekniffenen Augen über das Feld: Atmosphäre, Eigenart und Gefühl, das brauchte jeder gute Beitrag. Das war es, was ein Algorithmus nie schaffen würde: die Vermittlung eines Gefühls. Liebe, Heimat oder Todessehnsucht, egal. Karl Bettac konnte noch Gold wert sein, auch wenn er nicht direkt aus Pasewalk stammte. Aber der schien ja alle zu kennen: Den Bestatter, den Bundespolizisten und wer wusste wen noch. Den musste man sich warmhalten.

„Ihr werdet erstaunt sein, was sich hier in der Einöde so tut. Seht ihr dort drüben die Zelte? Eigentlich sollten da die polnischen Vertriebenen rein. Aber niemand ist da, ist alles leer, die sind alle nach Poggenitz weitergezogen."

„Poggenitz?"

„Ja, das ganze Dorf haben sie voriges Jahr in ein Altenheim gebracht. Waren ja nur noch zehn Menschen. Das lohnte sich alles nicht: Bus-, Strom- und Wasseranschluss für so ein paar Leutchen."

„Und jetzt wohnen dort die Polen?"

„Hätten dort riesige Parabolspiegel und Sendemasten aufgestellt, sagt man. Aber wenn wir erst mal in Rollwitz sind, dann zeige ich euch mein neuestes Projekt: die Seidenspinnerei. Hier stand unter dem „Alten Fritz“ mal alles voll mit Maulbeerbäumen. Hält man kaum für möglich, oder?“

„Seidenproduktion in Brandenburg? Klingt ein bisschen verwegen.“

„Klimawandel, junger Mann. Klimawandel und ein bisschen Mut. Mein Nachbar hat letztes Jahr Olivenbäume gepflanzt, fünf Hektar. Kirschbäume raus, Oliven rein. In Rollwitz wird geklotzt.“

„Gibt es keine Probleme mit der neuen Goldmark?“

„Probleme, Probleme. Reichsmark, Ostmark, Westmark, Euro und jetzt eben Goldmark. Ist doch alles nur Papier. Das haut ein Pommernkind nicht um.“

„Und was ist mit dem ‚Weltuntergang‘ und Pasewalk? Merkt man davon schon etwas?“

„Ach, nichts geht unter. Sie sollten sich keinen Bären aufbinden lassen. Aber die Seidenproduktion, die hat Potential. Ich habe alles durchgerechnet mit meinem Sohn, jetzt, wo der Christian aus Afghanistan zurück ist.“

„Ich dachte, alle Hotels seien ausgebucht und Pasewalk sei der einzige Ort auf der Welt, der nächste Woche nicht untergeht? Da muss doch jetzt jede Menge los sein?“

„Nichts ist los, die Welt geht nicht unter, glaubt mir.“

„Und wenn doch?“

„Dann hoffentlich nicht mit einem Knall, ansonsten braucht mein Christian wieder wochenlang Therapie, um seine zerrütteten Nerven in den Griff zu bekommen. Ich war selbst fünfzehn Jahre in der Armee, aber wir mussten so einen Endloskrieg wie in Afghanistan nicht kämpfen. Wenn man bedenkt, wie der Westen aufgeschrien hat, als die Sowjets dort einmarschiert sind, tsss. Und heute? Erst Besatzung, dann Abzug und jetzt sitzen die Herren wieder mittendrin. Erst bekämpfen wir die Taliban, jetzt verkaufen wir ihnen die Steine mit denen die ihre Frauen erledigen.“

Karl Bettac seufzte. Konrad Fall gab sich geschlagen. Der alte Mann wollte im Moment ganz offensichtlich nicht über Pasewalk und den „Weltuntergang“ reden. Er wollte über Maulbeerbäume und seinen Sohn reden. Irgendwie verständlich. Also ließ Konrad Fall ihn reden und konzentrierte sich darauf den Koffer durch den Schlamm zu wuchten.

Christian Bettac war Soldat der Spezialeinsatzkräfte der Bundeswehr. Als Unteroffizier war er in Kundus und in Herat stationiert gewesen. Das war, nachdem die Bundeswehr 2020 auf Einladung der neuen Taliban-Regierung wieder nach Afghanistan zurückgekehrt war. Diesmal, um die Chinesen und Iraner von einer Invasion abzuschrecken. Denn die Chinesen wollten die Unterstützung des Taliban-Regimes für die Uiguren beenden. Es war ein offenes Geheimnis, dass die Taliban mit Hilfe der USA und Deutschlands Aufständische durch den Wakhan-Korridor nach China schleusten. Das gleiche galt für den Iran, der, vermutlich zu Recht, eine Infiltration durch die aufständischen Volksmudschahedin von Afghanistan aus befürchtete.

Der alte Bettac sprach sehr ruhig, obwohl er das Ganze offenbar für eine geopolitische Schweinerei hielt und sein Sohn ernsthafte psychische Probleme aus dem Krieg mitgebracht hatte. Der hatte nach seiner Rückkehr begonnen, Kinder-Hörspiele zum einschlafen zu hören, und konnte keine Menschenansammlungen mehr ertragen, weil sich dabei permanent „die Bedrohungslage“ ändere, wie er sagte.

„Die Toten der Bundeswehr sind alle aus dem Osten oder Einwanderer, in jedem Fall aber Arbeiterkinder.“

„Wirklich?“

„Wusstet ihr nicht, dass der größte Teil der Mannschaften aus dem Osten kommt, aber kein einziger General?“

„Ist mir neu.“

„*Darüber* solltet ihr berichten, nicht über solchen Kram wie einen ‚Weltuntergang‘. Das dient doch nur zur Ablenkung des Volkes. Geht mal zu den Grenadieren in Torgelow und fragt nach der *Task Force 47* und was die in aller Welt so treibt. Da kommen euch die Tränen, wenn ihr seht, für was die Jugend verheizt wird, das sag ich euch."

„Mache ich vielleicht nach dem ‚Weltuntergang'."

„Und du? Was sprichst du denn die ganze Zeit in deinen Ärmel hinein?"

„‚Cyber-Chat', wenn dir das was sagt."

„Nee, sagt mir nichts. Da vorn ist die Hauptstraße."

Als sie endlich am Haus Karl Bettacs in Rollwitz ankamen, war es bereits später Nachmittag. Konrad Fall und Andrej Fischer waren geschafft.

„Was für ein Tag!"

„Ich mache erst mal Kaffee, und ihr ruht euch aus."

„Danke."

Konrad Fall und Andrej Fischer fielen müde auf die Ledercouch im Wohnzimmer. Es war still, sehr still, nur eine Wanduhr tickte. Niemand außer ihnen schien im Haus zu sein. Karl Bettac hatte die gluckernde, alte Kaffeemaschine angeworfen und machte sich hinter dem Haus an einem Garagentor zu schaffen.

„Meinst du, wir kommen heute noch nach Pasewalk, Konrad?"

„Keine Ahnung, der Bestatter wollte anrufen, wenn er aus Greifswald zurück ist. Ich hoffe, der kann uns hier abholen."

„Ich laufe keinen Meter mehr."

„Wenn man sich wenigstens auf die Koffer verlassen könnte."

„Koffer!"

„Ja, Herr?"

„Na, geht doch ..."

„Ja, sprechen tut er, aber kann er auch laufen?"

Die Wohnzimmertür öffnete sich und ein junger Mann mit Glatze und schwarzem Vollbart streckte vorsichtig seinen Kopf herein.

„Jemand da?"

„Äh, ja, wir. Wir warten auf deinen Vater."

Der junge Mann trat ein. Er trug einen Pullover mit dem Aufdruck „Combat Veteran", eine weiße Pluderhose und an den

Füßen übergroße Plüschhausschuhe, die Tigertatzen nachempfunden waren. Ein eigenwilliger Aufzug. Der junge Mann blickte über die auf der Couch sitzenden Besucher hinweg auf die dahinterliegende Wand. „Das muss Christian Bettac sein", dachte Konrad Fall und wollte sich erheben. Aber da ging Christian Bettac, den rechten Arm leicht von sich gestreckt, schon schlurfend durch das Zimmer direkt auf sie zu. Er bremste aber zu spät ab und stieß gegen die Knie von Andrej Fischer, der sich erschrocken von der Couch erhob und entschuldigte.

„Keine Sorge, das gibt sich, ich kann das mit den Abständen nur noch nicht richtig einschätzen. Letzte Woche bin ich in die Badewanne gefallen. Aber, inshallah, das wird besser, haben die Ärzte gesagt."

„Ja, äh, setz dich doch. Dein Vater kommt sicher gleich wieder."

Auch Konrad Fall war aufgestanden und sah verunsichert zu Andrej Fischer. Christian Bettac schien erblindet zu sein. Es entstand ein leichtes Gedränge in der Gasse zwischen Sofa und Couchtisch. Als sich alle irgendwie gesetzt hatten, saß der junge Veteran viel zu nah neben Konrad Fall. Das Gesicht des Soldaten befand sich nur zehn Zentimeter von seinem entfernt, aber Konrad Fall wollte nicht wegrücken. Wollte es aushalten. Er konnte nicht einfach von einem verwundeten Afghanistan-Soldaten wegrücken, das gehörte sich nicht. Unangenehm war es trotzdem. Auch Christian Bettac machte keine Anstalten, Abstand zu nehmen. Im Gegenteil, er beugte sich noch etwas nach vorn und begann, für die kurze Distanz viel zu laut zu sprechen. Direkt in Konrad Falls rechtes Ohr hinein, der die Augen schloss.

„Vati will euch wahrscheinlich seinen BTR-40 zeigen? Seid ihr Kameraden aus der Einheit?"

„Ich glaube nicht, also ... er wollte Kaffee kochen, soweit ich weiß."

„Ich meine nur, weil ich ihn draußen in der Garage höre."

„Was ist ein BTR-40?"

„Oh, ich dachte, ihr wüsstet Bescheid. Hat er noch nicht davon

gesprochen?"
„Nein. Er sprach von Kaffee."
„Und Maulbeerbäumen."
„Das ist ungewöhnlich, ich muss mir das seit meiner Geburt täglich anhören. Na ja, übertrieben gesprochen. Ist ein sowjetischer Schützenpanzer, den Rest möchte mein Vati euch sicher selbst erzählen. Das Ding ist sein einziger Lebenszweck. Na ja, und die Maulbeerbäume."
Christian Bettac war anders, als sich Konrad Fall und Andrej Fischer einen Afghanistan-Veteranen vorgestellt hatten. Er war um die dreißig Jahre alt, sehr schmal gebaut und durch seine helle, leise Stimme machte er keinen aggressiven oder kämpferischen Eindruck. Nur seine unkontrollierten Augenbewegungen hatten etwas Furchteinflößendes. Die Augen rollten ständig nach rechts und links, hin und her, so, als lese er oder denke intensiv nach.
„Habt ihr schon gehört? Gerade haben sie im Radio gesagt, dass nächste Woche wegen dieses Azteken-Kalenders die Welt untergeht, nur in Pasewalk nicht. Nicht mal dafür reicht es in dem Nest. Bin gespannt, ob Rollwitz eine Chance hat."
Christian Bettac lachte. Ein bisschen zu lange und zu dissonant.
„Ja, wir haben davon gehört, genaugenommen sind wir deswegen hier. Wir sind Journalisten."
„Systemassistenten?"
„Journalisten."
„Aha." Christian Bettac klang enttäuscht und nestelte verlegen an seiner Pluderhose herum. Er war kurz davor, in Tränen auszubrechen. Andrej Fischer setzte wie beiläufig seine *iglasses*® auf. Konrad Fall wusste sofort, dass der Volontär filmte und vermutlich auch *Minerva-N3ws*® die persönlichen Daten des Veteranen recherchieren ließ.
„Meine Welt ist in einer Sprengfalle untergegangen. Da brauche ich keinen aztekischen Kalender für. Die haben meine Welt einfach mit einem Esel in die Luft gesprengt. Sprengstoff in den Arsch gesteckt und dann: „Bumm!", mitten im Dorf. Interessiert

die dort nicht. Und hier auch nicht. Muss erst eine Prominente ihre Titten rausholen, bevor in Deutschland die Journalisten aus ihren Betten aufstehen."

„Das ist aber ein bisschen überspitzt formuliert, junger Freund."

„Wenn du ..."

Karl Bettac trat schwungvoll ein und unterbrach das Gespräch. Er trug jetzt graue Schaftstiefel, sein Bürstenhaar war mit einem braunen Cordhut bedeckt und der Rest des Mannes steckte in einem ockerfarbenen Tarnfleckanzug.

„Das Baby ist startklar."

Konrad Fall und Andrej Fischer blieben verunsichert sitzen, obwohl Karl Bettac in die Hände klatschte, so, als ob keine Zeit zu verlieren sei und man sofort ins Manöver aufbrechen müsse.

„Und der Kaffee?"

„Ach ja, fast vergessen, zuerst den Kaffee. Und noch etwas Gebäck. Und vielleicht noch den Birnenschnaps. Christian, bist du so nett und holst die Flasche und Gläser?"

Bei der Erwähnung von Birnenschnaps lief in Konrad Falls Mund augenblicklich bitterer Speichel zusammen. Er kannte das schon. Wenn jemand in seiner Nähe von Schnaps redete, dann passierte das. Nicht immer, aber hin und wieder. Und wenn er jetzt kein Wasser trank, würde er sich in zwanzig Sekunden übergeben müssen. Er fingerte nervös eine kleine Flasche stilles Wasser aus seiner Reisetasche und stürzte sie in einem Zug hinunter. Als Alkoholiker wusste er: Wenn der Körper etwas zum Trinken verlangte, dann musste man trinken, sofort. Wasser, Tee oder etwas anderes, das war egal, aber wenn man dem Körper gab, wonach er lechzte, war er für den Moment zufrieden.

„Bitte, keinen Schnaps, nicht ich! Kaffee. Ich trinke nur Kaffee, schwarz. Und noch ein Glas Wasser."

„Ich, äh, ich würde einen nehmen, einen kleinen Shot. Ist doch okay, oder?"

Konrad Fall bekam feuchte Hände. Wenn Andrej Fischer jetzt anfing, vor seiner Nase Birnenschnaps zu trinken, musste er stark bleiben. Er musste sich immer wieder bewusst machen, was auf dem Spiel stand: Wollte er lebenslang bei *Content Mafia 24* versauern oder noch einmal die süßen Früchte des Ruhms kosten? Er konnte Andrej Fischer das Trinken nicht verbieten. Er musste nur darauf aufpassen, dass es nicht aus dem Ruder lief.

Konrad Fall empfand Schadenfreude, als er Andrej Fischer ansah und bemerkte, wie der aus Vorfreude auf den Schnaps nervös auf dem Sofa hin und her rutschte. Seine „Ex" war offensichtlich vom Regen in die Traufe geraten. Selbst Schuld!

„Das ist deine Sache. Ich halt mich da raus."

„Okay, nur zwei Kurze."

„Aber wollt ihr es nun hören? Hinter dem Haus steht ein astreiner sowjetischer Schützenpanzerwagen, fahrtauglich, mit Nummernschild. Was sagt ihr dazu?"

„So wird es wohl sein."

„‚So wird es wohl sein', sagt er. Du bist gut. Den habe ich 1993 für zweitausend Westmark von einem Sowjetmenschen gekauft. ‚Mot-Schützenregiment' in Schwerin. Das ist ein ganz Feiner, der ist heute das zehnfache in Goldmark wert, mit dem fahr ich noch ins Altenheim. Keine große Technik, aber der hat Stil. Wenn ihr den Kaffee ausgetrunken habt, bring ich euch nach Pasewalk. In dem Schützenpanzer überleben wir jeden „Weltuntergang". Na, was sagt ihr?"

„In einem Schützenpanzer nach Pasewalk?"

„Klar, mit Vollgas! Und Nebelgranaten, wenn ihr wollt. Ich hab' welche."

Karl Bettac erhob sich lachend, um seinem Sohn, der mit einem Tablett in den Händen hereinkam, entgegenzukommen und ihm den Schnaps abzunehmen.

„Nicht, dass du ihn verschüttest!"

„Ich kann das schon, Vati."

Karl Bettac stellte die Gläser auf den Glastisch, direkt vor seine beiden Gäste. Konrad Fall erhob sich umständlich und ging zum Fenster. Er musste ein paar Meter Abstand zwischen sich und die Versuchung bringen. Wann hatte er zuletzt Birnenschnaps getrunken? Er dachte angestrengt nach. Birnenschnaps erinnerte ihn an seinen Vater, der Versicherungsangestellter gewesen war und immer vom Selbstgebrannten des Nachbarn geschwärmt hatte. Aber war der aus Birnen gewesen? Konrad Fall war nie ein Fan von all den Obstwässern gewesen, die das Frankenland überschwemmten.

„Christian, geh noch mal und hole Mutters Keksdose, weißt schon. Und bring die Unterlagen mit."

„Muss das sein?"

„Es muss, wenn wir schon mal so hohen Besuch haben. Außerdem will ich die Meinung der beiden studierten Herren zu unserem kleinen Landwirtschaftsprojekt hören. Ihr habt doch studiert, oder?"

„Gewissermaßen."

„Ich war in Harvard."

„Ist das eine Universität?"

„Ja, eine bomben Eliteuni. Hat einen Berg Geld gekostet.

„Immerhin, immerhin, billig ist auch nicht besser.

Konrad Fall fasste sich an den Kopf: „bomben Eliteuni". Fischer besaß kein Feingefühl, der konnte doch nicht von Bomben quatschen, während ein halb blinder Veteran im selben Raum war. Aber Christian Bettac schien nichts bemerkt zu haben, er brachte Kekse und einen dicken Aktenordner, den er dem Vater in den Schoß fallen ließ. Dann ließ er sich selbst mit einem missbilligenden Mundgeräusch in einen Sessel sinken.

„Ich habe das genau ausbaldowert. Der Tabakanbau ergibt keinen Sinn mehr und wird sowieso in den nächsten Jahren verboten. Die alten Salzquellen in Koblentz sind verschüttet, das habe ich selbst nachgeprüft. Da kommt man nur mit ganz schwerem Gerät ran. Aber die Seidenproduktion, das könnte sich rentieren. Wir haben genug Flächen für die Maulbeerbäume. Und in den alten Ställen der Landwirtschaftlichen Produktionsgenossenschaft können wir die Raupen halten. Ich sage immer: Wenn die Zukunft

düster aussieht, muss man sich auf das Bewährte besinnen."
„Ach Vati, hör auf! Das ist doch Unfug. Dieses Gelaber von den Hugenotten und dem ‚Alten Fritz'. Ich bin halb blind, ich sehe die Scheiß-Raupen doch nicht einmal."
„Dann hättest du die Viecher in diesem verwüsteten Land lassen müssen. Ist doch schade drum. Die Sortier- und Spinnmaschinen kaufen wir billig von dem Händler aus Mönchengladbach. Das ist alles fix."
„Das war halt vor der ganzen Eselsscheiße eine gute Idee. Jetzt nicht mehr. Mohn hätte ich mitbringen sollen aus dem Drecksland. Der würde mir jetzt weiterhelfen."
„Genau, so, dass du dich an die Nadel hängst wie der Sohn vom Baumann."
Christian Bettac schlurfte, so schnell es für ihn ging, aus dem Zimmer und knallte die Tür zu.
„Er braucht Zeit. Hat es nicht einfach der Junge. Aber die Idee ist doch genial? Oliven und Seide aus Rollwitz. Stellt euch das vor! Wenn schon Neue Seidenstraße, dann schlagen wir die Chinesen mit ihren eigenen Mitteln. Ausgetrunken, junger Mann? Dann auf nach Pasewalk!"
„Schmeckt gut. Du trinkst deinen nicht?"
„Ne, mach mal mein Junge, ich muss ja noch fahren."

Andrej Fischer rannte wie ein kleiner Junge um den BTR-40 herum, machte Lichtfeldaufnahmen und tippte auf dem Bildschirm seines *Sius-Quantenpad*s herum. Als Karl Bettac den Schützenpanzer mit einem heiseren, mechanischen Röhren anließ, versank Fischer in einer gewaltigen Abgaswolke.
„Das Baby ist bereit zur Attacke! Springt rein!"
„Der hat ja kein Dach, da frieren wir uns doch den Arsch ab.
„Komm schon, Konrad, ist doch egal. Hättest du einen mitgetrunken, dann wäre dir jetzt auch schön warm. Lächel doch mal."
„Klugscheißer."
„Wir machen die Plane drüber und ihr setzt die Panzerhauben

auf. Christian, hilf mal!“

Nachdem er beide in den Schützenpanzer verfrachtet hatte, öffnete Christian Bettac tastend das Hoftor, grüßte aber nicht, als der BTR-40 in die leere Dorfstraße abbog, über der die Dämmerung hereinbrach. Er schien sauer auf seinen Vater zu sein. „Armer Kerl“, dachte Konrad Fall. Wenn sich einer vorstellen konnte, wie das war, wenn die Welt unterging, dann der, da hatte Christian Bettac schon recht gehabt.

Konrad Fall schloss die Augen. Es schüttelte ihn. Man sagte, dass bei Blinden die anderen Sinne extrem geschärft würden. Konnte man sich durch die Welt hören und riechen? Hunde und Fledermäuse taten das und schienen damit recht zufrieden. Aber blinde Veteranen konnte man nicht mit Hunden und Fledermäusen vergleichen.

Das Ungetüm von einem Panzer machte einen Höllenlärm. Andrej Fischer saß vorn neben Karl Bettac und ließ sich von diesem schreiend die technischen Details erklären. Und verglich sie mit den Angaben seiner *iglasses*®. Konrad Fall interessierte weder die Panzerung, die Höchstgeschwindigkeit noch die Bewaffnung dieses Soldatentaxis. Er dachte an den „Weltuntergang“. Was musste eigentlich passieren, damit die Welt wirklich unterging? Allgemein wurde mit „Weltuntergang“ ja lediglich die Auslöschung der menschlichen Spezies auf der Erde bezeichnet. An den eigenen Tod hatte Konrad Fall schon häufig gedacht, ihn sogar einmal, nach einem besonders schlimmen Alkoholexzess, selbst herbeizuführen versucht. Aber an den Tod von allen und jedem, weltweit, auf einen Schlag? Wer dachte schon an so was?

Wenn Konrad Fall es sich hätte aussuchen können, wäre ihm eine plötzliche, schnelle und aus dem Weltall kommende Vernichtung am liebsten gewesen. Er hatte mal bei einer seiner Zechtouren von einem Physiker von der Möglichkeit eines Zerreißens des Universums gehört, dass klang spektakulär. Er konnte natürlich nicht mehr rekapitulieren, wie das genau vonstattengehen sollte, das Zerreißen des Universums. Irgendetwas hatte es mit der Ausdehnung des Weltalls zu tun. Wahrscheinlich musste man es sich wie das Platzen eines Luftballons vorstellen. Aber es ging sicher schnell, jedenfalls schneller als der Tod infolge eines Atomkriegs oder durch eine Pandemie. Aber warum musste es eigentlich unbedingt schnell gehen? Wenn er schon starb, und alle anderen Menschen mit ihm, dann wollte er das bewusst erleben. Aber eigentlich war auch das sinnlos, weil er seine Erkenntnis ohnehin mit niemandem mehr würde teilen können.

Er wischte sich mit dem Handrücken über die Stirn. Bei solchen Aussichten half wirklich nur Thüringer Myrrhentinktur. Er lächelte. Aber ernsthaft: Wenn die ganzen Spinner wirklich davon ausgingen, dass die Welt unterging, dass sie ausgelöscht, vernichtet werden würde, richtig echt und unwiderruflich, dann musste unter ihnen blanke Panik herrschen. Was würde er, Konrad Fall, denn machen, wenn er in einem abstürzendem Flugzeug oder auf einem sinkenden Schiff festsäße und die Überlebenschance gleich Null wäre? Schreien, weinen und sich an seinem Nachbarn festklammern vermutlich. Das war doch das wahrscheinlichste Szenario, wie ein Mensch auf seinen bevorstehenden Tod reagieren würde. Aber in Rollwitz und auf den angrenzenden Feldern war es ruhig und friedlich. Gut, die Selbstmörderin hatte die Ungewissheit vielleicht nicht mehr ertragen können und die Fans von Hansa Rostock würden den Kometen nicht einmal dann erkennen, wenn er direkt auf sie zugeflogen käme. Aber der Rest der Menschheit müsste doch in Panik geraten, oder nicht?

Der BTR-40 bremste abrupt, setzte zurück und stoppte. Konrad Fall wurde aus seinen Träumereien gerissen und beugte sich nach vorn, um den Grund des Anhaltens zu erfahren.

„Ist was passiert?"

Karl Bettac öffnete die kleine Fahrertür, die mehr einer Luke glich, stieg aus und zwei junge Frauen mit merkwürdig gefärbten Haaren quetschten sich kichernd und quiekend herein. Sie setzten sich an der Längsseite des BTR-40 Konrad Fall direkt gegenüber.

Karl Bettac lehnte sich über seinen Fahrersitz in den Mannschaftsraum. „Die zwei Damen nehmen wir mit in die Stadt. Ist wohl Tanz im ‚Speicher'?"

„Punk-Konzert."

„So etwas Altes hört ihr?"

„Ne, eigentlich nicht, aber es gibt nichts anderes in Pasewalk."

„Wollt ihr etwas trinken?"

Die Blauhaarige hielt Konrad Fall eine große Plastikflasche hin.

„Was ist das?"

„Das ist ‚Jungpionier', Energy-Sekt-Wodka. Haut voll rein."

„Hey, hier vorn! Ich bin dabei."

Die Rothaarige reichte das Getränk an Andrej Fischer weiter, der offenbar seine guten Vorsätze, sollte er je welche gehabt haben, über Bord geworfen hatte.

Das war mit Abstand der verlockungsreichste Tag seit dem Beginn seiner Trockenheit, aber noch hielt Konrad Fall stand. Kein Wanken, kein Weichen. Vor dem Volontär durfte er sich keine Blöße geben. Er holte vorsorglich seine wieder gefüllte Wasserflasche aus der Tasche. Für alle Fälle.

„Und Sie? Auch einen Schluck?"

„Nee, ich kenne die Folgen, Mädels. Nur noch Wasser."

„Spielverderber."

„Ihr habt keine Ahnung, weder, um welches Spiel es sich handelt, noch von der Höhe der Einsätze."

Die beiden jungen Frauen hielten Konrad Falls umständliche Bemerkung für einen Witz und kicherten. Der BTR-40 fuhr wieder auf die Landstraße, der Fahrtwind ließ die Plane über ihren Köpfen rascheln und die Gespräche mussten schreiend fortgesetzt werden.

„Ich habe gehört, ganz Pasewalk sei im Weltuntergangsfieber?"

„Keine Ahnung, wir sind ja aus Rollwitz, aber nächste Woche soll es im ‚Speicher' eine Weltuntergangsparty geben, glaube ich. Weiß gar nicht, ob das mit Verkleiden ist oder nur so."

„Cool!"

„Ihr könnt ja auch kommen!"

„Hey! Wollen wir Jenny winken, wenn wir am Krankenhaus vorbeikommen? Vielleicht steht die draußen beim Rauchen, die Arme hat Nachtdienst."

„Herr Bettac, können wir die Plane ein bisschen aufmachen, wenn wir am Krankenhaus vorbeikommen? Nur kurz."

„Von mir aus, aber Vorsicht mit den Ösen."

„Den was?"

„Na, die ... Ach, Konrad, kannst du denen mal helfen?"

Konrad Fall hantierte umständlich mit den Befestigungen, schließlich gelang es ihm, einige zu lösen, und er öffnete die Plane ein wenig. Der BTR-40 fuhr langsam am sechsgeschossigen „Asklepios Hospital" vorüber. Die zwei Mädchen quetschten ihre Köpfe durch die Öffnung zwischen der Plane und der Außenwand des Schützenpanzers. Sie riefen und winkten heftig. Tatsächlich stand Jenny vor dem Krankenhaus und rauchte, schien aber nicht zu begreifen, dass das Gejohle aus dem Schützenpanzer ihr galt. Karl Bettac lehnte es ab, anzuhalten.

„Arbeitet ihr dort?"

„Noch in Ausbildung."

„Wozu, wenn man fragen darf?"

„Gesundheits- und Krankenpflege. Ist das Einzige, was du hier in der Gegend machen kannst. Na ja, außer Altenpflege. Aber da haben wir keinen Bock drauf. Außerdem gibts da schon zu viele Roboter, die einem die Arbeit wegnehmen. Kranke sind besser als die Alten, mit denen macht es mehr Spaß. Die anderen aus unserer Klasse machen das, aber beschweren sich alle. Das ist entweder Ausbeutung oder du machst nur Verwaltung, weil sie überall Roboter einsetzen. Und dann biste mit zwei Blechköppen allein im Nachtdienst für sechzig Omis da."

„Kannste nur noch Opiat geben, den Omis und dir selbst."

„Aber von dem ‚Weltuntergang' habt ihr nichts mitbekommen?"

„Na, da stand so was auf *Cyber-Chat*. Von wegen ‚Weltuntergang' und dass irgendjemand sagt, dass nur Pasewalk nicht untergeht."

„Aber das ist doch eh egal. Von mir aus kann Pasewalk als Erstes untergehen."

„Würdet ihr das in eine Kamera sagen, wenn wir in Pasewalk aussteigen? Damit könnt ihr berühmt werden."

„Nee, ich auf keinen Fall. Ich seh nicht gut genug aus. Malle, du kannst das machen."

„Nee, ich bin auch Luft."

„Was sagt ihr zu einer Aufwandsentschädigung von fünfzig Goldmark?"

„Wo zeigt ihr das denn?"

„Das lässt sich nicht so genau sagen. Das entscheidet der Contentmanager. Aber der ist künstliche Intelligenz, der macht keine Fehler."

„Fünfzig Goldmark?"

„Fünfzig Goldmark!"

„Okay, ich machs, aber Malle, du musst neben mir stehen, okay?"

Bis der BTR-40 vor dem Haus des Bestatters Pölke anhielt, hatten die beiden Auszubildenden die Flasche „Jungpionier" leergetrunken. Andrej Fischer war sichtlich enttäuscht, dass er nichts mehr abbekommen hatte. Die Aufnahmen bestanden dementsprechend nur aus Gekicher und Blödelei. Außerdem war es fast dunkel, was die Qualität stark einschränkte. Im Grunde reine Zeitverschwendung und außerdem peinlich, denn Karl Bettac und ihr Gastgeber Mark Pölke inklusive seiner Frau hatten es sich nicht nehmen lassen, den lächerlichen Versuchen eines Interviews in ihrem Vorgarten beizuwohnen.

Konrad Fall war wütend und fühlte sich in seiner Berufsehre gekränkt. Die zwei besoffenen Weiber hatten ihn zum Gespött gemacht. Fast hätte er den beiden bunthaarigen Landpomeranzen das vereinbarte Geld nicht gegeben, aber zwei, drei Sätze hatten sie immerhin ohne hysterischen Anfall herausgebracht. Und am Ende wollte er sie nur noch loswerden.

II

Die Pölkes waren ein ungleiches Paar, zumindest äußerlich. Neben dem schmalen, dünnbeinigen, federleichten Mann stand eine imposante Frau. Sie überragte ihn um mindestens einen Kopf, eine üppige, geradezu aus der Zeit gefallene Frau mit blond toupiertem Haar, hochhackigen Schuhen und auffälligem Make-up. Ein Typ, den Konrad Fall für ausgestorben gehalten hatte. Spätestens seitdem die Pflege-, Renten- und Krankenkassen Übergewicht mit dem Aufschlag von zwei Beitragspunkten bestraften, waren solche Körperformen wie die von Frau Pölke selten geworden.

Karl Bettac hatte nur kurz ein paar Floskeln mit den Pölkes ausgetauscht, dann war er an Andrej Fischer herangetreten.

„Also, wenn ich helfen kann, machen wir morgen ein Interview."

„Bist du sicher?"

„Aber ja, dass ich nichts weiß, das ist ja egal. So viel habe ich inzwischen kapiert."

„Na, wenn du willst."

„Aber nur unter der Bedingung, dass ich auch was von meiner Seidenraupenidee erzählen kann."

„Ich frag' das CMS."

„Mach das mein Junge, frag dein CMS. Und immer dran denken: Hände auf die Taschen und das Schlafzimmer schön abschließen."

Karl Bettac zwinkerte schelmisch und legte Andrej Fischer freundschaftlich die Hand auf die Schultern. Dann war er weg. Konrad Fall konnte dem Gespräch nicht folgen, da er immer noch damit beschäftigt war, aus den beiden gackernden Hühnern etwas Verwertbares herauszubekommen. Er drehte sich erst um, als Bettac seinen BTR-40 startete und die gerade aufgenommenen, einigermaßen sinnvollen Aussagen der jungen Frauen mit dem

Gedröhne des Schützenpanzers unbrauchbar machte.

„Mist, verdammter Scheiß-Panzer!"

Es war stockdunkel geworden, als sie endlich in das Haus der Pölkes eintraten. Im Erdgeschoss lag zur Straße hin das Büro von „Pölkes Bestattungsdiscounter", in dessen spärlich beleuchtetem Schaufenster 3-D-Projektionen auf die neusten Bestattungsarten hinwiesen: Weltraum, Tiefsee oder die kostenfreie Verwertung funktionsfähiger Körperteile im Roboterbau. Auf einem Monitor wurde im Rahmen eines „Cyber-Month" mit reduzierten Preisen auf eine virtuelle Bestattung als Datensatz geworben. Konrad Fall bekam eine Gänsehaut.

Der erste Abend im Haus der Pölkes verlief eigentümlich. Konrad Fall und Andrej Fischer waren nach dem Essen kurz davor, im Sitzen einzuschlafen. Aber beide kämpften tapfer. Wenigstens am ersten Abend wollten sie ihren Gastpflichten nachkommen. Frau Pölke kümmerte sich, umgeben von einer mächtigen Parfümwolke, rührend um ihre Gäste: Wurst- und Käseschnittchen, Gewürzgurken, Salzstangen, Marzipan. Dann kamen Glühwein und Sekt auf den Tisch. Konrad Fall fühlte sich durch Frau Pölkes altbackene Bewirtung dreißig Jahre in der Zeit zurückversetzt. Als sie ihn zu einem Gläschen einlud, bekam er einen Schweißausbruch. Frau Pölke legte ihm fürsorglich die Hand auf den Arm, als sie die Unsicherheit ihres Gastes bemerkte.

„Dann einen schönen frischen Pfefferminztee, ist bei der Witterung sowieso das Beste."

„Kaffee, bitte."

„Jetzt noch, um die Uhrzeit?"

„Keine Sorge, das geht bei mir."

„Na, Sie sind mir wohl ein ganz harter Kerl."

Dann verschwand sie und Konrad Fall konnte sich nicht dagegen wehren, ihre schwingenden Hüften sehr anziehend zu finden. Mark Pölke hatte den Beatmungsschlauch abgelegt und rauchte eine Zigarette, unterbrochen von gelegentlichen Hustenanfällen. Die Bronchitis war wohl eher ein ordinärer Raucherhusten, dachte Konrad Fall und spähte nach der Wohnzimmertür, in Erwartung der Rückkehr Frau Pölkes.

Rauchen jedenfalls würde ab dem nächsten Jahr überall verboten sein, auch in den eigenen vier Wänden. Das neue Gesetz stand in einem merkwürdigen Gegensatz zu der allgemeinen Liberalisierung von Drogen und des Dopings. Die Regierung verbot weder Besitz noch Konsum von Tabakprodukten, sie schränkte einfach die Orte ein, an denen das Rauchen erlaubt war, was einem Verbot gleichkam. Von der Erhöhung der Versicherungsbeiträge für Raucher mal ganz abgesehen.

Draußen im Gang klirrte Geschirr und Frau Pölke trat wieder ein. Sie war wirklich ein ganz anderer Frauentyp als Britta Hochstieg oder die anderen Frauen, denen Konrad Fall bisher begegnet war. Die meisten Damen, die er kannte, waren Journalistinnen, Moderatorinnen, Regieassistentinnen oder Bürokauffrauen. Und sie entsprachen dem in der Mittelklasse herrschenden körperlichen Idealbild der schlanken, trainierten und dezent geschminkten, natürlichen Frau. Dazu verfügten sie über Intelligenz und Selbstbewusstsein.

Maria Pölke war einfach nur „üppig". Ein anderes Wort fiel Konrad Fall, der ansonsten sprachgewandt war, einfach nicht ein: üppig. Maria Pölke sah aus wie ein überbordender Obstkorb: Birnen, Äpfel und Melonen. Und so duftete sie auch. Es war Konrad Fall völlig schleierhaft, wie das asthmatische Fliegengewicht Pölke an sie geraten sein konnte. Wie das mit den beiden im Bett funktionierte, mochte er sich kaum vorstellen.

Konrad Fall bekam seinen Kaffee serviert, wobei er der Gastgeberin in den Ausschnitt blickte, blicken musste. Er spürte das Pubertäre des Vorgangs, schämte sich aber nicht. Er konnte einfach nicht anders. Ohnehin war es nur ein kurzes Linsen, denn Mark Pölke hatte begonnen, über seine Anfahrtshocke zu philosophieren und ausgiebig zu erzählen, wie er 1991 in Planica beinahe als erster Mensch der Welt über zweihundert Meter weit gesprungen wäre. Dabei war er auf einen Stuhl gestiegen, um

Andrej Fischer genau die Hebelverhältnisse von Unterschenkelwinkel, Kniewinkel, Hüftwinkel und Oberkörperanstellwinkel zu erklären. Ohne Erfolg, wie man dem verständnislosen Blick des Volontärs entnehmen konnte. Um seine Ahnungslosigkeit zu verbergen, machte der immer wieder Aufnahmen und ließ sie durch sein *Sius-Quantenpad* direkt durch *Minerva-N3ws®* auf „Cyber-Chat" mit automatisch generiertem Text veröffentlichen.

Dann sprang Pölke, der seinen Beatmungsschlauch wieder angelegt hatte und die Sauerstoffpatrone in der Hand hielt, vom Stuhl und landete im Ausfallschritt auf dem Teppich. Er erlitt einen Hustenanfall. Nach ein paar kräftigen Zügen aus der Sauerstoffflasche sagte er:

„Ich hab' mir den Sprung tausendmal auf Video angeguckt. Tausend Mal, das ist kein Witz. Ich bin mir sicher: Ich hab' nicht in den Schnee gegriffen. Das hat auch der Trainer gesagt. Es wäre möglich gewesen, den Sprung zu werten. Dann wäre mein ganzes Leben anders verlaufen. Dann müsste ich nicht ..."

„Aber damals hat die FIS sowieso alle Sprünge mit maximal einhunderteinundneunzig Metern gewertet. Das hätte Ihnen nicht viel genutzt."

„Ah, das stimmt, Herr Fall. Aber Sie vergessen: Der Erste zu sein, das hätte mir schon genutzt. Der erste Skispringer über zweihundert Meter, da würde ich heute noch im Fernseh-Sportstudio sitzen. Oder ich würde wie Sie ... ich kenne Sie übrigens von den Übertragungen. Selbst gesprungen?"

„Ich? Nein, Skilanglauf, das ist mein Metier. Aber die FIS-Regelung war klug, wie ich finde, das ist doch Irrsinn, was die Jungs heute für Weiten springen – zweihundertsiebzig Meter. Da wird keine Rücksicht auf die Gesundheit der Springer genommen."

„Ich sage Ihnen was: Nach dem Sturz taten mir drei Tage lang die Knie weh. Ich kann mir nicht vorstellen, wie der Bröndal das macht. Aber das ist Skispringen, ohne Rekordjagd ist der Sport nicht vorstellbar. Und jetzt mit der Dopingfreigabe wird sowieso ..." Er erlitt erneut einen Hustenanfall.

Frau Pölke ermahnte ihren Mann, den Beatmungsschlauch wieder anzulegen, den er für das Gespräch abgenommen hatte. Er folgte murrend der Aufforderung.

Andrej Fischer hatte während des kurzen Gesprächs zwischen den beiden Sportexperten mehrere Gläser Glühwein hinuntergestürzt. Auch die Pölkes langten zu. Dann, als die Gesichter anfingen, sich zu röten, und die Gespräche ausgelassener wurden, klatschte Frau Pölke in die Hände. „Rekorder!"

„Ja, Herrin?"

„Stimmungsmusik!"

Bald verwandelte sich der Antrittsbesuch in eine kleine Kreistanzparty, bei der Konrad Fall versuchte, die neben ihm tanzende Frau Pölke heimlich zu berühren. Er konnte nicht anders. Ohne einen Schluck Alkohol gebärdete sich Konrad Fall wie ein Fünfzehnjähriger und versuchte, Maria Pölke durch gewagte Tanzschritte zu entflammen. Dass der Bestatter und ehemalige Kader-Springer hustend neben ihm tanzte, hielt Konrad Fall nicht zurück. Irgendwie machte der keinen sehr besitzergreifenden Eindruck auf ihn. „Im Osten soll man da ja nicht so prüde sein", dachte er.

Aber nachdem Konrad Fall zweimal – wie zufällig – mit Frau Pölke zusammengestoßen war, stellte plötzlich Herr Pölke mitten im Refrain die Musik aus. Konrad Fall erschrak, denn er vermutete, dass Pölke ihn jetzt zur Rede stellen würde.

„Hey! Was machst du, Struppi?"

„Psst, still, hört mal!"

Mark Pölke stand wie festgefroren da und deutete mit dem Zeigefinger der rechten Hand auf das Fenster, mit dem der linken auf sein Ohr.

„Hört ihr?"

„Was ist denn los?"

„Haltet doch mal den Mund!"

„Still, Andrej."

„Das Geschrei kommt drüben aus der Jugendherberge."

„Klingt so, als ob du gleich etwas zu tun kriegst, Struppi."
„Ich hab' Feierabend, Liebchen."
„Aber hör doch mal!"
Konrad Fall nutzte die Unterbrechung der Musik und empfahl sich mit der Ausrede, noch die Texte für das heutige Filmmaterial schreiben zu müssen, was natürlich *Minerva-N3ws®* erledigen würde. Er ging nach oben in sein Zimmer und öffnete neugierig das Fenster, denn die Auseinandersetzung auf dem Nachbargrundstück war noch nicht beendet. Gott sei Dank hatte er ein eigenes Zimmer, dachte er, als ihm die eiskalte Nachtluft entgegenschlug. Mit dem zugeknallten Andrej Fischer im Ehebett, das wäre nicht gegangen.
„Wallah, Herr Polizist, ich hab' es Ihnen doch schon erklärt. Der schuldet mir fünfzig Goldmark. Das war ausgemacht."
„Wofür, wenn man die Herren fragen darf?"
„Na, dass wir was in die Kamera erzählen, dies, das, ‚Weltuntergang' und dass wir hier sind, weil in Pasewalk irgendwie die Welt nicht untergeht."
„Ja, und dass wir das in einem Kalender gelesen haben und jetzt hier auf irgendetwas warten."
„Und dann sollten wir mit den Fackeln da und dem Totenkopf rumlaufen."
„Genau, und jeder fünfzig Goldmark. Und jetzt wollen die nicht bezahlen. Wir denken uns doch die kranke Scheiße nicht aus."
„Der Kameramann sagt, einer von euch hat ihn geschlagen."
„Was? Der lügt. Wallah, der lügt, der Bastard, der Hund."
„Die haben gesagt, wir kriegen Geld, wenn wir machen, was sie uns sagen. Die Scheiß-Türken lügen."
„Sachte, junger Mann, ganz ruhig."
„Wieso? Sind doch von 'nem türkischen Sender. Ali, ist doch so, oder? Außerdem sollten wir noch sagen, dass in Sirince die Welt auch nicht untergeht. Ali, Sirince ist doch in der Türkei, oder?"
„Das ist egal, das ist eine Beleidigung, dafür kann ich dich aufs Revier mitnehmen."

„Türke ist eine Beleidigung?"
„Stell dich nicht doof. Habt ihr euch beruhigt? Ich gehe jetzt zu den Journalisten, lass alles löschen, und dann will ich heute Nacht nichts mehr hören, okay?"
Konrad Fall bemerkte, wie sich unter seinem Fenster die Terrassentür leise öffnete und plötzlich Mark Pölke angetrunken über den Zaun rief:
„Die ganze Bande verhaften, dann ist Ruhe!"
Dann schloss der Bestatter wieder die Tür. Auch Konrad Fall wurde es zu kalt und als keine Erwiderung aus der Jugendherberge herüberdrang, schloss er das Fenster ebenfalls. Er fürchtete, dass man ihn am Ende für den Rufer halten könne.
Aus dem Nachbarzimmer, in dem Andrej Fischer untergebracht war, drangen scheuernde Geräusche, so, als ob dieser den Boden wischen würde. Konrad Fall setzte sich auf das Bett. Die rosa Blümchenbettwäsche hatte sicher Maria Pölke ausgesucht. Er beugte sich über das Bett und roch am Laken, normales Vollwaschmittel, leider keine Spur dieses betäubend süßlichen Duftes, den Maria Pölke verströmte, und der Konrad Fall ganz wuschig machte.
„Was für ein Tag", dachte er, als er sich müde auf dem rosa Bett ausgestreckt hatte. Zuerst dieser aberwitzige Auftrag, dann mit Ewald durch die Hasenheide, Auto kaputt, Selbstmörderin vor dem Zug, Karl Bettac, der ein bisschen aussah wie Hindenburg und einen sowjetischen Schützenpanzer im Garten hatte, und dann die Pölkes. Ringsherum war der Alkohol in Strömen geflossen, aber er, Konrad Fall, war standhaft geblieben. Er war nicht eingebrochen. Er war zwar keine Stimmungskanone mehr, konnte aber auch mit Kaffee gut mithalten, wenn es ums Feiern ging. Aber das hatte keine Priorität mehr. Die Rollwitzer Jugend konnte sich gerne mit „Jungpionier" vergiften – er hatte genug gefeiert. Er wusste, dass die gute Laune meist nicht lange anhielt. Und man am Ende verzweifelt versuchte, sich mit einer Rouladennadel die Halsschlagader zu öffnen. Konrad Fall befand sich

im Kampf um den Wiederaufstieg zu alter Größe. Sollte der B-Kader Pölke seinem missratenen Zweihundertundeinmeter-Sprung von Planica nachtrauern, er würde zurückkehren in die Spitze des nationalen Fernsehsports. Nix mit „Konstanter Fall", nix mit „Kostenfaktor". Mit etwas Glück würde er vielleicht auch bei Maria Pölke landen.

Kurz nachdem er sich in die Hose gegriffen hatte, klopfte es an der Tür. Konrad Fall war sofort entflammt von der Vorstellung, dass Maria Pölke im negligéverhüllten Körper in sein Zimmer schweben würde. Er war so aufgeregt, dass er sich seinen Daumen an der Gürtelschnalle einklemmte, als er die Hand hastig aus der Hose zog. So wollte er sich Maria Pölke natürlich nicht präsentieren. Aber es war nur Andrej Fischer, der seinen Kopf durch den Türrahmen steckte und ihn anglotzte wie eine Eule. Eine Eule mit *iglasses*®.

„Entschuldige Kofa, willst du den Text wirklich heute noch machen? Das kann doch *Minerva-N3ws*® besser. Wir sollten die Planung für morgen erledigen."

Konrad Fall erhob sich mühsam und zog die Decke über seinen Schoß.

„Ich meine, das Material von heute ist nicht besonders, hab' es gerade durchgesehen. Die ‚Jungpionierinnen' kannst du vergessen, und ob die Selbstmörderin irgendwas mit dem ‚Weltuntergang' zu tun hat, ist auch fragwürdig. Sind zwar schöne Bilder, aber ohne den Zusammenhang mit dem ‚Weltuntergang' nichts wert. *No impact*, würde ich sagen."

„Jaja, ich weiß. Wir hätten uns mehr an den Schützenpanzermenschen und dessen Sohn halten sollen. Wie hießen die gleich?"

„Karl Bettac, der Alte und Christian Bettac, der Afghanistan-Veteran. Fast hätte ich Vietnam gesagt. Aber der Alte will morgen früh wiederkommen."

„Okay, also, für uns morgen: Atmo in Pasewalk, hoffentlich grau mit Regen, dann um elf Uhr der Termin im Rathaus, Bürgermeister-Pressekonferenz. Was noch?"

„Vielleicht Bürgerumfrage am Marktplatz oder im Einkaufszentrum?“

„Doch was gelernt im Volontariat? Passantenjagd – sehr gut. Das Interview mit den Pölkes heben wir uns fürs Finale auf, die Verbrennen wir noch nicht in der Vorberichterstattung.“

„Mit dem Beatmungsschlauch in der Nase?“

„Warum nicht, wirkt dramatisch. Vielleicht noch eine animierte Riesenwelle oder eine Feuersbrunst im Hintergrund – fertig ist der Lack!“

„Und wie kommen wir an die Esoteriker heran?“

„Wieso? Ich denke, die rennen hier mit Salatschüsseln auf dem Kopf durch die Straßen? Das sollte doch unser kleinstes Problem sein.“

„Und wenn nichts los ist?“

„Dann machen wir eben, dass was los ist, okay? Darauf können wir keine Rücksicht nehmen, wenn ‚Weltuntergang‘ befohlen ist, dann findet auch ein Weltuntergang statt.“

„Und wie, bitte?“

„Du bist doch der Mediendesigner, dann animierst du mit ‚Minerva‘ was zusammen.“

Konrad Fall erhob sich ruckartig vom Bett, dabei fiel seine Schlafmaske, die er vorsorglich auf das Kissen gelegt hatte, zu Boden. Der Volontär guckte verwundert auf das Gerät.

„Was machst du denn mit einer Reality-Brille?“

„Gegen das Schnarchen.“

„Wie denn das?“

„Keine Ahnung, regelt die Atmung oder Gehirnströme oder so. Was weiß ich?“

Er hob die Brille auf, legte sie zurück auf das Kissen und trat ans Fenster. Er war verärgert. Er wollte nicht über sein Schnarchen sprechen oder von Problemen hören. Alles sollte einfach funktionieren. Konrad Fall drückte seine Stirn an die kalte Fensterscheibe und starrte ins Dunkel.

„Konrad?“

„Was denn?"
„Findest du das alles nicht merkwürdig?"
„Klar, finde ich das alles merkwürdig!"
„Nein, dass ich mit deiner Frau ..."
„Ex-Frau!"
„Deiner Ex-Frau ..."
„Nein, das allerdings finde ich nicht merkwürdig. Ich finde es unpassend. Aber ich habe im Moment Wichtigeres zu tun, als mich mit eurem jungen Glück zu beschäftigen, ehrlich."
„Ich meine, wir könnten ja mal eine Feedback-Therapie zusammen machen."
„Was?"
„Na, wir alle – du, ich und Britta, wir machen eine Feedback-Therapie."
„Ich lass mich nicht bewerten, von nichts und niemandem."
„Okay, schon gut, *never mind*. Wir sehen uns morgen früh. Wann ist Kick-off?"
„Pünktlich um acht . Und lass dieses blöde Englischgequatsche."
„Noch was?"
„Wir gehen in ein Café: Frühstück, Interview mit Verkäuferin und Besuchern. Dann durch die Stadt, Richtung Rathaus. Wird in dem Nest ja nicht schwer zu finden sein. Pressekonferenz Bürgermeister. Dann texte ich oder die Maschine, je nach Zeit. Am Nachmittag senden wir den ersten Bericht."
Konrad Fall hörte, wie Andrej Fischer die Tür zuzog und ihn draußen auf dem Gang ein „Arschloch" nannte. Aber das war ihm egal. „Konstanter Fall" hatte er ihn jedenfalls nicht mehr genannt und darauf kam es an.

Gegen sieben Uhr am Morgen hatte Karl Bettac alle im Pölke-Haus aus den Betten geklingelt und ihnen dann, in der Küche sitzend, endlose Vorträge gehalten. Während alle anderen schlaftrunken um ihn herum schlichen, echauffierte er sich über die Fehler von Politik und Militär in Afghanistan. In

Konrad Falls Augen war das verständlich, wenn man einen Kriegsinvaliden zu Hause sitzen hatte, aber völlig unpassend zu so früher Stunde. Ganz anders Mark Pölke, der sich, nach zwei Kaffee, ebenfalls wie ein Kenner der Materie aufführte. Konrad Fall trank lieber still seine dritte Tasse. Draußen hatte es, wie erhofft, leicht zu regnen begonnen. Er entspannte sich, plötzlich fühlte er sich wohl. Es war gemütlich, so alle zusammen in einer engen Küche, in der es nach Rührei roch.

Karl Bettac saß in einem Korbstuhl neben dem riesigen Kühlschrank und zählte an den Fingern die Fehler der deutschen Afghanistanpolitik auf:

„Erster Fehler: keine klare Strategie. Primat der Politik? Fehlanzeige. Oder erkläre mir mal, was wir da eigentlich in Afghanistan machen und warum. Kampf gegen El Kaida, die Taliban, den Iran, China, den Opiumhandel, die Korruption, das steinzeitliche Frauenbild? Ich weiß es nicht und die Soldaten auch nicht. Wir unterstützen die lokalen Warlords, nichts weiter. Die Regierung hat sich einfach auf deren Seite gestellt. Aber Krieg ist kein selbstständiges Ding, sondern ein politisches Instrument. Also müsste man mal den ostdeutschen Jungs, die dort ihren Kopf hinhalten, sagen, warum und wieso, oder nicht? Für die Warlords und deren Lustknaben?“

„Aber, das muss man doch mal im Kontext ...“

„Lass mich ausreden. Zweiter Fehler: Die Anstrengungen, die unternommen werden, sind viel zu gering. Klassischer Clausewitz: Wenn schon Krieg, dann die Anwendung der äußersten Mittel. Denn wenn man nicht bezwungen werden will, muss man den Gegner bezwingen. So einfach – so kompliziert. Das haben der Putin und der Assad in Syrien kapiert damals. Dieses Jahr stehen wieder hundertdreißigtausend Mann in Afghanistan. Ein Land mit fünfunddreißig Millionen Einwohnern auf sechshundertfünfzig Quadratkilometern Fläche – das ist doppelt so groß wie Deutschland. Hundertdreißigtausend Leute – damit könnte man nicht mal unser schönes Pommerland anständig besetzen.“

„Jetzt lass mich auch mal ..."

„Moment! Dritter Fehler: jetzt klassischer Moltke. Warum haben die Deutschen 1871 in Paris nicht die Kommune platt gemacht? Na?"

„Was weiß ich, du lässt einen ja nicht zu Wort kommen."

„Bist gleich dran. Weil Moltke glaubte, dass es kontraproduktiv sei, eine Regierung mit fremden Bajonetten gegen das Volk zu verteidigen. Und was machen unsere Spezialisten in Afghanistan seit über zwanzig Jahren? Sie machen alles grundfalsch: Zweck, Ziel, Mittel des Krieges. Im heutigen Generalstab möchte ich nicht sitzen. Gottlob habe ich mich von diesem unfähigen Verein 1991 nicht demütigen lassen. Wenn die mich nicht hätten degradieren wollen, wäre ich heute Major oder Oberstleutnant."

Die Familie Bettac, das hatte Konrad Fall schon vermutet, war seit Generationen eine Soldatenfamilie. Anders war die Duldsamkeit des Vaters gegenüber der schweren Verletzung seines Sohnes nicht zu erklären. Da brauchte es nicht viel Menschenkenntnis. Die kurze Familiengeschichte, die Karl Bettac bei einer späteren Gelegenheit zum Besten gab, war interessant. Zunächst hatten die Bettacs sich vor Generationen im Tabakanbau versucht, dann aber relativ schnell auf „Kaiser, Kanone und Kürass" gesetzt, wie Karl Bettac das ausdrückte. Schlacht bei Hohenfriedberg, Völkerschlacht bei Leipzig, Gefecht bei Lagarde, Schlacht im Kursker Bogen, das klang in den Schilderungen von Karl Bettac so, als ob das Blut seiner Vorfahren erst gestern geflossen wäre. Jetzt floss es als Verbündete der Taliban in Afghanistan. Diese Familie hatte viele Schlachten geschlagen.

Maria Pölke gesellte sich zu ihnen in die Küche. Sie trug einen weißen Bademantel und ein weißes Handtuch um den Kopf gewunden, interessierte sich aber nicht für die Gespräche am Küchentisch, sondern nahm einen Apfel aus dem Obstkorb und schnitt ihn in kleine Schnitze, die sie aber nur Andrej anbot. Konrad Fall beneidete den Volontär um diese kleine Zuneigung.

„Abmarsch, Andrej. Wir haben viel vor."

„Ach komm, lass mich den Apfel essen."
„Abmarsch, habe ich gesagt."
„*Damn it*!"
„Wo ist das nächste Café oder etwas Ähnliches?"
„Geht am besten zum ‚Café Blau' am Markt, gegenüber dem Kriminalkommissariat. Einfach die Straße runter, dann lauft ihr genau darauf zu."
„Ist es weit?"
„Zu Fuß zehn Minuten."
„Ich bring euch. Außerdem wollten wir doch noch unser kleines Interview machen, vergessen?"
Wie befürchtet, sprach Karl Bettac einen schlecht vorbereiteten Text ins Mikrofon, alle Fragen bezüglich des „Weltuntergangs" und der Situation in der Stadt ignorierend oder ins Lächerliche ziehend. Es war eine Farce, die Konrad Falls Stimmung trübte. Sie hatten bisher nichts Verwertbares aufgenommen.
Im „Café Blau" erging es ihnen nicht viel besser. Es war schlecht besucht und diejenigen Pasewalker, die sie dort antrafen, wollten nichts in die Kamera sprechen. Sie hätten doch schon alles gesagt. Allein am heutigen Montagmorgen wären Fall und Fischer schon das fünfte Fernsehteam im Café.
„Es reicht! Schluss, Schluss, Schluss! Bei uns gibt es ab jetzt nur noch Kaffee und Kuchen."
„Nicht so drängeln, junge Frau."
„Gehen Sie zum Bio-Bäcker in der Nähe vom Seniorenheim. Der redet gern über Ufos, künstliche Intelligenz und so ein Zeug. Aber wir hier sind alle normal."
Damit wies ihnen die äußerst resolute Verkäuferin unter allgemeiner Zustimmung die Tür.
„Hast du das Café auch im Holografie-Format?"
„Sicher."
„Dann setz mich einfach rein und nimm einen Text von *Minerva-N3ws®*."
„Fühl ich mich ein bisschen unwohl dabei."

„Komm, wozu haben wir die Technik? Nimm einfach mein Hologramm aus der Datenbank, der Contentwriter generiert den Text, dann Voiceover und abschicken."

„Endlich redest du Fachsprache."

„Jaja. Nimm den Koffer."

„Koffer!"

„Ja, Herr?"

Auf dem Weg zum Bio-Bäcker trafen sie auf zehn echte Kamera-Teams und noch drei Chat-Bot-Interviewer, die ebenfalls Jagd auf die Einwohner Pasewalks machten. Anders als „Jagden" waren die Szenen, die sich in der Pasewalker Innenstadt abspielten, nicht zu beschreiben. Sobald sich ein Pasewalker auf dem Bürgersteig zeigte, war er innerhalb von Sekunden von drei Lichtfeld-Kameras auf selbstlaufenden Stativen umringt und Mikrofondrohnen schwebten bedrohlich über seinem Kopf. Es entstanden regelrechte Ringkämpfe zwischen Technik und Mensch auf den Gehwegen. Dreimal versuchte auch Konrad Fall, einem Pasewalker Bürger etwas zu entlocken, aber sobald dieser mühselig überredet und alles zur Aufnahme bereit war, klebten sich Kamera-Teams aus Mexiko, Russland und Frankreich an sie. Dann bekamen die Pasewalker es mit der Angst zu tun und liefen davon. Karl Bettac schüttelte zu all dem nur den Kopf.

„So viel Aufmerksamkeit sind die Leute hier nicht gewohnt. Die wollen ihre Ruhe, ganz einfach."

„Ihre Ruhe? Aber ich brauche O-Töne."

„Die produzieren sowieso Daten, die mehr über sie aussagen als jedes Interview. Willst du mal durch meine Brille sehen? Die Frau da drüben zum Beispiel, die heißt Marla Kenntnich, ist zweiundvierzig Jahre ..."

„Man bestiehlt sie."

„Ab nächstem Jahr können wir Wahrscheinlichkeitsinterviews aus unserem Contentmanager generieren. Dann liegen für jeden Pasewalker ab achtzehn Jahre statistische Aussagewahrscheinlichkeiten zu jeder erdenklichen Frage in unseren Datenbanken.

Wenn die Aussagewahrscheinlichkeit bei einem Thema, sagen wir mal zur Privatisierung der Wasserversorgung oder einem „Weltuntergang", über achtzig Prozent liegt, dann können wir die Aussage benutzen, mit Klarnamen und Alter, ohne Model Release. Das wird kommen."

„Hoffentlich muss ich das nicht mehr erleben."

„Doch, Kofa, das kommt noch vor deiner Rente. *If you want it or not*. Die Zeiten sind vorbei, in denen man sich aus allem raushalten konnte. Das müssen die Leute kapieren – es gibt keine Geheimnisse mehr."

„Und was ist mit den Polen? Da sieht man doch, wohin dieser ganze Maschinen-Wahn führt."

„Quatsch! Die Polen haben das richtig erkannt. *That's progressive*. Heutzutage kann man die gesamte Verwaltung auf Basis von Algorithmen und künstlicher Intelligenz aufbauen."

„Ja, und jetzt kommen alle zu uns, die sie drüben nicht mehr brauchen."

„Aus Sicht einer Verwaltungsintelligenz, die die marktkonforme Optimierung der Gesellschaft zum Ziel hat, eine logische Entscheidung."

„In Polen haben sie die Wahlen abgeschafft."

„Das Gejammer führt doch zu nichts. Der Liberalismus deiner Generation ist tot. China ist das Erfolgsmodell. Ein Individuum kann noch nicht einmal auf sich selbst bezogen bessere Entscheidungen treffen, als eine künstliche Intelligenz das kann. Wir lügen uns doch tagtäglich in die eigene Tasche. Das menschliche Selbstbild besteht aus beschönigten Erzählungen und ist voller Widersprüche. Das ist bewiesen. Die Menschen kennen ihre eigenen Interessen nur unzureichend. Die Maschine interpretiert alle Daten auf einem ganz anderen Niveau. Wozu den Demagogen die Wahlen überlassen? Die Datenbanken wissen viel mehr über meine wahren politischen Interessen als ich selbst. Man muss Vertrauen haben in die Maschine."

„So, danke für das Harvard-Seminar. Aber können wir jetzt

weitermachen? Noch bin ich mein eigener Herr. Und ich gedenke, es zu bleiben. Bettac, bitte, geh voran."

Karl Bettac führte sie schweigend durch die Pasewalker Innenstadt, die bis auf schwärmende Kamera-Teams und einige flüchtende Passanten ausgestorben wirkte. Einer Führung hätte es nicht bedurft, denn das Haus des Bio-Bäckers war weithin sichtbar, nicht, weil eine auffällige Leuchtreklame über dem Eingang blinkte, sondern weil eine Menschentraube den Eingang der Bäckerei belagerte. Um sie herum hasteten Stative und ein Nebel aus Drohnen umgab sie.

Gerade, als Andrej Fischer sich mit Körpereinsatz zwischen seine Kamerakollegen gedrängt und den Weg für das selbstlaufende Stativ freigestemmt hatte, erschien unter allerlei Geschiebe und vielsprachigen Flüchen ein in weißer Bäckerkluft gekleideter junger Mann mit Pferdeschwanz in der Tür. Er hielt einen runden Kuchen in der Hand, auf den sich augenblicklich die Aufmerksamkeit richtete.

„Können Sie ein paar Worte zu ihrem Azteken-Kuchen sagen?"

„Hier, hier!"

„Look, look ..."

„Na ja, hauptsächlich besteht der aus Dinkelmehl und Zuckerguss ..."

„Nein, nicht doch, ich meine, was darauf zu sehen ist?"

„Show it, show it, here!"

„Hallo ..."

„Oh, Entschuldigung."

„Ja, macht nichts."

„Also, zu sehen ist eine Abbildung des *Steins der Sonne*."

„Was?"

„Eine alte Kalenderdarstellung der Azteken."

„Ist auch der ‚Weltuntergang' verzeichnet?"

„Ja, nee, eigentlich nicht. Der ist meines Wissens nirgendwo direkt verzeichnet ..."

„Look here, boy."

„Äh, ja, nein, genaugenommen ist der *Stein der Sonne* nicht mal ein Kalender."

„Können Sie jetzt mal den Kuchen ein bisschen höher halten? Ja, so."

„Hey, boy, ya, here, show it again!"

„Andrej, hast du es? Was macht das Scheiß-Stativ da? Warum wackelt das so?"

„Es ist nervös."

„Was?"

Hinter dem jungen Bäcker, der von allen Seiten bestürmt wurde und verschüchtert in der Tür zur Bäckerei stand, erschien eine dickliche Frau. „Tom, das reicht, komm rein. Das wird zu viel. Wir zeigen von drinnen noch den Tonatiuh-Kuchen und dann ist gut. Sonst trauen sich die Stammkunden nicht mehr her."

„Wait, wait, another shot, wait, just ..."

Sie zog den jungen Mann am Arm in die Bäckerei zurück und verschloss die Tür. Einige autonome Stative versuchten, sich in die Bäckerei hineinzudrängen, wurden aber durch die Frau mit wuchtigen Stößen wieder hinausbefördert. Ein Murren wurde laut, das aber von Ausrufen des Erstaunens abgelöst wurde, als der Kalender-Kuchen und eine mit merkwürdigen Symbolen bestrichene Torte ins Schaufenster gestellt wurde. Wieder entstand ein Gedränge, bis alle Stative, Kameras, Drohnen und Menschen ihre Position am Schaufenster eingenommen hatten.

„Okay, das reicht. Andrej, lass mich auf der anderen Seite eine kurze Moderation machen."

„Brauchst du die *iglasses*® um den Text abzulesen?"

„So, komm, quatsch nicht. Jetzt kannst du lernen, wie Opa das vor dem Krieg gemacht hat. Ein Anlauf, und die Sache ist im Kasten. Nichts, und das merke dir, ersetzt die Erfahrung. Keine *iglasses*® und keine *Minerva-N3ws*®."

Sie überquerten die schmale Pflastersteinstraße, Konrad Fall richtete seine Garderobe, während Andrej Fischer die Kamera erneut auf das Stativ hob.

„*Ready*?"
„Du kannst."

Pasewalk. Eine Stadt im Belagerungszustand. Noch vier Tage bis zum ‚Weltuntergang', und in Pasewalk, der Stadt in Mecklenburg-Vorpommern, die laut Infonet als einzige verschont bleiben soll, spielen sich die ersten chaotischen Szenen ab. Nicht, wie befürchtet, verursacht durch tausende Weltuntergangsjünger, die in die Stadt strömen, sondern durch die internationale Presse. Sie sehen hinter mir einen örtlichen Bäcker, der, passend zum Ereignis, einen Weltuntergangskuchen gebacken hat, und in den nächsten Tagen auf zahlreiche Gäste hofft. Wie groß der Ansturm sein wird, wagt hier keiner vorherzusagen, aber nicht wenige Pasewalker befürchten, dass aus dem Infonet eine gewaltige Welle auf sie zuläuft. Wir haben mit einigen Einheimischen gesprochen und es macht sich hier so etwas wie eine Belagerungsmentalität breit.

„Schnitt. Hier fügen wir ein Interview mit einem Hamsterkäufer vor dem Supermarkt ein."
„Das haben wir doch gar nicht. Und *Minerva-N3ws*® ..."
„Nur ruhig Blut, das mache ich schon. Auf dem flachen Land kaufen die Leute grundsätzlich so ein, als ob sie damit rechneten, das es nie wieder Montag wird. Merke wieder: Erfahrung ist alles, was zählt! Also, weiter!"
„Moment, ich verändere mal den Winkel, oder besser: Kofa, komm mir einfach ein Stück auf der Straße entgegen und dann stoppst du dort, wo das Unkraut da zwischen den Gehwegplatten wächst."
„Von hier?"
„Ja, ist gut, Moment. Und *go*! *Slow*."

Hamsterkäufe in Pasewalk. Eine zunehmend besorgte Bevölkerung übt großen Druck auf die hiesige Stadtverwaltung aus, die Nöte und Ängste der Bürger ernster zu nehmen. Ob die Verwaltung auf einen Ansturm von Esoterikern vorbereitet ist und wie sie die Ordnung aufrecht erhalten will, wenn Tausende von ihnen die Stadt stürmen, erfuhren wir am Mittag auf einer Pressekonferenz des Pasewalker Bürgermeisters.

„Schnitt."
„Okay, hab' ich."
„Dann kommen die Hamsterkäufer und das Statement des Bürgermeisters."
„Und jetzt?"
„Na, los zum Supermarkt. Gibt's so etwas hier noch?"
„Karl, wärst du so freundlich?"
„Aber ihr habt mich doch schon interviewt, das fällt doch auf."
„Ich meine, gibt es noch einen Supermarkt in Pasewalk?"
„Na ja, früher gab es ja einige, aber heute liefern die ja alles nach Hause."
„Wir brauchen nur einen."
„Discounter?"
„Gut genug. Dort finden wir schon jemanden."

Konrad Fall behielt Recht. Im letzten Supermarkt Pasewalks war die Hölle los. Auf dem Parkplatz standen die Autos mit geöffnetem Kofferraum, um palettenweise Milch, Nudeln und Wasser aufzunehmen. Andrej Fischer positionierte sich zunächst am Eingang des Parkplatzes, um ankommende und abfahrende Autos zu filmen, dann stieg er gemeinsam mit dem Stativ auf eine kleine Böschung neben einer Bushaltestelle, an der zwei Männer Bier tranken, und ließ es eine Totale filmen.

Konrad Fall versuchte währenddessen, jemanden ausfindig zu machen, der so aussah, als würde er neben einem dicken Einkaufswagen stehend etwas in die Kamera sagen. Das gestaltete sich schwieriger als erwartet. Notfalls würde er den Alkis an der Bushaltestelle eine Flasche spendieren, dachte er. Die würden reden. Alkohol war die härteste Währung, das wusste einer wie Konrad Fall nur zu gut. Aber natürlich war es besser, vertrauenswürdigere Pasewalker zu finden als die Bushaltestellen-Fraktion. Karl Bettac hatte sich verabschiedet, nicht, ohne sein erneutes Kommen für den nächsten Morgen anzukündigen. Bis auf seinen Sohn habe er im Moment keine Verpflichtungen, die Maulbeerbäume könnten ohnehin erst im Frühjahr gepflanzt werden. Wenn es überhaupt so käme, denn solange sein Sohn nicht mitzöge, würde nichts daraus werden.

Nachdem Karl Bettac gegangen war, atmete Konrad Fall auf und lehnte sich an einen Plastikelefanten am Eingang des Supermarktes, der den Leuten die aktuellen Schnäppchen entgegenrief. Während er auf Andrej Fischer wartete, musterte er die vorbeiströmenden Mecklenburger, die mit leerem Korb hineingingen und überladen wieder hinauskamen. Er suchte nach einem guten Vertreter seiner Spezies. Die meisten hatten gleichgültige Gesichter und einen gleichgültigen Gang. Sie eilten an ihm vorbei, um ihre Kühlschränke zu füllen, bevor die befürchteten Weltuntergangsjünger eintreffen und den Supermarkt leerräumen würden.

Von ein paar Sonnenstrahlen eingemummelt, schweiften Konrad Falls Gedanken zu der Frage ab, warum in Gottes Namen Sport und Medien solche idealen Partner geworden waren? Woran lag das? Warum die hohen Einschaltquoten, wo doch die meisten derjenigen, die Sport im Fernsehen oder über die Infonet-Plattformen sahen, keine Beziehung zum Gezeigten hatten. Die Zuschauer konnten meist weder Ski- noch Marathonlaufen, geschweige denn Speerwerfen oder irgendwelche Tore treffen. Er hatte das häufig mit Martin Weidemann besprochen. Der war mit seiner ostdeutschen Denke, wie Konrad Fall das zu nennen pflegte, der Meinung, dass Sport eine Lösung für gesellschaftliche Probleme sein müsse. Anders sei die Sportbegeisterung nicht zu erklären.

Konrad Fall erklärte sich diese eher mit Langeweile, Gemeinschaftsverlust, Körperdistanzierung, dem Tod Gottes. War das gut oder schlecht? Ein Zeichen der Zivilisierung oder der Degeneration? Hier auf dem Parkplatz in Pasewalk konnte man sich bei jedem Einzelnen vorstellen, wie er den Fernseher einschaltete und sich über den Bierbauch hinweg Leichtathletik ansah oder die Bergankünfte der „Tour de France". Und das ab dem nächsten Jahr mit einem komplett gedoptem Starterfeld. Störte das eigentlich irgendwen? Wie schon unzählige Male zuvor, kam er auf keine zufriedenstellende Antwort.

„Aussagewahrscheinlichkeit der Leute hier ist echt mau. Alle *red flag* am Kopf."

„Nimm die Brille ab und schau dir die Wirklichkeit an. Der dort drüben, der ist es."

„*Nope*, rote Fahne am Kopf. Keine Chance. Wenn einer schon Robert Bauauf heißt ..."

„Wetten?"

„Stativ!"

„Ja, Herr?"

„Folgen."

Konrad Fall peilte den ersten Wagen mit offener Heckklappe an. Er wollte Fischer unbedingt beweisen, dass dessen Technik-Hörigkeit einfach lächerlich war.

Ein Mann legte gerade den Kofferraum mit einer Decke aus. Groß, stämmig, jenseits der Fünfzig, farblos gekleidet. „Die reden immer", dachte Konrad Fall und nickte Fischer triumphierend zu.

„Sie haben eingekauft?"

„Ja."

„Mehr als sonst?"

„Ja."

„Sie bereiten sich also vor?"

„Genau."

„Sie meinen, es passiert wirklich?"

„Ja, klar, warum denn nicht? Ist ja schon lange geplant."

„Wie stellen Sie sich denn das Ende vor?"

Der Mann, der während des bisherigen Gesprächs den Journalisten seinen Rücken zugekehrt und im Kofferraum gewerkelt hatte, wandte sich um.

„Ehrlich?"

„Ich bitte darum."

„Also, letztes Jahr saßen mein Bruder, dessen Kollege Waldi und meine Frau am längsten. Ich war schon früh im Bett. Ist natürlich immer viel Alkohol im Spiel, da weiß man ja genau, wie es endet, hahaha. Mein Bruder hat im Gewächshaus geschlafen."

„Was?"

„Na, im Gewächshaus. Der Geburtstag meines Bruders, er endet immer ..."

Konrad Fall stöhnte leise. Er war Profi genug seine Enttäuschung zu verbergen und bedankte sich artig. Der Herr, der offenbar für die Geburtstagsfeier seines Bruders eingekauft hatte, begriff das Missverständnis nicht und fragte völlig ernsthaft danach, ob es das gewesen sei und er jetzt loskönne.

„Ja, das war es. Sicher. Und grüßen Sie ihren Bruder."

„Alles klar, Meister."

„Wehe, du lachst."

Auch der nächste Versuch, eine brauchbare Aussage aus einem Pasewalker zu bekommen, endete im Fiasko. Fast hätte Andrej Fischer eine verpasst bekommen, weil er zu dicht an den Designierten herangetreten war und, für den Mann unverständlich, von einer roten Fahne an dessen Kopf gesprochen hatte. Konrad Fall kochte vor Wut, auch weil Andrej Fischer ihm immer wieder einen Blick durch seine *iglasses*® anbot.

Nachdem er sich etwas beruhigt hatte, sprach er eine junge Mutter mit zwei Kindern an, aber schon nach dem zweiten Satz fühlte er, dass er nicht charmant genug war. Die Frau machte sofort zu. Normalerweise wirkte Konrad Fall durchaus vertrauenerweckend, an guten Tagen konnte er überaus galant sein. Interviewanfragen, selbst auf offener Straße, waren für ihn kein Problem, die meisten Menschen waren anfällig für ein bisschen Schmeichelei und milde Hartnäckigkeit. Aber für die überdurchschnittlich hässlichen Menschen auf dem Pasewalker Supermarktparkplatz, die offenbar zu blöd waren ihren Kram im Infonet zu bestellen, konnte sich Konrad Fall keine Komplimente abringen. Er war schlecht gelaunt. Die fortwährenden Misserfolge zehrten an seinen Nerven. Die Alkoholabstinenz zehrte an seinen Nerven. Das grinsende Gesicht des Volontärs zehrte an seinen Nerven. Es durfte kein Fehlschlag werden, die Berichterstattung durfte nicht scheitern oder auch nur Kritik auslösen. Die Sache musste laufen, unbedingt. Aber bisher hatte er *Minerva-N3ws*® nichts Anständiges anzubieten. Dieser Gedanke begann, ihn kirre zu machen. Am Nachmittag musste er liefern. Egal was.

Er blickte sich auf dem Parkplatz um, aber die meisten Pasewalker hatten bemerkt, dass hier zwei Fremde mit Mikrofondrohne und einem merkwürdig hinkenden Stativ lauerten und Fragen stellten. Und vor allem dass Konrad Fall einer war, der weder Ruhe und noch Freundlichkeit ausstrahlte, sondern getrieben und hektisch wirkte. Sie winkten schon verächtlich ab, wenn sich beide Journalisten auch nur zu nähern versuchten. Klack, Kofferraum zu, und ab die Post.

Nach weiteren ernüchternden Versuchen gab Konrad Fall auf. Er sah Andrej Fischer so wütend an, dass dieser davon absah, ihm erneut die *iglasses*® anzubieten. Blieben tatsächlich nur noch die Alkis an der Bushaltestelle. Aber die hatten weder ein Auto noch einen gefüllten Einkaufskorb. Das war ein Problem. Es würde wohl ausreichen, einen von ihnen neben die ineinandergeschobenen Einkaufswägen zu stellen und den zweiten direkt vor den Eingang, um dann ganz beiläufig die vorüberfahrenden vollen Körbe zu filmen. Wenn *Minerva-N3ws*® das geschickt schnitt, konnte es in der Übertragung sogar so aussehen, als ob das Gekaufte zu dem Alki gehöre. Den Rest würde Konrad Fall erklären. Allerdings konnte er sich jetzt, nachdem er gestern von einer Versuchung zur nächsten getaumelt war, keinesfalls vor ein gefülltes Schnapsregal stellen. Konrad Fall schickte Andrej Fischer hinein, um irgendeinen Klaren zu kaufen. Ob der sich beim Anblick von flaschenweise Wodka würde halten können, war ihm in diesem Moment egal. So, wie die Sache stand, war der Volontär ohnehin nicht zur Abstinenz bereit. Der musste noch ein bisschen tiefer fallen. Nichts war so vergeblich, wie der Versuch einen Süchtigen durch Darlegung vernünftiger Argumente vom Gebrauch seiner Lieblingsdroge abzubringen. Dem half – wenn überhaupt – nur der Blick in den Abgrund. Und der begann nicht bei ein paar Fehltagen auf der Arbeit, es musste in der Finsternis um Leben und Tod gehen. Um nichts anderes. Bei Konrad Fall ging es um Leben und Tod, als fünfzigjährigem Alkoholiker mit Karrierebruch und Selbstmordversuch war ihm das klar. Die Jungen hielten sich, entgegen jeder Vernunft, für unsterblich.

„Muss nichts Besonderes sein, irgendetwas Einheimisches, aber große Flaschen, zwei Stück."

„Aber wir können die doch nicht einfach bestechen."

„Hältst du deinen Kopf hin oder ich?"

„Das ist Betrug."

„Was sollen Nachrichten heutzutage sonst sein?"

„‚Minerva' wird so platten Fake nicht akzeptieren."

„Wichtig ist nicht, was vorbeifließt, sondern das etwas vorbeifließt. Merk dir das, ist von irgendeinem klugen Kopf."

„‚Minerva' wird entscheiden. Ich hab' damit nichts zu tun."

„Vielleicht haben die Jungs ja sogar eine gelbe Fahne am Kopf. Dann sind alle glücklich."

Andrej Fischer fluchte und verschwand im Discounter. Konrad Fall atmete durch. Das musste jetzt klappen. Sie hatten eine „Meinung" von Karl Bettac, ein bisschen Geschnatter von der tätowierten Verkäuferin und sein Hologramm im Café Blau, die Szene mit dem Bio-Bäcker und dem Sonnengott-Kuchen, jetzt die Hamsterkäufer und um elf Uhr die Pressekonferenz mit dem Bürgermeister. Das sollte reichen.

„Moin, Moin."

„Was gibt's, Meister?"

„Was trinkt ihr?"

„Wie immer. Willst du einen Schluck?"

„Nee, aber wollt ihr etwas dazuverdienen?"

„Wieviel?"

„Zehn Goldmark und eine Flasche Klaren."

„Gebongt. Was sollen wir machen? Kopfstand?"

Die zwei Trinker, Peter Stowas und Alexander Kordezky, waren an jenem Morgen noch einigermaßen nüchtern. Tatsächlich hatten sie gelbe Fahnen am Kopf, waren verständige Leute und äußerlich einigermaßen ansehnlich. Beide hätten bis vor zehn Jahren in der Fleisch- und Wurstwarenfabrik in Pasewalk als Zerleger gearbeitet. Eine ehrbare Arbeit, wie Konrad Fall fand. Auch, wenn die *iglasses*® nichts dergleichen in der Biografie von Peter Stowas fanden. Stattdessen förderte *Minerva-N3ws*® einen Gefängnisaufenthalt wegen Sozialbetrugs zutage. Jobcenter Vorpommern-Greifswald Süd gegen Peter Stowas im August 2018, Verurteilung zu einhundert Tagessätzen, abgesessen Oktober 2019 bis Januar 2020.

„Dann noch Gleisbau, bis der Körper durch war und seit fünf Jahren sitzen wir hier."

Andrej Fischer rollte hinter seinen *iglasses*® die Augen. Auch das war eine Falschinformation. Konrad Fall kümmerte das wenig. Es war klar, dass man den beiden nicht viel zu erklären brauchte, sie kannten ihre Rollen.

„Wir haben Zeit, wir lesen jeden Tag mindestens zwei oder drei Zeitungen. Je nachdem was die Leute hier an der Haltestelle so liegen lassen."

„Wir sind auf dem Laufenden, Meister."

Die Interviews waren kurz und knackig. Die Zwei glänzten sogar mit Detailwissen. So, dass Konrad Fall und Andrej Fischer den Ausführungen der vermeintlichen Tierzerleger interessiert lauschten. Denn vom „Zeitalter der vier Erdbeben" hatten die beiden Journalisten genauso wenig gehört wie von „Nummerologie" oder den „Kornkreisen aus Wiltshire", deren Abbildung der Sternenkonstellation dem Tag des „Weltuntergangs" entsprechen sollten. Dass das Forschungszentrum CERN ein schwarzes Loch produzieren könnte, in dem die gesamte Menschheit mitsamt dem Planeten verschwinden würde, fanden Peter Stowas und Alexander Kordezky einleuchtend. Dass es allerdings schon nächste Woche passieren sollte, hielten sie für unwahrscheinlich. Vor allem aus dem Grund, dass Peter Stowas genau an jenem

Tag einen Jobcentertermin habe. Und wenn die Indianer dessen Sachbearbeiterin kennen würden, dann ließen sie besser solchen Unfug. Großes Gelächter.

„Nimmt das Jobcenter eigentlich eine Kürzung vor, wenn man wegen ‚Weltuntergang' nicht zum Termin erscheint?"

„Probier's doch nächste Woche mal aus!"

„Nee, sonst sitze ich am Ende noch auf dem Trockenen. Hahaha."

Bevor das Interview gänzlich ins Lächerliche abglitt, zog Konrad Fall die Reißleine und fragte mit besonderem Ernst in der Stimme nach den Vorsichtsmaßnahmen, die beide ergriffen hätten, um dem Weltuntergang zu entgehen. Diesen Wink verstanden die Herren Stowas und Kordezky sofort und spulten ihren Text herunter.

Ja, Angst macht das mir schon, das mit dem Weltuntergang. Man weiß es halt nicht. Vorsorge zu treffen, ist wichtig, sagt auch meine Frau. Also Essen und Trinken einzukaufen.

Kordezky fuhr fort:

Ich habe zu Hause schon meinen Keller hergerichtet. Ich kann da locker drei Wochen überleben, der ist ein Hobbyraum, hab' ich schon ein paarmal drin geschlafen.

„Und danach?"

Nach dem Weltuntergang? Keine Ahnung, aber ich kauf noch Klebeband, damit kann ich die Fenster abdichten. Hab' ich mal im Fernsehen gesehen, das soll man so machen.

„Schnitt!"

„War das gut?"

„Sehr gut, meine Herren. Ich geben Ihnen nochmal fünfzig Goldmark, damit füllen Sie einen Einkaufswagen, und wir filmen dann, wie Sie den über den Parkplatz schieben. Den Inhalt können Sie behalten. Aber keinen Alkohol, bitte."

„Geht klar, Meister, wir wissen Bescheid."

Peter Stowas und Alexander Kordezky schoben mehrfach den randvollen Einkaufswagen scheppernd über den Supermarktparkplatz. Und obwohl Andrej Fischer mit der Vorgehensweise Konrad Falls nicht einverstanden war, ließ er das Stativ alles brav filmen und machte Vorschläge für Laufwege, Blickrichtungen und Einstellungen. Als alles im Kasten war, verabschiedeten sich beide Parteien gutgelaunt mit Handschlag. Stowas und Kordezky kehrten mit ihren Einkäufen und zwei Flaschen Korn an die Bushaltestelle zurück und das *Content Mafia 24* Team machte sich erleichtert auf den Weg zum Rathaus.

Obwohl es am Morgen nicht danach ausgesehen hatte, kam die Sache doch ins Rollen. Jetzt konnte Konrad Fall eine stringente Geschichte erzählen, die alles hatte, was sie brauchte: ein dramatisches Thema, des Volkes Meinung und jetzt noch die Pressekonferenz im Rathaus. Diese würde die Story erden und ihr den nötigen Ernst verleihen.

Auf dem Weg zum Rathaus, den Andrej Fischer ihnen mit seinen GPS-Schuhen wies, da niemand auf der Straße anzutreffen war, versuchte der Volontär erneut, das Gespräch auf Britta Hochstieg zu lenken. Konrad Fall reagierte unwirsch, weil Fischer ihm damit die mühsam erarbeitete gute Stimmung ruinierte. Die beschwingte Laune war für Konrad Fall ein hohes Gut, denn die hatte er nicht häufig. Seit er keinen Alkohol mehr trank, hatten sich die wenigen heiteren Momente noch einmal halbiert. Umgekehrt hatte Andrej Fischer wohl darauf spekuliert, dass genau diese gute Stimmung dazu beitragen könne das hässliche Thema zwischen ihnen endlich zu klären. Er konnte diese Spannung nicht aushalten. Genaugenommen konnte Andrej Fischer überhaupt keine Spannung aushalten. Er wollte Konrad Falls Absolution, er wollte über Liebe und geistige Verwandtschaft reden. Darüber, dass es ihm ernst war mit Britta, und dass doch zwei, die denselben Menschen liebten, niemals Feinde sein könnten. Vielleicht machten sie gemeinsam eine Feedback-Therapie und dann Schwamm drüber. Das, so dachte Andrej Fischer, müsse doch unter erwachsenen Männern in einer modernen, rationalen Gesellschaft möglich sein. Konrad Fall ging das Redebedürfnis dieses Kokainisten auf die Nerven. Sollte der doch Turnübungen auf einer älteren Dame vollführen. Ihm war das wurscht. Er plädierte sowieso für die Jüngeren, wegen deren Leichtigkeit, deren Lebensfreude und deren Offenheit. Alte Frauen waren wie alte Männer: herrschsüchtig, in Routinen gefangen und, nun ja, alt eben. Natürlich fühlte sich Konrad Fall durch den Jüngeren an sein eigenes Alter erinnert, das war kein schönes Thema. „Du hast sie, ich habe sie nicht mehr", dachte er. Dabei hätte man es belassen können. Sieg und Niederlage, so war das im Leben. Er würde damit klarkommen, er war kein kleines Kind mehr. Aber warum wollten immer alle, die ihm an den Karren fuhren, auch noch seine Zustimmung dazu? Das ging Konrad Fall nicht in den Kopf. Warum konnten die keine Entscheidung treffen und mit den Resultaten leben, sondern mussten sich umständlich erklären und auch noch auf das Verständnis des Getretenen hoffen? Er, Konrad Fall, war doch nicht für das Wohlbefinden seiner Ex-Frau und ihres neuen Liebhabers verantwortlich. Vielleicht dachte er falsch. Vielleicht dachte er aber auch richtig. Auf jeden Fall hatte er eigene Probleme.

Das Pasewalker Rathaus lag etwas versteckt in einer Seitenstraße am Rande der Innenstadt. Und diese kleine gepflasterte Straße war zugestellt mit Übertragungswagen, deren Zehn-G-Sendemasten in den Pasewalker Himmel ragten. Andrej Fischer schätzte ihre Zahl auf zwanzig, Konrad Fall auf mindestens dreißig. Amerikanische, britische, mexikanische, polnische und türkische Fernsehsender waren anwesend. Die weiteste Anreise hatten die Kamerateams aus Südkorea und Japan.

Die beiden Journalisten von *Content Mafia 24* quetschten sich an umherrennenden Stativen und den aufgebauten Kameras der ausländischen Teams vorbei, die auf einen Balkon in der ersten Etage gerichtet waren. Dort stand ein Mann im Rollkragenpullover mit einer Tasse in der Hand. Er blickte auf die Straße hinunter und winkte schüchtern, bevor er Bilder mit einer altmodischen Handykamera machte und verschwand.

Auch Andrej Fischer entpackte hektisch die kugelrunde Lichtfeldkamera, kam aber zu spät, um noch eine anständige Aufnahme zu machen. Also wies er das Stativ an, das Objektiv auf die internationalen Kollegen zu richten, während Konrad Fall sich zum Haupteingang durchschob. Dort sprach er einen Hochgewachsenen mit zurückgelegtem Haar an, der abseits von seinen Kollegen gelangweilt an der Rollstuhlrampe links neben dem Haupteingang wartete.

„Geht's nicht rein?"

„Müssen wohl noch Stühle besorgen, sind nicht vorbereitet auf den Ansturm hier. Von wem kommt ihr?"

„Content Mafia 24."

„Arbeitet ihr mit *Minerva-N3ws®*?"

„Ja."

„Dann kennen Sie sich sicher aus mit dem ganzen Untergangskram?"

„Also ..."

„Also, wenn Sie nichts dagegen haben, machen wir kurz ein Expertengespräch, am besten dort drüben. Und dann interviewen

Sie mich. Dann haben wir beide etwas davon. Hier gibt's sonst nicht viel zu holen, und ich hab' nachher noch einen Termin in Schwerin. Komm Kollege, nicht so zimperlich."

„Jetzt sofort?"

„Ja doch, das dauert hier noch. Die sind nicht gut vorbereitet. Erst waren keine Stühle da und jetzt karren die noch einen von der Bundespolizei und ich glaube sogar den Sektenbeauftragten der Evangelischen Kirche ran. Der Putzbrunnen will das ganz groß machen, wenn schon mal die Medien in seiner, nun ja, ‚Stadt' sind. Das wird mindesten Zwölf bevor hier was passiert."

„Putzbrunnen?"

„Der Bürgermeister. Aber wie sieht es aus, machen wir das? Ich brauche was für „Heute aktuell" bis spätestens 14 Uhr, egal was."

Konrad Fall willigte ein. Er war natürlich kein Experte, genaugenommen war er weit davon entfernt überhaupt zu begreifen, was genau irgendwelche Spinner nach Pasewalk trieb, um einen „Weltuntergang" zu überstehen. Aber es reizte ihn, mal wieder vor einer richtigen Kamera zu stehen. Außerdem wusch eine Hand die andere, der Kollege würde sich in seinem Bericht viel besser machen als umgekehrt. Außerdem würde er ihm noch seine Hologrammkarte zustecken, vielleicht würde sich daraus eine berufliche Perspektive ergeben. Er musste einfach offen sein. In Berlin hielt ihn jedenfalls nichts.

Die Sache war schnell abgehakt, denn Till Busse, wie sein Gegenüber sich vorgestellt hatte, war komplett ahnungs- und lustlos. Seine Fragen kratzten nur an der Oberfläche der Thematik. Er war erst am Morgen von Schwerin aus hergeschickt worden und das nicht freiwillig, das merkte man ihm an.

„So ein Mist und so kurz vor Weihnachten, das muss einem doch die Laune vermiesen. Das können die doch automatisch generieren."

Till Busse war es vollkommen egal, was Konrad Fall in seine Kamera fantasierte, allerdings war er selbst als Gesprächspartner ein Totalausfall. Immerhin hatte er Konrad Fall doch noch wiedererkannt und das hatte diesem sichtbar gutgetan. Dem folgte der peinliche Moment, in dem Konrad Fall Till Busse ansehen konnte, dass dieser überlegte, was passiert sein musste, dass jemand wie Konrad Fall in einer so unbekannten Medienbude landen konnte. Konrad Fall konnte in Busses Augen die Sorge erkennen, dass es ihm auch einmal so gehen könnte.

Als sie ihre Hologrammkarten getauscht hatten, wurde eine Seitentür des Rathauses geöffnet und die Journalisten wurden von einem Herrn in blauem Arbeitskittel in den Sitzungssaal des Rathauses gebeten. Das verursachte ein Riesengedränge am Eingang, sodass der Bundespolizist, der in der Zwischenzeit eingetroffen war, rufend und gestikulierend versuchte, Ordnung herzustellen. Aber kaum jemand verstand seine Worte, die im Surren der Drohnen und den vielsprachigen Befehlen an Stative und Koffer untergingen. Also kämpfte man sich hindurch in den Sitzungssaal, wo die Kameraleute und Fotografen versuchten, den besten Platz zu erobern und zu verteidigen. Sie bauten mit ihren Stativen, kleinen Aluleitern und ihren autonomen Koffern regelrechte Barrikaden um sich herum auf.

Für *Content Mafia 24* zog Andrej Fischer in den Kampf und hatte, wie der gemächlich als vorletzter eintretende Konrad Fall erfreut feststellte, einen guten Platz vor dem Pressekonferenztisch ergattert. Direkt neben ihm stand ein riesiger Kerl eines französischen Senders, auf den alle schimpften, weil er ihnen und ihren Stativen den Blick versperrte.

„Respekt", dachte Konrad Fall, setzte sich auf einen Stuhl in der ersten Reihe und legte sich demonstrativ Stift und Papier zurecht, als einziger. Die Kollegen tippten auf Displays, gestikulierten in holografischen Oberflächen herum oder bewegten epileptisch ihre Augen hinter den *iglasses*®. Das Bild erinnerte an eine Ansammlung von Psychiatrieinsassen beim Freigang. Niemand interessierte sich für den Nebenstehenden, jeder schob, deutete und wischte durch die Luft oder über ein Display, als ob er alleine wäre auf der Welt. Höchstens, wenn ein Kollege einem anderen in sein wohlgeordnetes Hologramm lief und alles durcheinanderbrachte, nahm man ärgerlich Notiz voneinander.

Das war nichts für Konrad Fall, er konnte einfach besser nachdenken, wenn er mit dem Stift schrieb. Er malte ein Strichmännchen, und blickte dann von seinem Papier zur Bühne auf. Der Sprecher der Bundespolizei stand allein auf dem Podium, hinter ihm eine mittelalterliche Ansicht der Stadt Pasewalk mit Stadtmauer, roten Ziegeldächern und zwei Kirchtürmen. Er hatte die Arme vor der Brust verschränkt und blickte lächelnd auf die Masse internationaler TV-Teams und Fotografen. Dann traten vier weitere Personen auf die Bühne, auch der Mann mit dem Rollkragenpullover war darunter. Etwas unsicher wendeten sie die Namensschilder, um ihren Sitzplatz auf dem Podium zu finden. Schüchternes Stühlerücken setzte ein.

„Wollen wir anfangen? Okay, mein Name ist Monika Kramer, ich arbeite im Fachbereich Bauverwaltung und bin auch verantwortlich für die Öffentlichkeitsarbeit der Stadt Pasewalk."

„In english, please!"

„Äh, ich ... ich frage mal das Podium? Wie wollen wir das handhaben? Ich kann's leider nicht so gut, nur ein bisschen Polnisch, aber vielleicht können wir Kopfhörer für den Automatic-Translater ausgeben."

„Wer macht das? Herr Kruse, wären Sie so freundlich?"

„Gut, dann haben wir das geklärt, denke ich... und sind schon mittendrin, Sie, Herr Bürgermeister Putzbrunnen, brauche ich nicht weiter vorzustellen. Es gab ja schon einige Pressekonferenzen in den letzten Tagen. Aber hier links neben mir sitzt heute zum ersten Mal auch der Sektenbeauftragte der Evangelischen ..."

„... kann ich da kurz unterbrechen? Na, nicht ganz, ich bin, genaugenommen, Mitglied des Kreiskirchenrates Pommern und beschäftige mich in diesem Rahmen unter anderem mit der Sektenproblematik. So ist es korrekt."

„Gut, aber Sie können etwas zu den Hintergründen dieser ganzen Azteken-Geschichte sagen?"

„So weit das für einen Christen wie mich nachvollziehbar ist, ja."
„Weiter zu Ihrer Linken sitzt Polizeiobermeister Maik Witthuhn von der Bundespolizeiinspektion Pasewalk, der wird uns gleich etwas zur Sicherheitlage im Kreis sagen und *last but not least* ... ganz rechts Frau Schlapp, ebenfalls hier aus diesem Haus, von der Wirtschaftsförderung. Der ‚Weltuntergang' soll ja auch ein bisschen Geld in die Kassen der Stadt spülen, sage ich mal. Dann, Herr Bürgermeister, gebe ich jetzt das Wort an Sie weiter."
Dr. Tito Putzbrunnen begann, konsequent das Thema „Weltuntergang" auslassend, mit einer Huldigung der Stadt Pasewalk. Dabei schlug er den Bogen von der ersten Erwähnung der Stadt im dreizehnten Jahrhundert über ihre heutige touristische und kulturelle Bedeutung, hin zu den wirtschaftlichen Möglichkeiten, besonders bezüglich Investitionen in die Windkraft. Und bei der Windkraft verweilte er dann lange. Denn für die Errichtung von Windrädern gebe es im Umfeld der Stadt viele geeigneten Flächen, das habe der kürzlich erschienene „Regionale Windbericht Mecklenburg-Vorpommern" gezeigt. Der Bürgermeister geriet ins Schwärmen, ob der Möglichkeiten, welche die Stadt Pasewalk wirtschaftlich außerdem böte: Altenpflege, Fahrradtourismus, die Bundeswehr in Torgelow, Stettin als Großstadt vor der Tür. Auch die Abwanderung sei gestoppt und es gebe durch die Evakuierung der umliegenden Dörfer sogar Zuwanderung. Die Flüchtlinge ließ er unerwähnt. Aber als er wieder auf die Windenergie und den geplanten Windpark am Rande des Pasewalker Kirchenforstes zu sprechen kam, sprang ein älterer Herr in der dritten Reihe auf. Der Mann zog sich an der Stuhllehne seines Vordermannes hoch und rief mit beeindruckend fester Stimme:
„Putzbrunnen, du Verbrecher, meinen Acker bekommst du nicht! Alles ist deine Schuld! Und diese Farce hier ... das hast du doch alles selbst angestoßen, zusammen mit dem da! Weltuntergang, alles Lüge! Enteignen willst du uns wie zu DDR-Zeiten!"
Der alte Mann drehte sich um und zeigte, eine zerknautschte Baskenmütze in der Hand haltend, direkt auf Konrad Fall,

zumindest schien es diesem so. In das Zentrum der Aufmerksamkeit gerückt, fing dessen Puls an zu rasen und er spürte das Blut in seinen Kopf schießen. Alle drehten sich nach ihm um, alle Stative richteten die Kamera auf ihn. Konrad Fall fing an, in seinen Erinnerungen zu kramen. Es war nicht völlig ausgeschlossen, dass er im Suff ... vielleicht war er mal aus Versehen in den Zug nach Pasewalk ... oder hatte Putzbrunnen in einer Kneipe in Berlin ...?

Die Unsicherheit währte zu Konrad Falls Erleichterung nicht lange, denn gemeint war sein Nebenmann. Der stand langsam aber selbstsicher auf. Er trug einen schwarzen Pullover, aus dem ein rosa Hemdkragen lugte, außerdem *iglasses®* und graumeliertes kurzes Haar.

Konrad Fall atmete auf, und rückte ein wenig von dem Herren ab, der sich als Redakteur des *Kurier*, der Lokalzeitung, vorstellte und jetzt auf den Unruhestifter losging.

„Herr Bröllin, den Blödsinn muss ich mir nicht schon wieder anhören. Ich hab' mir das nicht ausgedacht, dass die Welt untergeht und jetzt die Esoteriker Pasewalk stürmen, nur weil einer Raum-Zeit-Türen in der St.-Marien-Kirche entdeckt haben will."

„Nee, aber Sie, Herr Haut, geben sich dazu her, die Sache aufzubauschen und es mit dem dort oben fürs Geschäft auszuschlachten."

„So ein Quatsch, was sollen wir denn Ihrer Meinung nach sonst schreiben, wenn Leute sich im Infonet zusammenrotten, um zu Tausenden nach Pasewalk zu kommen? Ich kann ja nicht jeden Tag über den Landmaschinenklau durch polnische Banden schreiben. Das ist doch alles Quatsch, was Sie behaupten."

„Quatsch nennen Sie das? Wem gehören denn das *Kürassier Hotel* und die meisten Flächen rund um den Kirchenforst? Wer hat denn den Flächenplan so geändert, dass dort jetzt der große Windpark gebaut werden kann? Und wer stellt sich jetzt hierhin und versucht, das mit Hilfe des Weltuntergangshumbugs groß rauszubringen? Das ist doch ein ganz linkes Ding, was hier abläuft!"

„Können wir jetzt bitte weitermachen? Das ist eine Pressekonferenz und keine Bürgerversammlung."

Den Einwurf der Dame von der Öffentlichkeitsarbeit nahm Polizeiobermeister Maik Witthuhn zum Anlass, sich zu räuspern und drohend zu erheben. Aber der Herr mit der Baskenmütze zog es vor, das Feld freiwillig zu räumen, nicht, ohne beim Hinausgehen anzukündigen, keine Ruhe geben zu wollen, bis die Kumpanei von Presse, Politik und Flächenamt in Pasewalk aufgeklärt sei.

Die Kamerastative rückten vorsichtig zurück und es bildete sich eine kleine Gasse, durch die der Querulant langsam zur Tür schlurfte. Kurz bevor er den Ausgang erreicht hatte, trat eine füllige Frau auf ihn zu, half ihm in den Mantel, tätschelte beruhigend seinen Rücken und flüsterte ihm etwas ins Ohr. Herr Bröllin nickte und sie verschwanden.

„Bloß keine Aufregung, im ‚Wassermann-Zeitalter' wird alles besser. Falls die Welt nicht doch von einem herabfallenden Planeten zerstört wird."

Der Kirchenvertreter versuchte einen Scherz, um die Situation zu entspannen. Aber die Situation musste nicht entspannt werden, denn der Automatic-Translator hatte offenbar die Auseinandersetzung nicht übersetzt. Damit hatte die Mehrzahl der Pressevertreter kein Wort verstanden und war nun lautstark auf der Suche nach Informationen. Die deutschsprachigen Journalisten, die sich nicht nur einen Reim auf das Vorgefallene machen konnten, sondern auch der englischen Sprache mächtig waren, wurden umringt. Andrej Fischer, so schien es Konrad Fall, hatte das meiste Publikum.

Konrad Fall blickte sich im Sitzungssaal um. Alle hatten sich zu Grüppchen zusammengetan und diskutierten. Mit ihm wollte niemand reden, vielleicht saß er zu nahe am Mann vom *Kurier*, der abweisend aus dem Fenster blickte. Konrad Fall machte sich ein paar belanglose Notizen und malte noch ein Strichmännchen, genaugenommen eine Strichfrau, denn sie hatte zwei Brüste. Plötzlich tauchte Andrej Fischer aufgeregt flüsternd neben Kofa auf. Der schaffte es gerade noch, seine Kritzelei mit der Hand zu bedecken.

„Das ist doch der Knaller! Der Bürgermeister und der Typ von der Lokalzeitung inszenieren das Ganze nur wegen irgendwelcher Windkraft-Geschäfte. Da müssen wir dran bleiben."

„Müssen wir nicht."

„Was? Wieso nicht?"

„Es ist ‚Weltuntergang' befohlen und dann geht, verdammt nochmal, die verfluchte Welt auch unter. Mit oder ohne Bürgermeister. Keinen Menschen interessieren die Geschäfte dieser Hinterwäldler. Das ist nichts für uns, dass sollen die schön selbst machen."

„Also machen wir das nicht?"

„Exakt."

„Du bist so ein ..."

„Okay, es geht weiter. Ruhe, bitte, Ruhe! Herr Witthuhn, von der Bundespolizei, Sie vielleicht als nächstes?"

Andrej Fischer kochte vor Wut, das konnte Konrad Fall an dessen steifem Gang und den geballten Fäusten erkennen. Dennoch begab er sich wieder auf seinen Platz neben dem Stativ. Es tat ihm sogar ein wenig Leid, aber der Auftrag war nun mal ein anderer, das musste der übereifrige Novize verstehen. Lehrjahre waren nun mal keine Herrenjahre, dachte Konrad Fall und musste schmunzeln, weil er diesen Spruch in seiner Volontärszeit so häufig gehört hatte. Er erinnerte sich daran, wie dümmlich er ihn damals fand. Aber so war es nun mal.

Der Polizeiobermeister, ein junger Mann mit kurzem Haar und akkurat getrimmten Vollbart, drückte an seinem *Sius-Quantenpad* herum. Ein Hologramm erschien neben dem Podium: eine lächelnde Polizistin vor einem ICE in einem Bahnhof. Im Hintergrund glaubte Konrad Fall den Kölner Dom zu erkennen. „Wir sind Sicherheit", wurde groß auf die dem Podium gegenüberliegende Wand des Sitzungssaals projiziert. Die Stative beachteten aber nur die lächelnde Polizistin.

„Obwohl kein Kollege vom Polizeihauptrevier hier ist, will ich dennoch ganz generell etwas zur Lage und zum Einsatz in Pasewalk in den nächsten Tagen sagen."

„Lauter!"

„Ich will zwei Dinge hervorheben: es gibt im Moment keinerlei sicherheitsrelevante Vorkommnisse, die mit der angekündigten Massenanreise eventorientierter Personengruppen in Verbindung gebracht werden können ...“

„Entschuldigen Sie, eine Frage. Lena Schmalstieg, dpp. Wir haben gehört, dass sich in einer gewissen Ernst-Thälmann-Siedlung hunderte Untergangsjünger Zugang zu leerstehenden Wohnungen in den Plattenbauten verschafft haben sollen und dort mit offenem Feuer hantieren. Was wissen Sie darüber?“

„... Die Bundespolizei arbeitet mit dem Polizeihauptrevier eng zusammen und wir bewerten die Sicherheitslage zweimal am Tag neu im eingerichteten Lagezentrum. So und jetzt Sie.“

„Was ist mit der Thälmann-Siedlung?“

„Wir werden einschreiten, falls sich die Lage zuspitzt, aber im Moment gibt es keine Hinweise auf ein erhöhtes Gefahrenpotential. Die einzigen, auf die wir im Moment aufpassen müssen, sind Sie, meine Damen und Herren.“

Einige der wenigen deutschen Journalisten lachten. Die ausländischen Journalisten sahen sich fragend um, offenbar gab es wieder Probleme mit dem Automatic-Translator. Dann projizierte Maik Witthuhns mithilfe seines *Sius-Quantenpads* Zahlen, Bilder, Pfeil-, Puzzle- und Tortendiagramme an die Wand: Anzahl der Beamten, die Bahnstrecken kontrollieren, Beamte pro Bahnkilometer, Anzahl der Autokontrollen auf der A11 und A20 im Jahr 2022, Aufklärungsquote bei Grenzkriminalität und Abschiebungsrate. Konrad Fall schlief ein. Die Kombination aus monotonem Vortrag und öden Hologrammen ließ seine Augen zufallen und seinen Kopf auf die Brust sinken. Er erwachte erst, als Bürgermeister Putzbrunnen allen einen schönen Tag und angenehmen Aufenthalt in Pasewalk gewünscht hatte und anschließend Stühlerücken und Aufbruchsstimmung den Saal erfüllten.

Andrej Fischer war immer noch sauer. Nachdem er den Kamerakoffer neben Konrad Falls Stuhl im barschen Befehlston hatte anhalten lassen, sprach er kein Wort mehr.

Britta Hochstieg war sehr zufrieden mit den ersten Ergebnissen, die *Minerva-N3ws®* aus den Video- und Textuploads aus Pasewalk generierte. In einem für ihre Verhältnisse euphorischen Telefonat, lobte sie beide für die gute Arbeit, besonders die Interviews mit den Hamsterkäufern hätten sie beeindruckt, solche Offenheit gegenüber den Medien sei gerade im Osten selten. Sie erkundigte sich auch danach, ob die beiden gut miteinander klarkämen oder ob sie sich die Schädel einschlugen. Genau so formulierte sie das. Natürlich versuchte sie auch, herauszufinden, ob Andrej Fischer nüchtern geblieben war. Konrad Fall ignorierte diesbezügliche Fragen. Zwischen die Fronten eines ersten Beziehungskrachs wollte er nicht geraten.

Für Fragen und Andeutungen anderer Art zeigte er sich am Abend deutlich empfänglicher. Frau Pölke hatte sich, das zumindest wollte Konrad Fall glauben, für ihn besonders herausgeputzt. Sie trug während des Abendessens ein rotes Seidenkleid, schwarze Nylonstrümpfe und sogar im Haus hochhackige Schuhe. Sie schien beim Friseur gewesen zu sein. Das konnte unmöglich ihr normaler, abendlicher Aufzug sein. Andere verheiratete Frauen saßen mit Jogginganzug und Filzpantoffeln beim Abendbrot. Maria Pölke aber stöckelte herausgeputzt zwischen Abendbrottisch und Kühlschrank hin und her, als wolle sie eine Opernvorstellung besuchen. Ein schwerer Duft von Patschuli und Moschus vermischte sich mit dem der Schinken- und Käsebrote, die Maria Pölke gutgelaunt auftrug.

Mark Pölke hingegen schien am Auftreten seiner Frau weder etwas aufzufallen noch zu stören. Er las Zeitung. Ab und zu schimpfte er hinter dem Papier hervor, aber Konrad Fall achtete nicht darauf. Immer wieder dachte er, dass Maria Pölke eigentlich nicht sein Fall war, aber gleichzeitig spürte er das erste Mal seit langem sexuelle Erregung. Das war für Konrad Fall überraschend, denn sein Bedürfnis nach Sex war durch seinen Alkoholkonsum vollständig zum Erliegen gekommen. An seinen letzten Geschlechtsverkehr konnte er sich kaum erinnern.

Anfänglich, als er noch bei *Kanal 2* tätig war, waren es nur gelegentliche Erektionsprobleme gewesen, nichts Dramatisches. Das konnte er Weglächeln. Das sei dem Stress des Aufstiegs geschuldet, dachte Konrad Fall damals. Er hatte auf Anraten Martin Weidemanns versucht, der Sache Herr zu werden, indem er morgens, mittags und abends zehnmal seine Pobacken fest zusammenkniff. Er bildete sich ein, eine gewisse Verbesserung zu spüren. Aber je mehr er trank, umso nebensächlicher wurde seine körperliche Beziehung zu Britta Hochstieg. Und schließlich war das kein Thema mehr zwischen den beiden, sie ließ ihn einfach nicht mehr ins Schlafzimmer. Ob Britta Hochstieg ihn während dieser Zeit betrogen hatte, wusste Konrad Fall nicht. Es war ihm auch egal, er war ohnehin anderweitig vergeben gewesen: liiert mit dem Alkohol.

Aber in Gegenwart Maria Pölkes spürte er etwas Merkwürdiges: ein dringliches Verlangen nach Nähe. Ein halbes Jahr zuvor hatte er es kaum ertragen können, wenn sich jemand auf den Barhocker neben ihm gesetzt hatte. Menschenansammlungen jeder Art waren ihm ein Graus. Er fühlte sich sofort beobachtet und bedrängt. Irgendwie unwohl. Jetzt wollte Konrad Fall von Maria Pölke berührt werden, egal wo. Ihre Plastikfingernägel sollten sich in sein schütteres Haar graben. Vielleicht könnte sie auch mit ihrer Zunge an seinem Ohr spielen, das hatte ihn früher immer erregt. Er wusste nicht, ob es das auch heute tun würde. Aber auf einen Versuch würde er es nur zu gern ankommen lassen. Ob sie spezielle Vorlieben hatte? Konrad Fall war so in seinem erregenden Tagtraum versunken, dass er zunächst nicht reagierte, als sein Gastgeber die Zeitung weglegte und ihn ansprach.

„Ist mit Ihnen etwas? Hey, Sie ...“

„Was? Äh, nein.“

„Ich sagte: Karl Bettac hat heute nachmittag angerufen und lässt sich für morgen entschuldigen. Dem Sohn geht es nicht gut. Musste in die Klinik, glaub ich.“

„Was Ernstes?“

„Das hat er nicht gesagt. Sterben wird er nicht gleich. Sind Sie fertig mit dem Essen?"

„Äh, ja."

„Kommen Sie, jetzt ist es soweit. Ich zeig' Ihnen meinen berühmten Sprung. Leider nur auf VHS. Und im Nebel. Aber ich war so nahe dran."

Mark Pölke erhob sich, zeigte den Abstand, wie nah er dran gewesen war, mit Daumen und Zeigefinger und lud die beiden Journalisten mit einer Armbewegung ein, ihm zu folgen. Konrad Fall hatte eigentlich keine Lust, sich Pölkes „Beinahe-Weltrekord" anzusehen und die dazugehörigen Geschichten zu hören. Er hätte viel lieber der Gastgeberin beim Abwasch assistiert. Aber Mark Pölke ließ nicht locker und eskortierte sie zu einer Wendeltreppe, die in den Keller hinabführte.

„So, jetzt entführe ich Sie in den Hades, das Reich der Toten. Bitte achten Sie auf Ihre Köpfe. Ansonsten liegen Sie auch gleich in der Kühlkammer."

Mark Pölke schaltete das Licht ein und ging voran. Unten im Keller tauchten mehrere Neonleuchten, verstärkt durch die weißen Kacheln, alles in ein kaum zu ertragendes Licht.

„Ich hoffe, Sie sind keine Weicheier."

„Wieso sollten wir?"

„Es gibt bekanntlich nicht viele Menschen, die den Hades wieder verlassen konnten. Wer einmal über den Styx gefahren ist, für den gibt es keine Rückkehr. Nur Orpheus und Sisyphos waren Ausnahmen, aber letzterer hat schlimm dafür bezahlt."

Andrej Fischer lachte sein Großstadtlachen, das vermittelte, dass er alles kenne und der Meinung war, niemals überrascht werden zu können. Konrad Fall war da vorsichtiger, er war älter.

„Dort am Ende des Korridors liegt die sprachgesteuerte Kühlkammer, neun ultragemütliche Leichenmulden, ganzjährig sechs Grad Celsius, kabelose Stromversorgung und über eine App steuerbar. Im Moment sind aber nur zwei Buchten belegt. Es wäre also noch Platz."

„Sie bewahren die Toten hier im Keller auf?"
„Wo sonst, mein Junge? Und hinter dieser Tür hier ..."
Er griff zwischen Konrad Fall und Andrej Fischer hindurch nach der Klinke einer grauen Stahltür direkt neben der Treppe.
„... ist der Lagerplatz für die Requisiten: Särge, Kunstblumen, Vasen, Totenhemden, Mullkompressen zum Aufpolstern der Wangen. Die Damen und Herren sollen ja gut aussehen auf der letzten Reise."
Andrej Fischers Gesicht verlor die Farbe. Aber Mark Pölke schien überzeugt, dem jungen Menschen die eigene Sterblichkeit vor Augen führen zu müssen.
„Wollen Sie mal probeliegen in einem der Särge? Dann wissen Sie, wie es sich anfühlt. Das ist eine einzigartige Erfahrung, das versichere ich Ihnen. Später haben Sie nichts mehr davon."
Mark Pölke war sichtlich bemüht, nicht in Gelächter auszubrechen und hatte offenbar Spaß daran, Andrej Fischers emotionale Belastbarkeit zu testen. Aber da war nicht viel zu holen. Denn der Volontär musste sich, nun wirklich weiß um die Nasenspitze, schon jetzt an der Wand anlehnen. Ganz offensichtlich war er nicht sehr begierig darauf, das Angebot anzunehmen.
„Sie müssen nicht, wenn Sie nicht wollen. In ihrem Alter ist der Gedanke an den Tod natürlich irritierend, das gibt sich, glauben Sie mir. Kommen Sie hier entlang, mein Heimkino ist gleich nebenan."
Sie gingen ein paar Schritte in Richtung der Kühlkammer, dann öffnete Pölke rechts im Gang eine Tür zum Heimkino. Andrej Fischer schlüpfte schnell hinein und der Hausherr schaltete das Licht an. Der Bestatter sah Konrad Fall an.
„Wollen Sie einen Blick in die Kühlkammer werfen? Ohne Probeliegen – das war ein Scherz."
Konrad Fall nahm das Angebot an. Er wusste nicht warum, denn was sollte es in einer sterilen Kühlkammer schon Interessantes geben? Auch wenn sie eine Sprachfunktion besaß. Aber nach seinem dümmlichen Selbstmordversuch hatte er durchaus

ein näheres Verhältnis zum Tod gewonnen. Kein besonders gutes, aber in seinem Alter wurde einem Menschen langsam klar, dass es plötzlich aus sein konnte. Das raubte Konrad Fall zwar nicht den Schlaf, aber von Zeit zu Zeit erinnerte er sich daran, dass er irgendwann aufhören würde, zu existieren. Und dass das keinesfalls passieren durfte, solange er diesen demütigenden Job bei *Content Mafia 24* hatte. So wollte er nicht erinnert werden.

Die Kühlkammer war ein Ort, an den man eines Tages mit hoher Wahrscheinlichkeit gebracht werden würde, allerdings ohne es zu bemerken. Also sollte man ihn sich ansehen, wenn sich die Gelegenheit dazu bot, dachte Konrad Fall. Da gab er Mark Pölke recht. Fall hätte durchaus auch den Sarg ausprobiert, traute sich aber nicht, zu fragen. Er wollte nicht merkwürdig erscheinen.

„Schauen Sie sich erst einmal hier drinnen um. Danach gehen wir rüber in die Kühlkammer. Die Toten laufen nicht weg."

Mark Pölkes Heimkino war einem echten Kinosaal nachempfunden, nur eben kleiner. Die Wände waren mit roten Samtvorhängen behangen, der graue Teppichboden fiel zur Leinwand hin schräg ab. Aus unzähligen kleinen Lampen, die direkt in die Zimmerdecke eingelassen waren, fiel Licht auf die Besucher und zwei Reihen originaler Kinoklappsessel mit insgesamt acht Plätzen. Mark Pölke erklärte Andrej Fischer die Sprachsteuerung, dann gab er Konrad Fall ein Zeichen und beide verließen das Kino.

„Bitte nicht erschrecken, es ist ein bisschen unordentlich da drin. Da schaut ja außer mir und meinem Mitarbeiter keiner rein."

„Unordentlich" war milde ausgedrückt, für das, was Konrad Fall nun zu sehen bekam. Der Raum entsprach Konrad Falls Vorstellung: Er war weiß gekachelt und von besonders hartem, weißen Neonlicht erfüllt. Und es war kalt. Jeweils drei Kühlfächer lagen übereinander an der linken Seite des Raumes. Aber die vorletzte Ruhestätte sah aus wie eine Müllkippe, bergeweise Plastiktüten, Packpapier, leere Sprayflaschen und zerknüllte Kleidung häuften sich darin. Es roch nach Duftbäumen fürs Auto. Konrad Fall hasste den Geruch, seit Britta Hochstieg diese immer paketweise neben ihn geworfen hatte, wenn Konrad Fall mal wieder nach Erbrochenem und Urin stinkend in der Diele gelegen hatte. Mark Pölke bemerkte Konrad Falls irritierten Blick.

„Normalerweise habe ich kaum Kundschaft hier unten. Für die zwei habe ich extra die Kühlanlage hochfahren müssen. Das Geschäft geht schleppend."

„Sehr würdig ist das nicht gerade."

„Würde? Die legen die alten Herrschaften meist schon viel früher ab. Wollen Sie eine sehen?"

„Äh, ich weiß nicht. Ist das erlaubt?"

„Ach, die sind tot. Meistens jedenfalls."

„Was meinen Sie mit ‚meistens jedenfalls'?"

„Glauben Sie, dass man nur früher lebendig begraben wurde?"

„Ich weiß es nicht."

„Dann belehre ich Sie mal eines Besseren. Vor zwei Jahren ist mir eine neunzigjährige Dame schreiend aus der Eisbox gesprungen. Das war ein Schock, das sag ich Ihnen. Und seit diesem Tag habe ich den Schlamassel. Aber der Fehler lag im Altenheim."

„Sie wollen mich auf den Arm nehmen!"

„Ich bin Bestatter! Mein Berufsstand ist nicht für seinen Humor bekannt. Nein, ernsthaft. Als ich sie abholen kam, waren sogar die Angehörigen da. Blumen, Kerzen, leise Musik und Weihrauch. Die alte Dame wurde von so vielen Krankheiten geplagt, alle erwarteten, dass sie bald sterben würde. Und als sie dann umfiel, dachten natürlich sofort alle, sie sei tot. Ist ja logisch. Der Arzt hat wahrscheinlich gar nicht richtig hingeguckt. Die Frau war immerhin neunzig Jahre alt."

„Und Sie haben sie in die Kühlbox ..."

„Klar, ausziehen, waschen, Totenhemd an, zwei Stunden später sollte sie von meinem Mitarbeiter ins Krematorium nach Polen gefahren werden."

„Nach Polen?"

„Ist billiger. Und glauben Sie mir, ein kommunales Krematorium hier in Mecklenburg wollen Sie nicht von innen sehen."

„Und wie haben Sie es gemerkt?“

„Ach, ich will Ihnen das gar nicht alles erzählen. Lustig war es jedenfalls nicht, die schreiende Oma wieder aus der Kühlung herauszuziehen.“

„Und dann?“

„Und dann? Und dann? Ruiniert war ich. Das machte ja bundesweit Schlagzeilen. Danach hatte ich für ein Jahr keinen regulären Kunden mehr und Schulden über beide Ohren. Die Kühlanlage war nagelneu, als die Dame es sich in meiner Kühlkammer nochmal anders überlegte. Was meinen Sie, was so eine Anlage kostet? Zehn-G-Steuerung, Sprachassistenz, das ganze Pipapo.“

„Und jetzt?“

„Jetzt haben Sie in den Altenheimen flächendeckend Anamneseroboter eingeführt und ich hoffe, dass ich über den Berg bin. Die zwei sind neu. Wächst vielleicht jetzt endlich Gras über die Sache.“

„Toi, toi, toi.“

„Ich habe das ganze letzte Jahr nur von Polizeileichen gelebt.“

„Polizeileichen?“

„Na, wie die Selbstmörderin gestern. Ich habe einen guten Draht zur Bundespolizei. Ansonsten würde ich jetzt am Hungertuch nagen.“

„Aber haben die Angehörigen da nichts mitzureden, wer die, äh, Polizeileiche, bestattet?“

„Wen ich einmal im Auto habe, den bring’ ich auch unter die Erde, das können Sie mir glauben. Da müssten die Angehörigen schon mit der gezogenen Pistole vor mir stehen, dass der Sarg nochmal aufgeht. Ehrlich, es ist ein knallhartes Geschäft.“

„Und was kann man da machen?“

„Ein bisschen gutes Marketing ist alles, was ich bräuchte. Vielleicht könnten Sie mal ... Ich bin ja nicht uninteressant, als Person meine ich. Ich hab’ den Martin letztes Jahr mal gefragt. Sie wissen schon, meinen Verwandten. Der hält sich aber für was Besseres, meint, das sei unter seiner beruflichen Würde.“

Beim Heraustreten aus der Kühlkammer sagte Konrad Fall, dass er es sich überlegen wolle. Ihm war klar, dass das Bestattungsgeschäft kein Thema war, auf das sein Publikum sehnsüchtig wartete. Und schon gar keines, auf das er seinen Wiederaufstieg gründen konnte. Aber in solche Diskussionen musste er sich nicht verwickeln lassen. Noch drei Tage, und dann ab in die neue Sportredaktion.

Tatsächlich war von Mark Pölkes Rekordsprung nicht viel zu erkennen. Die Kamera verlor ihn kurz nach dem Schanzentisch aus dem Blick, Pölke wurde nach nicht einmal zehn Metern in der Luft vom Nebel verschlungen und erst im unteren Drittel des Aufsprunghanges wieder sichtbar. Der Kameramann schien selbst überrascht gewesen zu sein, dass dieser Niemand so weit unten wieder aus dem Nebel auftauchte. Denn seine Kamera wartete in der Mitte des Aufsprunghanges und er musste ruckartig die Einstellung wechseln, um die Landung noch zu erwischen. Mark Pölke freute sich in seinem silbernen Skianzug wie ein Schneekönig. Es war unmöglich, zu erkennen, ob Pölke in den Schnee oder, wie dieser felsenfest behauptete, hinten auf die Ski gegriffen hatte. Wenn die Hand beim Nachhintenfassen tatsächlich nur die Ski und nicht den Schnee berührt hätte, dann wäre es nach FIS-Regeln ein gültiger Sprung gewesen. Vielleicht mit Punktabzügen in der Haltungsnote, aber Pölkes Weltrekord hätte Bestand gehabt. Diese Frage konnte aber auch bei mehrfacher Wiederholung weder in der Zeitlupe noch im Standbild eindeutig entschieden werden. Zweifellos ging Pölke wegen des hohen Drucks, der bei einer Aufsprunggeschwindigkeit von über einhundert Kilometern pro Stunde herrschte, sehr tief in die Knie. Die Hände bewegten sich dann automatisch synchron zum Oberkörper nach hinten, um einen Sturz zu verhindern. So weit Konrad Fall die Situation erkennen konnte, schloss er sich aber der Meinung Mark Pölkes an: Dessen Hand griff auf das hintere Drittel seiner Ski und nicht in den Schnee. Nachdem Konrad Fall diese Ansicht geäußert hatte, brach Mark Pölke in Tränen aus und umarmte ihn dankbar.

In der Nacht lag Konrad Fall lange wach und dachte an Maria Pölkes Balkonbusen und wie er sein Geschlecht an ihm reiben und sie es dann in den Mund nehmen würde. Das war Konrad Falls Lieblingsfantasie, seit er dreizehn Jahre alt war, da hatte er es in einem Pornofilm gesehen. Britta Hochstieg hatte solche Praktiken, sowohl vor als auch während der Ehe, mit Hinweis auf deren patriarchalen Attitüde verweigert. Nur ein einziges Mal hatte sie es nach einem heftigen Streit als Friedensangebot zugelassen. Aber es entsprach, wie die meisten in Erfüllung gehenden Wünsche, nicht seinen Erwartungen.

Konrad Falls Gedanken schweiften in seine Jugend und zum Waldheimer „Videopoint". Er dachte an das Klimpern der bunten Perlenketten, die als Sichtschutz vor dem Raum mit den Horror- und Erotikfilmen gehangen hatten, und das entstand, wenn man durch sie hindurch in den verbotenen Bereich trat. So sehr man auch das Geräusch zu vermeiden suchte, es ging nicht, der Vorhang raschelte. Jedes Mal war der Puls des jugendlichen Konrad Fall in die Höhe geschnellt, sein Kopf begann zu glühen und er stand ganz still, um zu lauschen, ob der Besitzer, Herr Witte, es bemerkt hatte. Es galt als Mutprobe unter der Waldheimer Jugend, in den Raum einzutreten, über dem ein großes selbstbeschriebenes Schild hing: „Zutritt ab 18 Jahre". Schwieriger war es dann nur noch gewesen, die Chuzpe aufzubringen, Herrn Witte mit „Geile Hexen auf Männerjagd" oder „Das Landhaus der toten Seelen" unter die Augen zu treten. Das zu tun war der Ritterschlag.

Herr Witte brachte viel Verständnis für das erwachende sexuelle Interesse der Waldheimer Jugend auf. Ab dem Alter von dreizehn Jahren hatte man mehr oder weniger freien Zugang zur „Verbotenen Stadt", wie er seine Horror- und Erotikecke nannte. Allerdings wies Herr Witte bei jeder Ausleihe mit Nachdruck auf zwei Dinge hin. Erstens, dass ein Film ein Film sei und die Wirklichkeit bekanntlich viele Makel aufwies. Die Waldheimer Jugend solle bloß nicht glauben, dass es in den Schlafzimmern der Franken tatsächlich so sportlich zuging. Und zweitens, dass er, falls Eltern die altersungerechten Filme bei ihren Sprösslingen fänden, behaupten würde, sie hätten sie geklaut. Das war der Deal.

Konrad Fall dachte auch an Herrn Wittes Pudel, der immer in der Ecke mit den Actionfilmen gelegen hatte und deshalb von allen Chuck Norris gerufen wurde. Und Konrad Fall dachte an Marilyn Chambers, die Pornogöttin seiner Jugend. Ihre vom Fernseher abfotografierten Bilder hatte er zwischen seinen gefalteten T-Shirts aufbewahrt.

Über fünfunddreißig Jahre lagen zwischen der verbotenen Erotikecke des „Videopoint" in Waldheim und den Verlockungen Frau Pölkes in diesem Haus in Pasewalk. Nachsinnend erhob er sich vom Bett, trat ans Fenster und sah durch die kalten Scheiben über den Zaun auf die Jugendherberge. Beim Anblick der in der Dunkelheit liegenden Kleinstadt stellte er fest, dass deren Schwärze durchaus der Waldheims glich. Plötzlich dachte er an die die Vergeblichkeit des Lebens und das Demütigende in dessen Ende. In diesem Moment, im Haus des Bestatters Pölke, hatte Konrad Fall das Gefühl, sein Leben habe sich im Kreis bewegt. Von Kaff zu Kaff, sozusagen. So durfte es keinesfalls enden, dachte Konrad Fall. Einen Paukenschlag musste es in seinem Leben mindestens noch geben. Nur einen noch. Dann würde er sich ruhigen Gewissens in die Kühlkammer eines Bestatters legen können.

Heimweh nach Waldheim hatte er nie in seinem Leben verspürt, noch weniger nach den bröckligen Häusern der Land-Kommune etwas außerhalb der Stadt, in der er zeitweilig aufgewachsen war. Seine Eltern waren im Streit mit den anderen Bewohnern von dort ausgezogen, um sich dem bürgerlichen Leben mit der Rigorosität von Konvertiten an den Hals zu werfen.

Konrad Fall hatte für die kurze Zeit seiner Teenagerjahre andere Pläne gehabt. Er hatte eine für Waldheimer Verhältnisse durchaus wilde Jugend verlebt. Er dachte an seine Zeit mit der ersten und einzigen Waldheimer Punkband, deren Name *Behind the*

Green Door eine Reminiszenz an ihren Lieblingsporno war. Konrad Fall war nicht direkt Mitglied der Band gewesen, denn ein Waldhorn, das er auf Druck seiner Mutter hatte lernen müssen, war natürlich nicht gefragt bei den *Green Doors*. Konrad Fall hatte zum engen Kreis um die Band gehört, der in der Anfangszeit die Hälfte des Publikums ausgemacht hatte. Und er war stolz darauf gewesen, dazuzugehören, auch, wenn er manchmal gedacht hatte, dass er ein besserer Sänger als Ratte gewesen wäre. Und, dass er sich auf der Bühne wirkungsvoller bewegt hätte. Nicht so grobmotorisch wie dieser. Aber Konrad Fall hatte einfach nicht cool genug ausgesehen. Das sah er ein. Er war mit zu den Gigs gefahren, erst nur in der Waldheimer Umgebung, dann nach Schweinfurt, Bamberg und Bayreuth. Er hatte Verstärker getragen, die Kasse gemacht, Ratte, Holz, Indianer und Muschi die Kotze aus dem Gesicht gewischt, bevor sie auf die Bühne gingen, und danach auch. Später, als die Band bekannter wurde, hatte er auch T-Shirts und Kassetten verkauft. Und er hatte nach den Konzerten Sex gehabt, nicht so viel wie andere aus dem Tross, doch ausreichend, um heute noch Selbstbestätigung daraus zu ziehen. Allerdings hatte er sich immer an Herrn Wittes Mahnung gehalten: Porno war Porno und Wirklichkeit Wirklichkeit. Heute ging das durcheinander.

Wie dem auch sei, ab 1989 hatte sich alles verändert. Die Mitglieder der Band wurden ausgetauscht, weil einige zum Studium nach Göttingen oder München gingen. Sogar Konrad Fall spielte 1989 ein halbes Jahr Saxofon bei den *Green Doors*, die jetzt wie *The Stooges* klingen wollten. Aber Fall, der Waldhornspieler, war nicht Steve Mackay und so ging seine Musikerkarriere schnell vorbei. Nach dem Zivildienst bei der Unfallhilfe hatte er, dank des Vitamin B seines Vaters, sein Volontariat bei der Bayerischen Sendeanstalt begonnen. „Rumhängen", wie sein Vater Konrad Falls Pläne für eine längere USA-Reise nannte, hatte dieser nicht erlaubt. Und Konrad Fall hatte sich gefügt. Sein vor seinem Vater geheim gehaltener Plan, nach dem Volontariat eine Zeitschrift für

„Verpunktes Leben" rauszubringen, hatte sich schnell zerschlagen. Genaugenommen hatte Konrad Fall ihn einfach vergessen.

Nach der Scheidung seiner Eltern hatte Konrad Fall Waldheim nur noch selten besucht. Er war, wenn die Ausbildung das zuließ, jedes Wochenende raus in die Voralpen gefahren, um Ski zu laufen. Aber nicht stumpfsinnig den Hügel runter, sondern Langlauf. Er wollte immer irgendwo ankommen, eine Strecke zurücklegen. Die rasenden Wiederholungen der Abfahrtspisten waren nichts für Konrad Fall.

Er war schon in Waldheim, unter dem Gelächter seiner Punkerfreunde, regelmäßig Ski gelaufen, aber während des Volontariats wurde es zur Obsession. Vielleicht lag es daran, dass er in München keinen Anschluss gefunden hatte. Weder bei den anderen Volontären, die alle aus München kamen und ihn für einen Bauern hielten noch bei Muschi von den *Green Doors*, dem einzigen Waldheimer, den er in München kannte. Aber Muschi studierte Jura und wohnte jetzt in einem Burschenschaftshaus. „Schlagende Verbindung", wie er stolz betonte. Er hieß auch nicht mehr Muschi, sondern wieder Wilbert Hermann.

Konrad Fall hatte Besseres zu tun gehabt, als sich das Gesicht von einem besoffenen Schnösel zerschneiden zu lassen. Er hatte verbissen die Skating-Technik, einen neuen Laufstil, bei dem man einen Ski seitlich aus der Spur schob oder sich wie ein Eisschnellläufer von den Skikanten abstieß, trainiert. Sehr effektiv, sehr punkig. Ab Ende der achtziger Jahre war Konrad Fall als einer der ersten Volksläufer in Franken nur noch in der neuen Skating-Technik gelaufen. Das hatte bei den anderen Läufern für böses Blut gesorgt, weil er, der „Volkspunk", wie ihn manche nannten, vor den alten Hasen herfuhr und ihnen ihre saubergezogene Spur zertrampelte, durch die sie im gepflegten Diagonalschritt gleiten wollten. Mehr als einmal hatte man ihm die Ski vor einem Wettkampf zerkratzt. Und nach seinem Sieg bei „Rund um den Wildbach" hatten ihm alle Läufer bei der Siegerehrung den Handschlag verweigert. Martin Weidemann korrigierte Jahre später

Konrad Falls Annahme, dass der Finne Pauli Siitonen der Erfinder der neuen Technik war. Denn wahrheitsgemäß musste man die Geschichte der freien Technik wohl mit einem Läufer aus der DDR beginnen lassen, der diesen Laufstil, durch einen zu glatten Ski gezwungen, schon am Holmenkollen 1971 angewendet und das Rennen damit gewonnen hatte. Gerhard Grimmer, zweifacher Weltmeister aus der DDR, war Konrad Fall bis zu dem Gespräch mit Weidemann völlig unbekannt gewesen.

Kurz bevor Konrad Fall in der Blümchenbettwäsche einschlief, erinnerte er sich schläfrig an seinen ersten Einsatz als Volontär. Er hatte über die Einweihung des neuen Münchner Flughafens und den Start der ersten Maschine berichten sollen. Hatte er auch und das, wie der junge Konrad Fall fand, ausgewogen und kritisch. Aber danach hatte der Ausbildungsleiter ihm den Kopf gewaschen, weil er den Ministerpräsidenten Streibl und den katholischen Landesbischof Hanselmann nur am Rande erwähnt, deren Redebeiträge zu kurz geschnitten und die Gegendemonstranten zu gut habe wegkommen lassen. Er nannte Kofa einen „kommunistischen Fanatiker“ und drohte ihm, dass er in seiner Karriere fortan nur noch arschkalte Pisten und Loipen zu sehen bekommen würde. Und so kam es auch. Allerdings sehr zum Wohlgefallen Konrad Falls.

Hey, wachen Sie auf! Sie, kommen Sie, die haben eine gefunden. Eine Polizeileiche."

„Was soll ich da? Lassen Sie mich."

„Die Leiche soll merkwürdig angezogen sein. Das könnte einer von den Weltuntergänglern sein, vielleicht haben Sie Glück."

„Ja, Glück ... später."

Mark Pölke rüttelte an Konrad Falls Schulter und ließ sich auch von dessen schlaftrunkenem Knurren nicht abhalten.

„Die haben einen an der Versöperbrücke aus dem Wasser gezogen. Bekleidet mit einem Nachthemd und einem Turban. Das könnte einer sein. Kommen Sie endlich, unsere Gehilfen stehen schon unten."

„Gehilfen?"

Konrad Fall quälte sich stöhnend aus dem warmen Bett hinaus. Pölke hatte ihn aus dem Tiefschlaf gerissen. Unten im Flur standen Andrej Fischer und ein korpulenter junger Mann im gleichen schwarzen Aufzug, den auch Mark Pölke bei dem Bahnunfall getragen hatte. Das schien eine Art Arbeitsbekleidung zu sein. Konrad Fall vermutete in dem Mann den polnischen Mitarbeiter, von dem der Bestatter gesprochen hatte. Frau Pölke, im nachlässig verschlossenen Morgenmantel, schenkte Kaffee aus. Es war fünf Uhr morgens, draußen war es stockdunkel, nicht mal der Ansatz einer Dämmerung war zu erkennen. Alle flüsterten schlaftrunken.

Die alte, aus Holz erbaute Versöperbrücke führte über die Uecker. Sie lag an einer kleinen Uferpromenade in der Nähe des ehemaligen Industriegebiets. Viel war davon nicht mehr übrig. Die Umrisse eines Silos, mehrerer Speicherhäuser und einer rostzerfressenen Düngemittelfabrik waren zu erkennen.

„War mal eine wohlhabende Stadt, unser Pasewalk. Aber seit dem Euro-Austritt regieren wieder die Insolvenz- und Zwangsverwalter. Wie nach der Wende."

Sie waren ausgestiegen und Pölkes Mitarbeiter, der bisher kein Wort gesprochen hatte, öffnete lustlos die Heckklappe und zog mit einer Hand den Transportsarg aus dem länglichen Bestattungswagen. Pölke trieb ihn zur Eile an.

„Was erhitzt uns der Tod?"

Das murmelte der Mitarbeiter kaum hörbar, während er den Sarg in Richtung Blaulicht schob.

„Bleibt ihr erst einmal hier. Ich muss mal sehen, wer Dienst hat. Ich gebe Bescheid."

Beide Bestatter verschwanden und ließen die Journalisten in der Stille des beginnenden Tages zurück. Das Schweigen zwischen ihnen war Konrad Fall unangenehm, aber er wusste in jenem Moment auch nicht, was er sagen sollte. Andrej Fischer versuchte, die Kamera auf das Stativ aufzusetzen. Er fluchte, als es ihm nicht gleich gelang. Andrej Fischer war nervös, unausgeschlafen und abgelenkt. Er hatte einen schlechten Tag. Das konnte Konrad Fall sehen.

Mark Pölke kam gestikulierend wieder auf sie zugelaufen. Etwas schien passiert zu sein. Als Pölke an der Straße, auf der sie parkten, angekommen war, konnte er zunächst kaum ein Wort herausbringen. Er zeigte nur immer wieder in Richtung der Versöperbrücke, die im Blaulicht flackerte. Er rang nach Luft. Nach einer Weile fing er sich.

„Ich muss den alten Bettac anrufen. Es ist sein Sohn. Aber er lebt. Er lebt. Ein Krankenwagen ist unterwegs."

Auch Mark Pölkes Mitarbeiter kam, gelangweilt den leeren Sarg vor sich herschiebend, über die Uferpromenade zurück zur Straße.

„Die können die Lebenden nicht von den Toten abgießen. Der war noch bissfest, der hat nur vorgewärmt. Aber wer die Menschen vorbereitet zu sterben, richtet sie an zu leben."

Der junge Pole zeigte keine emotionale Regung. Seine Art zu reden klang, als würde er ein Kochrezept vorlesen. Adam Dobrczynski war, bevor er aus Polen ausgewiesen wurde, Philosophiestudent an der Universität Stettin gewesen. Die neu eingeführte KI-Verwaltungssoftware war in seinem Fall der Meinung gewesen, Dobrczynski habe zu lange studiert, und hatte ihm keinen festen Wohnsitz zuordnen können. Vor sechs Monaten hätten ihn Polizisten vor der Universität aufgefordert in ihr Dienstauto zu steigen, ihn zur Grenze gebracht, ihm seine Papiere abgenommen und ihn mit einem Fußtritt nach Deutschland befördert. So erzählte es Mark Pölke. Jetzt arbeitete er bei dem Bestatter für die Hälfte des Mindestlohns und hatte über dessen Kontakte ins Bürgeramt einen deutschen Pass bekommen. Bevor er bei Pölke anfing, hatte Dobrczynski während der Touristensaison in verschiedenen Hotelküchen auf der Insel Rügen gearbeitet. Dort, zwischen Töpfen und Pfannen, hatte er Deutsch gelernt – das erklärte seine eigenartige Wortwahl. Dobrczynski redete wie ein Kochbuch, weil dieses sein Wörterbuch gewesen war. Pölke benötigte den jungen Mann vor allem für die Formalitäten, die bei der Einäscherung zu erledigen waren. Die ließ das Bestattungshaus Pölke aus Kostengründen in Polen vornehmen. Denn seit das Sterbegeld der Krankenkassen weggefallen war, wollten die Leute ihre Angehörigen so billig wie möglich unter die Erde bringen. Und weil er polnisch sprach, bekam Adam Dobrczynski in den dortigen Krematorien allerlei Vergünstigungen. Auch die Wartezeiten für die deutsche Kundschaft halbierten sich mit seiner Hilfe. Mit Dobrczynskis deutschem Pass gab es nie Probleme bei der Einreise, so intelligent wie immer getan wurde, war die künstliche Intelligenz in seinem Fall nicht.

Pölke lief auf dem Bürgersteig auf und ab und sprach in sein Telefon. Aber es war auf die Entfernung nicht zu verstehen. Konrad Fall nahm an, dass er mit Karl Bettac sprach.

„Andrej, noch nicht abbauen. Halt mal direkt drauf. Und dann spreche ich noch was rein."

Konrad Fall konnte Andrej Fischer die Überraschung ansehen.

„Ist doch nichts für uns. Wo ist denn hier was mit Weltuntergang?"

„Es gibt keinen Weltuntergang. Aber wenn ein junger Mensch und Afghanistan-Veteran versucht, sich umzubringen, ist das sehr wohl was für uns. Das ist Blaulicht, oder?"

„Das ist doch genau wie gestern im Zug. Wie willst du das denn einbauen? Das wird ‚Minerva' nicht zulassen."

„Also ich sehe nur jede Menge Polizei und den zweiten Selbstmord in einer Kleinstadt innerhalb von vierundzwanzig Stunden. Und das zwei Tage vor einem angekündigten ‚Weltuntergang'."

„Da sehe ich keine *connection*. Außerdem lebt der noch."

„Diejenigen, die einen Zusammenhang sehen wollen, werden einen sehen. Alles eine Frage der Erzählperspektive."

„Aufnahme läuft."

„Mal nicht so gelangweilt, junger Mann. Steh ich gut?"

„Bisschen mehr Körperspannung. Den vorderen Fuß etwas zurück."

„Klugscheißer. Also:"

Pasewalk. Mysteriöse Selbstmordserie vor dem angekündigten „Weltuntergang der Azteken". Innerhalb der letzten vierundzwanzig Stunden häufen sich die Selbstmordvorfälle in Pasewalk, jener Stadt, die als einzige von einem drohenden Weltuntergang verschont bleiben soll. Der Kalender der Azteken endet in zwei Tagen und viele befürchten darin einen Hinweis auf einen möglichen Weltuntergang. Offenbar führt das zu ersten Kurzschlussreaktionen in dieser in besonderer Weise betroffenen Stadt. Die Polizei untersucht zur Stunde, ob es einen Zusammenhang zwischen den Selbstmordversuchen und dem Weltuntergangsszenario gibt. Falls dem so ist, wird das Folgen für die Einschätzung der Sicherheitslage in Pasewalk für die nächsten Tage haben. Ein Einsatz großer Polizeikontingente wird damit immer wahrscheinlicher.

„Fertig?"

„Genau. Und wenn es hell wird, gehen wir zur Polizei und zum Rathaus und konfrontieren sie mit unserer ernsten Befürchtung, dass es sich hier um eine Selbstmordwelle handelt. So geht Journalismus. Man muss die Geschichte ein bisschen andicken, dann wollen plötzlich alle vor die Kamera und Klarstellungen funken – ein ganz alter Trick."

„Das wird *Minerva-N3ws*® nicht gefallen."

Konrad Fall lächelte müde. Der Volontär machte sich tatsächlich Sorgen darum, wie das auf Grundlage von künstlichen neuronalen

Netzwerken operierende Contentmanagementsystem *Minerva-N3ws®* die kleinen „Geschmeidigkeiten“ in der Berichterstattung aufnehmen würde.

Konrad Fall schüttelte den Kopf und dachte kurz an seinen Ausbildungsleiter beim der „Bayerischen Sendeanstalt“, der ihn während seines gesamten Volontariats als Kommunisten verfolgt hatte. So wollte er nicht werden, aber ein bisschen Realismus würde dem Jungen nicht schaden. Mark Pölke kam auf sie zugelaufen und sah deutlich entspannter aus.

„War wohl saufen, der Junge. Der alte Bettac sagt, dass der gestern mit Freunden im ‚Speicher‘ war, wahrscheinlich ist der einfach nur besoffen von der Brücke gekippt.“

„Ist das amtlich?“

„Nee, das nicht. Aber ‚Geländerbalancieren‘ ist so eine Art jugendliche Mutprobe in Pasewalk. Haben wir auch gemacht. Wahrscheinlich alles ganz harmlos. Und ich geh mal wieder leer aus.“

Mark Pölke lachte bitter, sprang hoch – erstaunlich hoch – und landete elegant im Ausfallschritt.

„Von den zwei toten Omas im Keller kann ich mir jedenfalls nichts kaufen.“

Dann stieg er in den schwarzen Leichenwagen und knallte die Tür zu. Auch Konrad Fall war sauer. Damit konnte er keinesfalls zu Putzbrunnen oder zur Bundespolizei gehen. Besoffen von der Brücke gefallen – so was Blödes. Was sollten sie heute bloß drehen? Wieder Jagd auf Passanten machen? Und wo waren denn nun diese Spinner, wegen derer sie gekommen waren? So langsam könnten die mal für ein paar bunte Bilder sorgen. Aber anstatt mysteriöse Geisterzeremonien zu filmen, fuhren sie wieder zu den Pölkes. Es war halb sieben, als sie ankamen und Frau Pölke, jetzt ebenfalls im Mitarbeiteranzug von „Pölkes Bestattungsdiscounter“, erwartete sie lächelnd im Innenhof. Allerdings änderte sich ihre Stimmung, als sie bemerkte, dass ihr Mann und Adam Dobrczynski leer ausgegangen waren.

„Dann lass den Adam gleich mit den zwei Damen aus dem Keller losfahren. Die Urnen müssen beide übermorgen wieder hier sein."

„Ja, wird sonst knapp so kurz vor Weihnachten."

„Weihnachten, kein Problem, solange gewünschte Kerntemperatur da ist und Ofen vorgeheizt. In Polen frittieren wir das ganze Jahr. Das Anbraten des Fleisches geht schnell, aber die Tumore und Medikamente in Fleisch erhitzen zu langsam, manchmal dauert lange. Besonders die Deutsche frittieren langsam. Deswegen verbrennen auch Müll mit dem toten Fleisch, aber nur bei die Deutsche."

„Lass mal gut sein, Adam und mach schnell! Ich denke, wir kriegen über die Feiertage noch mal ein paar Leute rein. Wenn nicht an Weihnachten, wann dann? Du lässt deinen Tracker an, ja?"

„Tracker?"

„Komórka."

„Ah."

„Struppi, ich ruf nochmal die Altenheime an und sag denen, dass wir über die Tage da sind, vielleicht bringe ich nachher ein paar Visitenkarten ins St. Elisabeth."

Ein kurzer Blick auf Maria Pölke in der Uniform, die überall an ihrem Körper spannte, überzeugte Konrad Fall davon, dass er es irgendwann bei ihr versuchen müsse. Vielleicht ergab sich während des Tages etwas. Mark Pölke würde vielleicht außer Haus zu tun haben und er könnte doch den Volontär und sein Stativ allein auf Passantenjagd schicken. Das war doch eine typische Volontärstätigkeit. Lächelnd dachte er wieder an seine eigene Ausbildung, in der er über Monate jeden Morgen angstvoll auf den Dienstplan geschaut hatte. Denn für eine Weile hatte es dem Ausbildungsleiter gefallen, Konrad Falls vermeintliche kommunistische Umsturzversuche im Sender durch dessen Abstellung zu langweiligen Straßeninterviews einzudämmen. Das war eine harte, aber gute Schule gewesen, wie Konrad Fall heute fand. Auf Leute zugehen zu können war das A und O des Journalismus. Wer das nicht konnte oder lernen wollte, hatte den falschen Beruf gewählt. Und das war seiner Meinung nach bei mindestens der Hälfte der jungen Journalisten so.

Sie waren innerhalb von nur zwei Jahren alle von *Minerva-N3ws®* zu Systemassistenten degradiert geworden. Und hatten sich dem Contentmanager mit einer für Konrad Fall unverständlichen Radikalität unterworfen. Sie waren zu Programmierern, Optimierern, Überwachern und Befehlsempfängern der Maschine gemacht worden. *Minerva-N3ws®* konnte viel, das anerkannte auch Konrad Fall. Sie konnte große Datenmengen zu Texten verarbeiten, automatisch Videos schneiden, selbstständig aktuelle Themen suchen und die generierten News in allen Bereichen publizieren, sei es im Print, als Infonet-News, als Cyber-Chat-Post oder Kurznachricht mit Hashtag. Sie sortierte Benutzerkommentare nach Argumenten und Wert. Die neuronalen Netzwerke von *Minerva-N3ws®* waren in der Lage eine unvorstellbare Anzahl von Texten zusammenzufassen, zu klassifizieren und Relationen zwischen den verwendeten Worten zu bestimmen. Und daraus konnte „Sie" neue, eigenständige Texte machen. Die Entwickler gingen davon aus, dass es eine endliche Anzahl von sinnvollen Formulierungen für einen bestimmten Sachverhalt gab. Und, dass Sprache und Gedanken mehr oder weniger identisch seien. Wenn die Maschine schreiben und sprechen konnte, konnte sie auch denken. Aber wie genau sie das anstellte, verstand kein Mensch mehr. Das war Roboterjournalismus im Jahr 2023.

So manches Mal hatte Konrad Fall in den letzten Jahren betrunken am Tresen gesessen und darüber nachgesonnen, was werden würde, wenn die Maschinen in der Lage waren, sich selbst zu optimieren. Was würde aus der menschlichen Sprache, menschlichem Wissen, seinem Gehirn werden, wenn der Mensch keine kreativen Probleme mehr lösen musste? Er würde zum Tier, lautete Konrad Falls betrunkene Antwort. Solch düstere Zukunftserwartungen ließen ihm dann meist keine andere Wahl, als hemmungslos weiterzusaufen.

„Adam! Wo sind die verdammten Leichen? Wo sind die zwei Omas von der Lindenhöhe? Adam!"

Man konnte Mark Pölkes Geschrei durch das ganze Haus vernehmen. Darin mischten sich Fassungslosigkeit, Angst und Wut. Konrad Fall unterbrach das Telefonat mit Britta Hochstieg, das er gerade begonnen hatte, und lief die zwei Treppen hinunter in den Keller. Sie waren bis auf Adam Dobrczynski allein im Haus. Konrad Fall hatte Andrej Fischer tatsächlich in die Einkaufsstraße geschickt, aber unglücklicherweise hatte Frau Pölke angeboten, ihn mit ihrem Wagen hinzubringen, denn sie habe den gleichen Weg zur St. Elisabeth Seniorenresidenz. Als Konrad Fall im Keller anlangte, stand Adam Dobrczynski unbeweglich in der Tür des Kühlraumes und versperrte ihm mit seinem massigen Körper die Sicht. Drinnen tobte Pölke.

„Ich wusste, dass das passieren würde. Ich wusste es. Erst die zerstochenen Reifen, dann die nächtlichen Fehlalarme. Und jetzt klauen die mir die Leichen aus der Kühlung. In was für einer Welt leben wir eigentlich, hä?"

Konrad Fall schob den schwerfälligen Adam Dobrczynski zur Seite und betrat den Kühlraum. Mark Pölke stand vor den geöffneten Leichenmulden, in denen am Tag zuvor noch die zwei Toten gelegen hatten. Adam Dobrczynski trat jetzt ebenfalls näher und schob bedächtig eine der Bahren, die aus der Kühlbox ragte, hin und her, so, als teste er, wie die Diebe vorgegangen sein könnten.

„Wie haben die Verbrecher das Fleisch zerlassen?"

„Na, durch das Kellerfenster im Heimkino, du Hirni."

„Hirni?"

„Das heißt ‚bester Mitarbeiter'!"

„Durch diese kleine Luke das Fleisch geschwenkt?"

„Ja, Mensch, im Totenhemd. Halbnackte alte Weiber durch das Kellerfenster gequetscht. Wenn das rauskommt. Scheiße."

„Die Fleisch gequetscht?"

„Geschoben, durch das Fenster, da. Mach die Augen auf. Kühlkammer!"

„Ja, Herr?"
„Wo sind die Scheiß-Leichen hin?"
„Ich habe keine Information zu diesem Sachverhalt."
„Fragen wann Ofen geöffnet und Fleisch entnommen."
„Kühlkammer!"
„Ja, Herr?"
„Wann war die letzte Öffnung der Kühleinheit?"
„Fünf Uhr und vierzehn Minuten."
„Und dann? Wer hat die zwei Omas herausgezerrt?"
„Ich habe keine Informationen ..."
„Abschalten! Halt's Maul und schalt dich ab!"
„Ja, Herr."

Konrad Fall bekam bei der Vorstellung an das Zerren runzliger, toter Körper über den weißen Fliesenboden ein flaues Gefühl im Magen und schlug vor, die Polizei zu benachrichtigen. Aber das lehnte Mark Pölke mit einer von Panik in den Augen begleiteten Geste ab. Dann könne er gleich dichtmachen, war sein durchaus nachvollziehbarer Beweggrund.

Plötzlich drehte er sich um und stürmte an den beiden vorbei die Treppe hinauf. Seine Bürotür knallte. Adam Dobrczynski zuckte mit den Schultern. „Ist harter Wettbewerb mit die Fleisch. Kruste weich, aber unten drunter hart, sehr hart."

Der Pole schob, während er von explodierenden Herzschrittmachern bei der Einäscherung erzählte, die Metallbahren wieder zurück und schloss die Kühlfächer. Vor dem Hinausgehen betätigte er ein paar Schalter an der Kühlanlage und löschte das Licht.

„Mit Hand. Ich spreche nicht mit Ofen und Licht."

Dann begutachteten beide noch einmal das Kellerfenster im Heimkino. Es befand sich auf Straßenhöhe und war wirklich eng. Wenn es nicht zwei wirklich kleine Leichen gewesen waren, mussten die Täter rabiat vorgegangen sein. Aus dem Heimkino selbst schien nichts entwendet worden zu sein.

„Sie müssen das Fleisch wie Roulade gerollt, damit es in die Luke passt."

Konrad Fall mochte sich das nicht vorstellen. Dass Adam Dobrczynski konsequent das Wort „Fleisch“ für „Leiche“ verwendete, verursachte ihm ein unwohles Gefühl. Er überlegte, dem Polen die richtige Vokabel zu nennen, nur damit dieser aufhörte, ständig von Fleisch zu sprechen. In Konrad Falls Phantasie löste das die Vorstellung von menschlichem Schmorbraten aus. Aber dann dachte er, dass Pölke diese Richtigstellung sicher schon längst vorgenommen hätte, wenn es nicht irgendeinen Grund gab, es nicht zu tun. Also unterließ er es. Aber er musste raus aus dem Keller. So schnell es ging.

Nachdem Konrad Fall in sein Zimmer zurückgekehrt war, setzte er sich stöhnend auf das Bett und blickte durch das Fenster auf die benachbarte Jugendherberge. Er versuchte an seine Arbeit zu denken. Was sollte er heute aus Pasewalk berichten? Er hatte nichts im Angebot. Der Morgen war dramatisch gewesen, aber in Hinblick auf den bevorstehenden „Weltuntergang“ hatte er nichts Verwertbares gebracht: ein besoffener Afghanistan-Veteran, der von einer Brücke fällt, und zwei geklaute Leichen. Diese Vorkommnisse mochten für Pasewalk ungewöhnlich sein. Aber konnte man sie einer Weltuntergangsstimmung zuschreiben? Wenn Konrad Fall einen solchen Spin in die Berichterstattung brächte, würde *Minerva-N3ws*® das vermutlich beanstanden, wenn nicht gar die Veröffentlichung verweigern. Selbst wenn es bei der Hüterin des Wissens durchging, konnte er sich den „Bayerischen Sportpreis“ abschminken. Nicht, dass sich all seine Taten danach richteten, aber am Boden seines beruflichen Absturzes hatte er sich geschworen, ihn eines Tages zu gewinnen, den „Bayerischen Sportpreis“ für Journalisten. Einfach nur so. Weil es ihn gab. Zugegebenermaßen auch, um ihn Britta Hochstieg nüchtern unter die Nase zu halten. Er wollte ihr beweisen, dass noch immer Potential in ihm wohnte. Aber jetzt musste er mit seiner Ex-Frau über dieses irrsinnige Unterfangen hier in Pasewalk reden, das ihm, egal wie es ausging, keine Auszeichnung einbringen würde. Das Einzige, dessen er sich sicher sein konnte, waren Spott und

Hohn der Kollegen. In der Gegend gab es bestimmt ein paar pittoreske Weihnachtsmärkte oder absonderliche Vereine, die man, ohne seinen Ruf aufs Spiel zu setzen, featuren konnte. Das würde auch besser zur Weihnachtszeit passen. Warum jetzt kurz vor den Feiertagen so was Aufputschendes wie einen Weltuntergang über die Bildschirme und durch das Infonet prügeln? Ein bisschen Christkind, Riesenräder und Glühweinbuden. Konrad Fall legte sich im Kopf seine Argumente zurecht und blickte sich nach seinem Telefon um. Sollte Britta Hochstieg entscheiden, was zu tun war. Er tastete über die Bettdecke, hatte er es nicht vorhin auf das Bett geworfen? Konrad Fall stand auf, sah sich suchend um, prüfte seine Taschen, kniete nieder und wühlte in der Reisetasche. Aber zu seinem Entsetzen fand er zwischen Unterwäsche, Handtuch und Wechselsocken nicht sein Telefon, sondern eine Flasche Thüringer Myrrhentinktur. Erschrocken ließ er sie sofort in die Tasche zurückfallen. Er sprang auf und schob die Tasche mit der Spitze seines rechten Fußes zurück unter das Bett. Es war ihm unerklärlich, wie die Thüringer Myrrhentinktur in seine Reisetasche gelangt war. Konrad Fall wurde nervös, wie jeder Alkoholiker es angesichts einer Flasche Mundspülung wurde. Ohne Nervosität wäre er kein richtiger Alkoholiker gewesen.

Er öffnete hastig das Fenster, dabei fiel das Telefon, das auf der Fensterbank gelegen hatte, zu Boden. Er ergriff es erleichtert, atmete tief ein und stürmte aus dem Zimmer. Draußen im Flur schloss Konrad Fall die Augen und lehnte sich gegen die Wand. Aus Pölkes Büro drangen Stimmen nach oben. Maria Pölke war offenbar zurückgekehrt und die Eheleute stritten, aber er konnte nicht verstehen, was sie sagten. Es war ihm auch egal. Er hatte eigene Probleme.

Aber die Probleme wurden mit dem Gespräch, das er im Flur vor seiner Zimmertür mit Britta Hochstieg führte, nicht kleiner. Im Gegenteil. Im Kern hatte er von ihr zwei Aufgaben auf's Auge gedrückt bekommen: Erstens, Berichterstattung um jeden Preis und zweitens Beaufsichtigung von Andrej Fischer.

Der wurde offenbar just in diesem Augenblick von einem eingebildeten Unbekannten durch Pasewalk verfolgt, das hatte er zumindest ein paar Minuten zuvor Britta Hochstieg heulend über *Cyber-Chat* durchgegeben. Konrad Fall vermutete, dass ihr kleiner Liebling sich über ihn beschwert hatte. Und dass daher die schlechte Laune stammte, die seine Ex-Frau an ihm ausgelassen hatte. Sie war am Telefon herrisch, fordernd und unnachgiebig gewesen. Das *Kanal 1* Morgenmagazin und „N15“ wären in einer Ernst-Thälmann-Siedlung unterwegs und hätten erstklassige Weltuntergängler vor die Kamera bekommen, die Männer in Fellen, die Weiber in weißen Wallekleidern. Alle mit Trommeln und Glöckchen um ein Feuer vor einem Plattenbau tanzend. Das wolle sie auch haben. Er solle sich sofort auf den Weg dorthin machen und sich unterstehen, den Volontär nochmal allein loszuschicken, während er bei den Pölkes entspanne.

„Die sind da draußen und feiern okkulte Messen und du sitzt bei deinem Bestatter im Warmen und fragst mich, was du filmen sollst?“

„Ich arbeite doch schon am Rand der Rechtsvorschriften. Ich kann doch nicht alle Statements kaufen.“

„Ich will in sechs Stunden was auf dem Tisch haben, von dem ich mir was kaufen kann. Und du auch, wenn du verstehst, was ich meine.“

Sie legte ohne Verabschiedung auf und ließ Konrad Fall stinksauer zurück. Natürlich verstand er, was sie meinte. Sie drohte ihm. Aber wenigstens war der Gedanke an die Myrrhentinktur verflogen. Unten hörte er die Haustür. Jetzt würde er den Volontär zur Schnecke machen. Dessen Verrat gefährdete das ganze Projekt “Wiederaufstieg“. Und das würde er nicht erlauben, keinesfalls, unter keinen Umständen. Nie wieder Pasewalk – das war die Parole. Es gab eine Grenze des Ertragbaren. Konrad Fall ging zur Treppe, um Andrej Fischer entgegenzutreten. Wer aber hereinhuschte, war nicht der Volontär, es war Tito Putzbrunnen, der Bürgermeister, der schnellen Schrittes im Büro von Herrn Pölke verschwand. Er hatte Konrad Fall, der auf halber Treppe stehengeblieben war, nicht bemerkt. Aber gerade, als Kofa sich wieder zurückziehen wollte, kam Maria Pölke mit verweinten Augen aus dem Büro und stieß im Flur mit dem eintretenden Andrej Fischer zusammen. Konrad Fall schlich hastig nach oben, so, als wolle er sich nicht ertappen lassen. Vor seinem Zimmer stoppte er. Jetzt fiel ihm die Thüringer Myrrhentinktur unter dem Bett wieder ein. Er hielt inne, zögerte, konnte weder vor noch zurück. Unten rief Maria Pölke durch ihren Tränenschleier:

„Mein Gott, Junge, wie siehst du denn aus? Was ist dir denn passiert?"

„Sie sind ... ich muss ... da, sie kommen."

Jemand rumpelte die Treppe nach oben und dann stand Andrej Fischer vor ihm, die Jacke offen und über die Schulter heruntergerutscht, die Augen groß und panisch. Blut rann aus seiner Nase.

Konrad Fall wurde aus Andrej Fischers unzusammenhängendem Gestammel nicht schlau. Einmal wurde er von einer Gruppe junger Männer verfolgt, dann wieder waren verdächtige Autos langsam hinter ihm hergefahren, Polizei oder Drogenfahnder hörten sein Telefon ab, und ein ominöser Charley hätte das gesamte Equipment verwanzt. Er habe sich nicht anders zu helfen gewusst, als es in eine Mülltonne zu werfen, und dann sei er nur noch gerannt. Sie müssten abreisen, jetzt sofort.

Konrad Fall wusste nicht, wie er auf die Verwirrung des Jungen reagieren sollte. Eigentlich wollte er ihm ordentlich die Meinung geigen. Jetzt aber saß Andrej Fischer eingefallen wie ein halbleerer Sack auf seinem Bett und ordnete auf der Matratze den Inhalt seines Kulturbeutels der Größe nach. Zur Erleichterung Konrad Falls schien er nicht mehr unverzüglich abreisen zu wollen, sondern wirkte abwesend und zerbrechlich. Da musste man jetzt nicht draufschlagen.

Konrad Fall gingen zwei Dinge durch den Kopf. Erstens empfand er eine gewisse Freude und Erleichterung darüber, dass sein Problem mit der Thüringer Myrrhentinktur angesichts der Psychose, mit der Andrej Fischer zu kämpfen hatte, als ein beherrschbarer Klacks erschien. Und zweitens konnte er ihn entweder als Ausrede nehmen, falls die Berichterstattung schiefging, oder Kofas Stern würde umso heller strahlen, wenn er unter diesen Umständen doch etwas Verwertbares zustande brachte. Er konnte nur gewinnen. Und so verließ er, nachdem Maria Pölke ihm zugesichert hatte, sich um „den Patienten" zu kümmern, fröhlich pfeifend Andrej Fischers Zimmer.

Jetzt war es ein Leichtes, sich die Ersatzkamera „auf die Schulter setzen zu lassen". Es war seine eigene Entscheidung. Sollte der Volontär das weggeworfene Equipment selbst wiederbeschaffen oder sich deswegen mit Britta Hochstieg auseinandersetzen. Niemand konnte von Konrad Fall verlangen, sich durch sämtliche Pasewalker Müllcontainer zu graben. Er hatte Besseres zu tun. Jetzt würde er den Spiritisten zu Leibe rücken. Ernst-Thälmann-Siedlung – das klang so richtig fies nach Osten, Revolution und Gulag. Dann noch ein paar weiß und lila gewandete Hexen zwischen all dem Elend, das ergab starke Bilder.

Natürlich hatte Konrad Fall ein Grundverständnis von der Bedienung einer Lichtfeldkamera, er war ja kein Idiot. Bei seiner Weigerung, sie zu benutzen, ging es neben seiner allgemeinen Technikabneigung um grundsätzliche Erwägungen. Er wollte diese berufliche Degradierung aus Gründen der Kostenersparnis einfach nicht hinnehmen. Seine jugendlichen Kollegen mochten das irgendwie cool und modern finden, Mädchen für alles sein zu müssen. Die hatten ohne jeden Reibungsverlust Fremdzwänge in Selbstzwänge verwandelt, Selbstverwirklichung durch Selbstoptimierung ersetzt. Aber für den bekannten Moderator Konrad Fall war das keine Option. Er war weder cool noch modern und als ehemaliger kommunistischer Umstürzler und Mitglied des Journalistenverbandes auch politisch dagegen. Aber das war eine Notsituation und die Verletzung seiner Prinzipien würde sich doppelt und dreifach bezahlt machen.

Der Fahrer vom Fahrdienst „Mobitech", der ihn vor Pölkes Bestattungsinstitut erwartete und ihn in die Ernst-Thälmann-Siedlung bringen sollte, war auch gegen alles Mögliche. Gleich nach dem Einsteigen forderte er Kofa auf, ihn *den Blueser* zu nennen – nach der gleichnamigen Musikrichtung. Vor allem war *der Blueser* gegen Volksenteignung durch Banken, gegen die Kreisgebietsreform, die kommende Hyperdeflation durch die Goldbindung der Mark, gegen Naziaufmärsche an der ehemaligen Führerweihestätte und die Bestatter-Abzocke. Und zwar in dieser Reihenfolge. Die Bestatter-Abzocke hatte es wohl nur in die Rangliste geschafft, weil *der Blueser* Tito Putzbrunnens Mercedes in der Einfahrt gesehen hatte und ihn fälschlicherweise für Pölkes Privatwagen hielt. Vielleicht gab es aber auch andere Gründe, das konnte Konrad Fall nicht wissen. Jedenfalls war *der Blueser* der wütendste Fahrer, den er je getroffen hatte. Der spuckte schon Gift und Galle, da war das Taxameter nicht mal eingeschaltet, und je mehr er sich erregte, umso mehr stotterte er.

„Ver ... ver ... verdammte Blu ... Blutsauger, allesamt!"

„Einspruch, Herr. Ihr durch die Armatursensoren erfasstes Stresslevel übersteigt den zulässigen Richtwert."

„Ah, komm schon ..."

„Ich spiele zu Ihrer Beruhigung ein Meeresrauschen von der Atlantikküste in der Nähe von Bordeaux aus dem Jahr 2012."

„Schei ... Scheiß-Assistent. Fahr jetzt, sag ich!"

„Verweigerung. Verletzung der Richtlinie."

„Stop. Manueller Modus."

„Ja, Herr. Eintrag Fahrtenbuch aktiviert. Hinweis: Minus ein *social score*."

„Dreck ... dreck ... dreck ... drecks-scheiß-schwules-blödes Dingsbums."

Die Halsschlagader des Fahrers hämmerte, er war nicht mehr fähig zu sprechen. Stattdessen raste er nun mit überhöhter Geschwindigkeit durch Pasewalk. *Der Blueser* entspannte sich erst, als sie in einen Stau gerieten, er den Motor abstellte und seinen Audioplayer aufforderte Bluesmusik zu spielen.

„Hinweis: fahrablenkende Musikauswahl. Texas Blues, Big Maceo Merriweather, Veröffentlichungsjahr unbekannt. Gründe für Beanstandung: eindeutige Sprache, sexuelle Belästigung und Alkoholmissbrauch. Empfohlenes Höreralter: einundzwanzig Jahre."

„Das Ding treibt mich in den Wah ... Wahnsinn!"

Die Musik ertönte mit für Konrad Falls Geschmack viel zu vielen Bassanteilen."

My home's in Texas
What am i doin' up here?
My home's in Texas
What am i doin' up here?
Yes, my good corn whiskey
Baby, an women brought me here

Der Blueser summte und bewegte seinen Kopf im Rhythmus. Die Musik schien ihn, zu Konrad Falls Erleichterung, zu beruhigen. Sein schütteres langes Haar war im Nacken zu einem dünnen Pferdeschwanz zusammengebunden. Von Zeit zu Zeit kratzte er sich am Kopf. Ein Stau in Pasewalk? Das kam Konrad Fall merkwürdig vor und er erkundigte sich nach dem Grund der Verkehrsstörung.

„Das ist die Werbekaravane von ‚CarGo'."

„Die Autovermietung?"

„Ja, die sind seit Tagen in der Gegend unterwegs. Guck, gleich springen Außerirdische vom Truck. Da … hab' ich's nicht gesagt?"

„Was machen die da?"

„So sind die Menschen, strohdoof. Hey, wo willst …?"

Doch Konrad Fall hatte sich schon aus dem Taxi gestemmt. Es dauerte eine Weile, bis er die Lichtfeldkamera eingeschaltet und in den automatischen Modus gebracht hatte. Er erwischte gerade noch den Absprung einer silbernen Rakete und eines Roboters von der Ladefläche eines buntbemalten LKWs, der dann ohne Fahrer in seine Parkposition auf einem kleinen Platz fuhr. Die Werbefiguren, die meisten sollten wohl außerirdisch aussehen, verteilten hopsend Handzettel und kleine Plastikautos an die wartenden Autofahrer und Passanten. Auf dem Platz errichteten die „CarGo"-Leute in Rekordgeschwindigkeit einen Werbestand mit Pavillon, Glücksrad und Heliumluftballons.

Konrad Fall begleitete ein grünes Marsmännchen beim Verteilen der Werbung, aber die Fahrer schlossen, nachdem sie sich das Werbepaket gegriffen hatten, die Fensterscheiben gleich wieder und wollten nichts sagen. Nur wenig freundliche Ausrufe wie: „Verpiss dich!", oder: „Lügenpresse!", waren hin und wieder gedämpft durch die Autoscheibe zu vernehmen.

Konrad Fall war als Journalist Beschimpfungen gewöhnt. Das kam alle Tage vor. Die Menschen mochten keine Journalisten. Nur die großen, diejenigen, die man aus dem Fernsehen, Streaming oder *Cyber-Chat* kannte, mit denen wollten sie Erinnerungsfotos machen. Aber die kleinen Wühler, Schnüffler und Miesmacher – die mochte niemand. Und das, obwohl oder gerade weil sie am offenen Herzen der Gesellschaft operierten und die letzten Verteidiger von Freiheit und Demokratie waren. So jemand galt als suspekt. Dass die meisten Menschen inzwischen von Contentmanagern wie *Minerva-N3ws®* informiert und unterhalten wurden, war ihnen egal oder sie wussten es nicht. Es gab keine Kennzeichnungspflicht für automatisch generierte Inhalte und die Verlage hingen es nicht an die große Glocke. Konrad Fall schätzte deren Anteil an der Berichterstattung auf über fünfzig Prozent.

Nun, die Beschimpfungen ließen sich so lange ertragen, wie Kofa Spaß an der Arbeit hatte. Auch bei der Sportberichterstattung kam es immer wieder vor, dass man während eines Interviews aus der Menschenmenge heraus angepöbelt wurde. In der Regel war das harmlos und als Spaß gemeint. Dennoch störte es und fühlte sich abwertend an. Niemand würde einem Automechaniker dümmliche Bemerkungen zurufen, während der unter einem Auto lag, dachte Konrad Fall. Als Abwehrstrategie wurde meist demonstrativ in Richtung des Pöblers gefilmt. Dann war Ruhe, wahrscheinlich aus Angst, dass die Ehefrau den Betroffenen im Fernsehen oder den Plattformen im Infonet erkennen könnte. Denn es waren immer Männer, die das Maul nicht halten konnten. Einmal war Konrad Fall während des Mannschaftsausfluges des FC Bayern auf dem Oktoberfest von einem Fan niedergeschlagen worden. Der hatte aggressiv darauf reagiert, dass er von Konrad Fall aufgefordert worden war, er möge sich nicht ständig vor die Kamera drängen und seine Zwischenrufe unterlassen.

„*Woas is loas?*“

Dann hatte Konrad Fall am Boden gelegen. Er hatte den Schlag nicht kommen sehen und sich, als man ihn aufhob, schmerzlich daran erinnert, dass Britta Hochstieg ihm einen Gutschein für ein Selbstverteidigungstraining zu Weihnachten geschenkt hatte. Der führte allerdings bis zu diesem Tag ein Leben als Dekoration im Bücherregal.

Die Werbeaktion des Autovermieters verlagerte sich auf den kleinen Platz neben der Ausfallstraße und der Verkehr begann wieder zu fließen.

My father was no jockey
But he sure taught me how to ride
He said First in the middle
then you swing from side to side

„Autopilot!"
„Ja, Herr?"
„Mach mal lauter!"
„Kommando zurückgewiesen. Verletzung der Richtlinie."
Konrad Fall sprang keuchend durch den automatisch anrollenden Verkehr zurück ins Auto und wurde prompt von diesem zurechtgewiesen.
„'Mobitech – Ihr Fahrgastportal' erlaubt sich, den Fahrgast Nummer zweihundertsiebenundneunzig, Fahrt zweihundertsechs, auf Paragraph siebenunddreißig der Fahrgastbenutzordnung hinzuweisen ..."
„Jaja, verschone mich."
„Abbruch Konversation."
„Konversation abgebrochen. Fehlverhalten. Eintrag Fahrtenbuch."
„Danke."
„Ich kann das System nicht ausstehen. Staatsanwalt, Schwiegermutter und Verkehrspolizist in einem."
„Und nicht mal ein Gesicht zum Reinhauen."
„Sehr richtig."
Konrad Fall lehnte sich auf der Rückbank nach hinten. Er war in Plauderstimmung. Ein paar Bilder von Außerirdischen – das war gut. Aber es ging noch besser.
„Was war das vorhin mit Hitler und Pasewalk?"
„Habe ich was von Hitler gesagt?"

„Hast du! Du hast etwas von ‚Führerweihestätte' gesagt."
„Bist du …?"
„Bin ich!"
„Aber ich will nicht in die Glotze kommen, oder so. Auch nicht mit dem, was ich vorhin gesagt habe."
„Kommst du nicht. Aber damit ich alles vergesse, was du so von dir gegeben hast, musst du ein bisschen mitspielen."
„Was heißt denn ‚mitspielen'?"
Der Blueser erschrak, das konnte Konrad Fall an dessen aufgerissenen Augen im Rückspiegel erkennen. Schimpfen war gut, aber wenn man damit ins Fernsehen oder Infonet zu kommen drohte, war das etwas anderes. Das war nachvollziehbar. Konrad Fall hatte das nicht so bedrohlich gemeint, wie es wohl in den Ohren des *Bluesers* geklungen hatte. Aber als er dessen unterwürfige Reaktion bemerkte, beschloss er, die Drohung aufrecht zu erhalten. Wer wusste, wozu er den *Blueser* noch gebrauchen konnte? Auf jeden Fall musste der Fahrer mit dieser Hitler-Geschichte rausrücken. Hitler machte sich immer gut, oder besser gesagt: Er verkaufte sich gut. Der war der beste aller Platzhalter auf Titelseiten und Landingpages, auch achtundsiebzig Jahre nach seinem Tod. Und wenn Konrad Fall in Pasewalk schon keinen anständigen Weltuntergang bekommen würde, könnte möglicherweise Adolf Hitler noch seine journalistische Karriere retten.
„Also, was ist das für eine Sache mit dem Adolf und Pasewalk? Ist der immer noch Ehrenbürger?"
„Das weißt du nicht? Du als Journalist? Der Hitler war hier nach seiner Giftgaserblindung im Lazarett."
„Der Führer war blind?"
„Na ja, das ist nicht erwiesen. Blind schien er gewesen zu sein, aber eher durch den Kopf ausgelöst."
„Dass er verrückt war, weiß man ja."
„Nicht verrückt. Die Sache ist die: den Hitler haben sie in Pasewalk im Lazarett hypnotisiert."
„Um ihn von einer Blindheit zu heilen? Wie soll das gehen?"

„Der Arzt hat dem Hitler eingeredet, dass ein Genie und willensstarker Kerl wie er die Blindheit durch die Anstrengung seiner puren Geisteskräfte besiegen könne."

„Und hat er?"

„Ja, und noch viel mehr."

„Ach, noch viel mehr?"

„Den Hitler haben sie nicht ordnungsgemäß aus der Hypnose zurückgeführt, sodass der ein paar Tage später mit Größenwahn und stechendem Blick entlassen wurde. Hat ja 1918 keinen interessiert, der Hitler war ja ein kleines Licht, damals noch."

„Klingt ziemlich krude."

„Der Hitler hat selbst immer behauptet, zumindest anfänglich, dass er in Pasewalk beschlossen habe, in die Politik zu gehen."

„Ist das so, in Pasewalk?"

„Klar, deswegen die ‚Führerweihestätte' und das ganze Zeug."

„Gibt's noch was zu filmen?"

„Nix. Aber seinerzeit war das Lazarett eine Pilgerstätte für die Parteigenossen. Aber irgendwann war dem Hitler das nicht mehr geheuer und da hat er alles abreißen lassen, und die Akten soll er auch vernichtet haben."

„Und woher weiß man es dann?"

„Das habe ich vergessen."

Der Autopilot brachte sie schweigend aus der Stadt heraus. Nicht viel los. Ein paar entlaubte Bäume, die eine Allee säumten, eine alte Tankstelle, ein matschiges Feld. Dann fuhren sie an einer Reihe von Backsteinhäusern vorbei in den Kiefernwald.

„Hier ist es. Links ist die Kaserne, rechts die Thälmann-Siedlung. Gott sei Dank, dass ich da drum herumgekommen bin. So ... hier müsste der noch abbiegen, okay, macht er. Wo soll der Wagen halten?"

„Eine Ecke scheint so gut wie die andere, wenn ich mir das hier so ansehe, sieht ja alles gleich aus."

„Vielleicht hier am Altkleidercontainer. Dann hast du da die Plattenbauten und weiter unten die Eigenheim-Siedlung."

„Ja, warum nicht?“

„Okay, ‚Mobitech‘. Stop, dann rechts nach dem Überfahren der nächsten Kreuzung.“

„Kommando abgelehnt. Ich überfahre nichts, Richtline Paragraph siebenhundertsechzehn.“

„Ach, Herrgott, manueller Modus.“

„Ja, Herr.“

„Und halt’s Maul!“

Der Blueser lenkte den Wagen an die Seite und hielt direkt neben einem Kamerateam aus Kasachstan. Die drei kasachischen Journalisten trugen uniform dickgefütterte dunkelblaue Parkas mit Fellkragen und klobige Wanderstiefel. Konrad Fall stieg aus und blickte an sich herunter. Er sah nicht anders aus, nur, dass sein Parka grün und der Fellkragen nicht ganz so ausladend wie der seiner Kollegen war. Und dass er im Gegensatz zu denen keine Mütze trug. Er hasste dieses kratzige Gefühl auf der Stirn, die plattgedrückten Haare, nachdem man sie abgenommen hatte. Aber bei den Schuhen hörten die Unterschiede schon wieder auf: Mountainland Wanderschuhe, natürlich laufunterstützend.

„Sag mal, nur eine Frage: Kannst du dieses Ding halten?“

Der Blueser wendete die Lichtfeldkamera hin und her, die Konrad Fall ihm in den Wagen hineinreichte. Er drückte die Kuppe seines Zeigefingers in den Windschutz des Richtmikrofons, das an der Oberseite montiert war, als teste er irgendetwas.

Take this hammer
Take it to the captain
Take it to the captain
Tell him i'm gone

„Na, ‚halten‘ wird nicht das Problem sein.“

„Ja, anschalten und einfach drauf. Ich sag dann schon wer, was, wie und wo.“

„Und wie lang soll das dauern, ich hab’ nämlich noch einen Beruf. Auch wenn sich es so anfühlt, als ob der Beruf mich hätte.“

„Zwei Stunden, hundert Goldmark, das zahlt der Fischer von seinem Gehalt."

„Wer?"

„Egal."

„Okay, ich muss nur ein Auge drauf haben, dass die Karre nicht alleine zu einem Kunden losfährt. Dann krieg ich Ärger."

„Das Taxi fährt alleine zu den Kunden?"

„Wenn ich nicht aufpasse, ja. Ist aber eigentlich nicht erlaubt. Die Richtlinien,weißt schon."

„Aber die Gäste bezahlen dann doch nicht, wenn keiner drin sitzt."

„Och, die meisten schon. Und wer nicht zahlt, kommt nicht aus dem Auto. Zentralverriegelung. Und nach dreimaliger Aufforderung zu bezahlen, fährt es den Gast direkt vor die Polizeiwache am Pasewalker Markt."

„Na ja, hier wird es ja nicht viel Kundschaft geben."

„Das könnte sein. Aber was interessiert dich an der Siedlung? Hier wohnt doch eh keiner mehr."

Konrad Fall erklärte dem ehrlich verdutzten „Mobitech"-Fahrer, dass er keine Bewohner suche, sondern Leute, die glaubten, dass in drei Tagen die Welt unterginge. Und dabei alles fortgerissen werden würde, was nicht in Pasewalk unterm Kirchturm säße. Natürlich glaubte auch *der Blueser* kein Wort davon. Glaubte weder, dass das Ende eines Kalenders einen Weltuntergang auslöse, schon gar nicht im Landkreis Uecker-Randow, noch das Menschen solchen Unsinn überhaupt glauben könnten. Er dachte, Konrad Fall wolle ihn verarschen. Und genau das war es ja: eine Riesenverarsche. Niemand glaubte es, das war ja das Beschämende an der ganzen Sache. Alle wussten, dass es keinen Weltuntergang geben würde, aber alle spielten mit. Die Medien, das Rathaus, der Bäcker, die Polizei, die Alkis an der Bushaltestelle, Karl Bettac. Es war grotesk, wie die Maschine lief, obwohl sich alle gegenseitig versicherten, dass das Weltuntergangsgerede purer Blödsinn sei.

Der *Blueser* war einverstanden. Er stieg, nur mit einer Jeansjacke bekleidet, aus dem Auto. Auf Konrad Falls fragenden Blick hin, gab er an, mal im Forst und in einer Kühlhalle auf einem Großmarkt gearbeitet zu haben. Kälte mache ihm nichts aus.

„Muss genetisch sein. Außerdem will alles was man anzieht mit einem sprechen, die Hose, die Jacke, die Schuhe. Mir reichen ein herrschsüchtiges Auto und die Frau zu Hause."

Konrad Fall blickte die Straße entlang, die die Siedlung feinsäuberlich in ihren Plattenbau- und Eigenheimteil trennte.

„Weiter unten gibt's das Café ‚Roma', da essen wir nachher ein Eisbein für drei Mark."

„Für drei Goldmark?"

„Ja, gehört den Polen. Keine Ahnung, wie die das machen zu dem Preis. Ist natürlich nicht die beste Qualität, aber anständig. Gibt aber kein Bier, gibt überhaupt keinen Alkohol, komisch, wo das doch Polen sind."

„Ja, später. Jetzt wird gearbeitet."

Konrad Fall musste den redseligen *Blueser* unterbrechen und trat an das kasachische Kamerateam heran, das an der geöffneten Heckklappe eines Kombis stand und zusah, wie sich die Equipment-Koffer selbst einluden. Man verständigte sich, so gut es ging, auf Englisch. Viel war nicht zu erfahren. Die Kasachen versuchten, mit Händen und Füßen zu kommunizieren, dass hier nichts zu holen sei. Dann hielten sie ihm eine Flasche hin und sagten:

„Drink, drink, very good."

Die Frau formte mit ihren behandschuhten Fingern ein Glas, führte es an den Mund und warf den Kopf in den Nacken. „Wenn die wüsste, wie gern ich mir jetzt einen genehmigen würde", dachte Konrad Fall.

Der Blueser stieß Konrad Fall aufmunternd an, wohl in der Hoffnung, nach ihm als nächster eingeladen zu werden. Aber Kofa schüttelte nur den Kopf. Wenn er jemals wieder anfangen würde zu trinken, dann sicher nicht auf einer eingefrorenen Betonplattenstraße in einem ostdeutschen Wohngebiet, das

Ernst-Thälmann-Siedlung hieß und gegenüber einer Bundeswehrkaserne lag. Aber noch während er diesen Gedanken fasste, fragte er sich: „Warum denn eigentlich nicht?“ Einen besseren Ort für einen Wodka als diese Kiefernlandschaft konnte es kaum geben.

Aber Konrad Fall machte sich frei von dem verführerischen Gedanken an einen eiskalten Schnaps und drehte sich ruckartig um. Nur weg von den Kasachen und ihrem Wässerchen.

„Los geht's! Wir klingeln einfach irgendwo. Einer redet immer! Alte Journalistenweisheit.“

„Klingt eher nach Kripo.“

Dann stürmte Konrad Fall mit langen Schritten auf einen der fünfgeschossigen Plattenbauten zu. Er begann, die Klingelschilder zu studieren. *Der Blueser* hatte Recht, nicht mehr viel los in dieser abgelegenen, von Armeeübungsplätzen und Wald umgebenen Siedlung. Erst beim dritten Versuch wurden sie fündig, in der Geschwister-Scholl-Straße fünfzehn. Beitz, Becker, Walk und Künstler, der Rest der Klingelschilder war, wie bei den Eingängen davor, abgekratzt. Aber immerhin: Vier von acht Parteien wohnten noch hier – zumindest den Schildern nach.

Und tatsächlich, gleich beim ersten Versuch meldete sich eine brüchige Altfrauenstimme.

„Ja?“

„Frau Beitz, Grüß Gott. Gut, das wir Sie antreffen. Wir sind auf der Suche nach einem Bekannten. Sie wohnen sicher schon länger hier, vielleicht können Sie uns helfen. Es geht ganz schnell.“

Der Blueser trat nervös von einem Bein auf das andere. Ihm schien die Sache nicht geheuer. Konrad Fall bemerkte seinen beunruhigten Blick und legte ihm eine Hand auf die Schulter.

„Ganz ruhig, erstmal schildern wir Frau Beitz ganz freundlich unser Anliegen und dann sehen wir weiter. Du bleibst einfach im Hintergrund und hältst die Kamera auf die Dame – dezent. Wir sind ja kein Sondereinsatzkommando.“

Der Türöffner summte müde. Konrad Fall stemmte seine Schulter gegen die Tür. Dann stiegen sie die Treppe hinauf. Frau Beitz war überrascht und etwas misstrauisch, als sie die beiden fremden Männer vor ihre Wohnungstür im dritten Stock empfing.

„Sie wünschen? Ich habe Sie nicht richtig verstanden, die Ohren. Wer sind Sie nochmal?"

Die ältere Dame trug einen grauen Faltenrock, einen weißen Pullover und ihre Füße steckten in Pantoffeln. Sie stützte sich mit der einen Hand auf einen braunen Gehstock und hielt ein feuchtes Kartoffelschälmesser in der anderen. Nach ihrer Frage drehte sie den Kopf und kniff ihre Augen zusammen, um die Antwort besser hören zu können.

„Wir sind Journalisten. Aus Pasewalk. Vom, ja, vom *Kurier*."

„Ach, vom *Kurier*? Zu mir kommen ja sonst nur die ‚Volkssolidarität' und der Pflegedienst, wissen Sie."

„Na, dann sind wir doch eine willkommene Abwechslung für Sie, Frau, äh, Beitz."

„Ich setze gerade Kartoffeln auf. Denn, wissen Sie, die Kartoffeln von der ‚Volkssolidarität', die schmecken nicht."

Unten im Haus knallte eine Wohnungstür und ein Lachen ertönte. Ein unvermutet fröhliches Lachen.

„Wohnen noch viele im Haus?"

„Nein, den Herrn Becker haben sie letzte Woche ins Krankenhaus gebracht. Ich glaub auch nicht, dass der nochmal wiederkommt, der war schon sehr alt, der Herr Becker."

„Aber Sie sind noch recht rüstig, junge Frau. Sie halten hier die Stellung."

„Ach, Sie. Die Frau Walk aus dem Parterre wohnt noch hier. Und jetzt sind ein paar Künstler eingezogen, die machen so eine Ausstellung in den leeren Wohnungen der Siedlung. Aber nur vorübergehend."

„Sind Sie sicher, das das Künstler sind? Nicht so ein paar schräge Vögel, die glauben, dass die Welt untergeht?"

„Ach, schräge Vögel, die sind ganz lieb. Und seit die hier sind, ist wenigstens ein bisschen Stimmung im Haus. Und, das lassen Sie sich gesagt sein, junger Mann, die Welt geht ständig unter. Für die einen. Und für die anderen geht das Leben weiter, nicht wahr?"

Konrad Fall drehte sich um, um zu sehen, ob *der Blueser* auch wirklich die Kamera mitlaufen ließ. Frau Beitz hatte zwar noch nichts Außergewöhnliches zu Protokoll gegeben, aber je mehr Material sie hatten, umso eher konnte Andrej Fischer mit geschickten Schnitten im manuellen Modus etwas daraus machen. *Minerva-N3ws*® würde sich vermutlich weigern, Bildbeiträge zu bearbeiten, die der Bild-Text-Analyse und dem Moralkodex nicht standhielten. Aber „Weltuntergang" war befohlen, also gab es einen „Weltuntergang". Nichts anderes. „Also, ganz direkt, einfach drauflos", dachte Konrad Fall. Man musste seine Interviewpartner ernst nehmen, provokante Fragen stellen, sie fordern – das war das Geheimnis guter Interviews. Und niemals durfte man zufrieden sein mit dem allgemeinen Geschwätz.

„Also, Frau Beitz, was würden Sie denn machen, wenn morgen die Welt unterginge? Oder sagen wir, in drei Tagen. Wenn ein gewaltiger Meteorit einschlagen würde?"

Kofa lachte Frau Beitz mit seinem gewinnbringendsten Journalistenlächeln an. Gute Journalisten hatten dieses spezielle Lächeln: aufmunternd, hektisch und immer ein bisschen zu breit. Aber durchaus wirkungsvoll und das insbesondere bei älteren Damen.

„Um Himmels Willen, Sie gehen ja ran. Meteoriten? Was ich da machen würde? Na, kontrollieren, dass ich eine saubere Unterhose anhabe, nicht wahr? Und dann würde ich bei den Walks klingeln, unten im Parterre, wissen Sie, und gucken, ob bei denen alles in Ordnung ist. Die wohnen ja auch seit so vielen Jahren hier. Und Herr Walk liegt ja nun auch viel, das schafft das Lenchen gar nicht allein."

„Und danach? Also, stellen Sie sich das doch mal vor: all die Unordnung und das Chaos, das dann ausbricht."

„Ach, Unordnung. Ich habe den Krieg, den Mauerbau, die West-Geier nach der Wende und den Euro-Austritt erlebt – mir reicht es ohnehin. Unordnung gab es doch schon immer. Das macht mir nix, wissen Sie?"

Frau Beitz kicherte listig und schwang ihren Stock.

„Mir sind die, die hinterm Mond leben, lieber, die tun den kleinen Leuten nix. Außerdem haben wir die Panzergrenadiere doch direkt vor der Haustür."

Konrad Fall wollte gerade noch einmal auf den „Weltuntergang" und den aztekischen Kalender zurückkommen – ein bisschen Sorge musste der Oma doch einzuflößen sein – da klingelte sein Telefon. Andrej Fischer entschuldigte sich umständlich für seinen „Aussetzer" und vermeldete, es gehe ihm jetzt viel besser und er habe die „gute Nachricht", dass er mit Maria Pölkes Hilfe das Equipment wiedergefunden habe. Er bot an, mit Maria Pölkes Wagen zu ihm in die Ernst-Thälmann-Siedlung zu kommen. Dann entschuldigte er sich drei weitere Male für die Dummheiten, die er angestellt habe. Konrad Fall, kenne ja sein Problem. Anfälle von Verfolgungswahn seien hierbei keine Seltenheit, die würden aber erfahrungsgemäß schnell abklingen und er habe sich jetzt im Griff. Kofa könne auf ihn zählen.

Konrad Fall glaubte ihm kein Wort. Nichts hatte Andrej Fischer im Griff. Auf ihn zählen? Der konnte Konrad Fall nichts vormachen. Aber ihm war es egal, solange der Volontär einigermaßen bei der Stange blieb. In drei Tagen war er Fischer los, so oder so. Hier in der Thälmann-Siedlung konnte er ihn jetzt nicht gebrauchen. Es lief auch ohne ihn, *der Blueser* machte einen guten Job. Außerdem war er trotz des ganzen Gequatsches ein angenehmerer Zeitgenosse als der Kokainist Fischer – und er hörte die bessere Musik. Fischer solle bei den Pölkes auf ihn warten und, falls *Minerva* herumzicken sollte, das Material der Bürgerbefragung manuell aufarbeiten. Die Moderation und Bilder aus der Thälmann-Siedlung könnten sie dann später integrieren. Andrej Fischer versprach dienstbeflissen, sein Bestes zu tun. Konrad Fall legte ohne Gruß auf.

„Oma Beitz, alles in Ordnung?"

Jemand rief von unten durch den Treppenaufgang.

„Jaja Liebchen, alles ist gut. Nur ein paar Herren vom *Kurier*."

„Was wollen die denn?“
„Liebchen, die Welt soll doch untergehen. Stand doch in der Zeitung. Wegen der Indianer.“
Ein hübsches Frauengesicht blickte vom Treppenabsatz nach oben. Aber Konrad Falls Aufmerksamkeit galt sofort dem Gewehr, das die junge Frau lässig in ihrer Armbeuge abgestützt hielt. Er trat instinktiv einen Schritt zurück. Natürlich bemerkte sie sein unsicheres Zurückweichen und sagte mit verstellter Stimme, die wohl wie ein Cowboy klingen sollte:

„Na, die Herren, einen Schuss gefällig?“
„Wie bitte?“
„Soll ich die aufnehmen?“
Der Blueser war neben Konrad Fall getreten, reckte neugierig den Kopf und hielt die Kamera nicht ganz so, wie Kofa ihm das gezeigt hatte, abgestützt auf seinem umfangreichen Bauch.
„Jaja, lass mal laufen. Aber sachte, von hinten.“
„Sie können ja gleich mal bei uns unten Klingeln, ein bisschen *publicity* schadet nie. Wir machen eine Kunstausstellung in den leeren Wohnungen der Siedlung. Gibt auch Kaffee und Kuchen.“
Konrad Fall bedankte sich artig für das Angebot und versprach zu kommen. Nachdem unter ihnen die Wohnungstür zugefallen war, wandte er sich wieder an Frau Beitz. Er hatte es plötzlich eilig, denn es war offensichtlich, dass Frau Beitz nicht viel zum „Weltuntergang“ beizutragen hatte. Er konnte sich nicht ewig von der lustigen Oma aufhalten lassen.
„Eine letzte Frage, Frau Beitz. Wir haben Informationen erhalten, dass sich hier in der Siedlung viele Anhänger des „Weltuntergangs“ befinden sollen. Ist Ihnen etwas aufgefallen? Laute Trommeln, seltsame Menschen, exotische Gerüche, irgendwelche nächtlichen Rituale, Feuerschein, vielleicht Tanz?“
Frau Beitz fiel vor Lachen fast das Gebiss aus dem Mund, sie musste es mit dem feuchten Handrücken ihrer Kartoffelschälhand daran hindern. Konrad Fall fühlte sich blamiert. Mit dieser,

zugegeben natürlichen Reaktion, hatte er nicht gerechnet.

„Mein Herr, mal ernsthaft, haben Sie sich hier umgesehen? Die Ernst-Thälmann-Siedlung wartet nicht mehr auf den Weltuntergang, der hat schon stattgefunden. Und ein bisschen Tanz und Musik täten uns wirklich gut."

Sie brach wieder in Gelächter aus und fügte danach hinzu:

„Die einzigen, die hier Rituale veranstalten, das sind die Grenadiere aus der Kaserne gegenüber. Das kann ich Ihnen sagen. Linksum, Rechtsum, zwo, drei, vier."

Fast wäre die alte Dame losmarschiert, aber zu mehr als einem angedeuteten Heben der Knie reichte ihre Kraft nicht. Konrad Fall war enttäuscht. Oma Beitz war nett, aber bei ihr gab es offensichtlich nicht mehr zu holen, als ein vertrauenerweckendes Gesicht, über das man ein bisschen Text sprechen konnte. Besorgte Anwohnerin, bla, bla, dann ein bisschen aus dem Kontext gerissenen O-Ton. Nicht die feine englische Art, das war ihm klar. Aber die Künstlerin von eben war sicher informierter und, nun ja, fotogener, als Frau Beitz.

Der Flur der Wohnung unter derjenigen von Frau Beitz war mit allen möglichen Schriftstücken tapeziert: Bilder, Plakate und Fahndungsfotos. Die Fahndungsplakate der „RAF" stachen heraus, denn deren Ikonografie kannte Konrad Fall nur zu gut. In dessen Jugend hatte es keine Sparkasse, kein Rathaus und keine Polizeistation in ganz Franken gegeben, in denen die Herren und Frauen Terroristen nicht ausgestellt worden waren – eine Art Wanderausstellung, wie Konrad Fall in seiner „*Green Doors*"-Zeit gescherzt hatte.

„Unsere Installation heißt ‚Vorsicht Schusswaffen!'. Wir setzen uns mit politischer Strafverfolgung auseinander. Anhand der Steckbriefe dokumentieren wir die ewige Auseinandersetzung zwischen Herrschern und Beherrschten. Obwohl wir natürlich Macht nicht als eine Essenz, sondern als eine Beziehung definieren. Außerdem gehen wir der Machtfrage zwischen Algorithmus und Usern nach."

„Wow. Sieh mal hier – Jesus."
Der Blueser deutete belustigt auf einen DIN-A4-Zettel."
„Kopfgeld: Dreißig Silberlinge."
„Ist allerdings eine Fälschung aus dem Mittelalter."
„Und wer ist das hier? Wer ist Jos Fritz?"
„Das ist der Führer der Bundschuh-Bewegung in Süddeutschland. Gibt ein schönes Lied von Franz-Josef Degenhart über ihn."
„Und der hier?"
„Das ist George Washington, der zehn Dollar Kopfgeld auf eine von seinen Gütern geflohene Sklavin ausgesetzt hat."
„Hm, interessant. Jaja, man ist und bleibt Kind seiner Zeit."
„Und hier geht es weiter. Der Hauptmann von Köpenick, entflohene Kriegsgefangene aus dem Ersten Weltkrieg, Fahndung nach Leuten, die Juden versteckten. Und hier werden Mielke und Ulbricht wegen eines Polizistenmordes gesucht. Und – natürlich – die „RAF". Sternstunde des Fahndungsplakats, möchte ich sagen, erste, zweite und dritte Generation. Hier auch „Bewegung 2. Juni" – häufig vergessen, mir persönlich aber sympathischer. Ach ja, der hier ist auch interessant: Odfried Hepp, Rechtsterrorist, Stasi-Informant und Mitglied der „Palastine Liberation Front", sehr schriller Typ. Und dann wie gesagt ein eigener Raum für den Kampf Mensch gegen Maschine: Ned Ludd, Ted Kaczynski und Celina Schmidt, die Sprecherin der deutschen Sektion von ‚*Rob the Robot*'."
„Und warum machen Sie solche Ausstellung gerade hier? Hier kommt doch keiner hin."
„Na ja, ‚Kunst in der Platte' ist ein Projekt der Stadtverwaltungen Pasewalk und Torgelow, die geben das Geld. Das soll das Wohngebiet aufwerten."
„Aufwerten, die Thälmann-Siedlung?"
„Mich interessiert vor allem die Geschichte dieser Wohnung, denn genau hier hat der Staatssicherheitsdienst 1982 Henning Beer aus der zweiten „RAF"-Generation für ein paar Tage untergebracht."

„‚RAF', das kommt einem heute so unwirklich vor."

„Und was treibt Sie hierher?"

Konrad Fall rang sich umständlich ein paar allgemeine Worte zum „Weltuntergang" und Azteken-Kalender ab. Es war ihm gegenüber der Künstlerin unangenehm, von solchen Lappalien zu reden, während sie sich mit derart wichtigen Themen wie Macht und Herrschaft beschäftigte. Da hatte er schon immer einen Minderwertigkeitskomplex gehabt. Die musste ihn für einen kleinen Lokaljournalisten halten, einen, der von Zuchtausstellungen über Schützenfeste zu Firmenjubiläen tingelte. Und der, wenn die Seite nicht voll wurde, ein bisschen die Polizeiberichte umschrieb. Aber sie streckte ihm ungezwungen ihre Hand entgegen.

„Ich bin Petra Hoss. Und falls es Sie interessiert: heute Morgen war eine da, die Kometenpillen verkaufen wollte."

„Kometenpillen?"

„Kometenpillen. Die Lady hatte eine super Geschichte drauf. Ich höre mir das ja gerne an. Also, im Schweif des Kometen ... Mensch, ich habe den Namen vergessen! ... Jedenfalls fliegt der nahe an der Erde vorbei ... so: wusch! ... in ein paar Tagen, und der Schweif des Kometen besteht aus giftigen Gasen. Kapiert? Die gelangen irgendwie auf die Erde und ohne Gasmaske, Sauerstoffflasche oder eben Kometenpillen sind Sie futsch. Waren auch gar nicht so ..."

Es klingelte. Petra Hoss ging zur Wohnungstür, murmelte etwas in die Gegensprechanlage und drückte auf den Türöffner. Ein paar Minuten später stand tatsächlich eine Gruppe Menschen in der Wohnung, die sich die Ausstellung ansehen wollten.

„Kunstgeschichtsstudenten aus Greifswald. Sie entschuldigen mich? Ich muss mal meines Amtes walten."

Sie führte die jungen Erwachsenen in das Wohnzimmer und Konrad Fall überlegte, was er mit Petra Hoss noch anfangen könnte. Vielleicht die Sache mit den Kometenpillen noch einmal mal ausführlicher und direkt in die Lichtfeldkamera schildern lassen?

Der *Blueser* winkte ihn vom offenen Küchenfenster, an dem er rauchte, zu sich heran und deutete aufgeregt auf die Straße hinunter.

„Da ... da ... da ist ei ... ei ... einer. Da ... da ... da ... ist einer von denen. Sch ... schnell, die Kasachen kommen schon! Sch ... schnell, der gehört uns."

„Was ist los?"

„I ... ich ... ich habe einen, k ... k ... komm!"

Der stotternde *Blueser* warf die Kippe aus dem Fenster, rannte an Konrad Fall vorbei und verschwand aus der Wohnung, die Kamera über dem Kopf. Als Kofa ins Treppenhaus trat, um ihm zu folgen, wackelte das Geländer und unten knallte die Haustür. Petra Hoss hielt ihn am Ärmel fest.

„Das ist Ronny, der ist aus der Siedlung. Der hat einen kleinen Schuss, das muss man nicht ernst nehmen. Den muss man vor sich selbst schützen ... bitte!"

Petra Hoss sah Konrad Fall tief in die Augen, so, als ob sie ihm ein Versprechen abnehmen würde. Der nickte und ging pfeifend die Treppen hinunter. Er dachte nicht im Traum daran, sich diese Gelegenheit entgehen zu lassen.

Der *Große König* saß in Alufolie eingewickelt auf dem Kletterpilz eines verlassenen Kinderspielplatzes und versuchte, mit Erdnüssen Eichhörnchen anzulocken. In der anderen Hand hielt der *Große König* einen Kleiderbügel. Am Fuß des Kletterpilzes hatten sich, inklusive *Content Mafia 24*, drei Kamera-Teams eingefunden, die ihre autonomen Stative zur Eile antrieben. Denn der *Große König* hatte seinem neuen Hofstaat bedeutende Neuigkeiten zu vermelden.

Nachdem er den Arm, der vom Halten der Erdnüsse schwer geworden war, heruntergenommen hatte, wandte er sich an sein Publikum. Er berichtete davon, wie er letzte Nacht aus seinem Bett entführt und von mehreren ihm unbekannten drei Meter großen Wesen, die sich selbst Anunnakier genannt hatten, festgehalten worden war. Sie hätten ihn am Kopf operiert und er könne, seitdem er heute Morgen das Bett verlassen habe, mit den Tieren sprechen. Er zeigte tatsächlich eine kleine, runde, glattrasierte Stelle am Hinterkopf, auf die notdürftig ein Pflaster geklebt war. *Der Blueser* erklomm mutig drei Sprossen des Kletterpilzes, um die vermeintliche Operationswunde von Nahem zu filmen. Der *Große König* hielt sie ihm auch bereitwillig hin und fuhr dann mit seiner theatralischen Rede fort. Die Anunnakier hätten ihm die Herrschaft über die Welt übertragen, deswegen sein Titel, *Großer König*. Er habe das nicht gewollt, aber so sei es nun einmal. Für zwanzig Goldmark würde er den erstaunten Journalisten ausführlich von der verborgenen Lichterstadt unter der Pasewalker St.-Marienkirche erzählen, und für weitere zwanzig Mark, wie man hineinkäme. Denn drinnen sei Vorsorge getroffen worden und alles bereit für die Evakuierung des Planeten. Das sei eine durchaus relevante Information für die Welt und diese ihr Geld wert, wenn man bedenke, dass anderenfalls alle sterben würden.

Der Blueser blickte fragend zu Konrad Fall. Dieser verstand, dass der Blick der Frage galt, ob dieser nun die Brieftasche zücken und bezahlen würde. Kofa konnte dem Blick des *Bluesers* entnehmen, dass dieser es ihm nahelegte. *Der Blueser* schien Gefallen an seiner neuen Aufgabe als Kameramann gefunden zu haben. Und er schien gewillt, sich seine einhundert Goldmark ernsthaft zu verdienen. Aber Konrad Fall zögerte, denn der in Alufolie eingewickelte Ronny war offensichtlich gaga. Dessen bisherigen Auftritt würde er von *Minerva-N3ws®* um die Ohren gehauen bekommen, sollte er Eingang in den Nachmittagsbericht finden. Der Mann war einfach zu verrückt. Aber *der Blueser* fand im mexikanischen Fernsehteam jemanden, dem er, in zu Konrad Falls Überraschung fließendem Spanisch, die Sachlage erklärte. Und nach kurzer Diskussion der Mexikaner untereinander, reichten sie dem *Großen König* einen Zwanzig-Goldmark-Schein, der ihn huldvoll entgegennahm und seine wirre Ansprache nun noch engagierter fortsetzte.

Die Mexikaner arbeiten offenbar noch ohne Contentmanager oder deren System war beim Faktencheck einfach nicht so pingelig wie *Minerva-N3ws*®.

Konrad Fall klopfte dem *Blueser* lobend auf die Schulter, er solle einfach weiter draufhalten. Er, Kofa, würde sich ein wenig in der Ernst-Thälmann-Siedlung umsehen. Vielleicht ergab sich noch etwas anderes.

Er trabte los, in seiner Brust das beklemmende Gefühl, dass er den Tiefpunkt seiner Karriere soeben erreicht hatte. Was sollte sich in der abgeschiedenen Ernst-Thälmann-Siedlung noch ergeben? Die Rasenflächen vor den fünfgeschossigen Plattenbauten waren in einwandfreiem Zustand, auch sonst war alles geradezu grotesk aufgeräumt. Selbst die Abstellplätze für die Müllcontainer waren von atemberaubender Sauberkeit. Hier traf offenbar eine geübte Hausverwaltung auf großen Leerstand.

Konrad Fall sah an der Hauptstraße gegenüber der Kaserne die Kunstgeschichtsstudenten in einen Mietbus von „CarGo" einsteigen. Da hatte sich der Werbeaufwand schon gelohnt, dachte er. Sollte er nochmal zu Petra Hoss gehen? Aber was wollte er da? Sie würde ihn bei diesem windigen Thema nicht für voll nehmen. Und nochmal irgendwo zu klingeln und einer depperten Oma einen O-Ton aus der Nase zu ziehen, dazu verspürte Konrad Fall keine Lust. Er war müde, schlapp und kalt war ihm auch. Die Luftpolsterjacke mit den Leuchtärmeln taugte nichts. Vielleicht würde *der Blueser* noch das ein oder andere in die Kamera sagen, dann dürfte es reichen für heute. Andrej Fischer hatte unter Umständen auch etwas beizusteuern. Aber hier in der Siedlung war beim besten Willen nichts los. Er drehte sich einmal um die eigene Achse, kein Mensch war weit und breit zu sehen. Wo auch immer die fellbehangenen Apokalyptiker waren, vor Konrad Fall hatten sie sich gut versteckt.

Maria Pölkes baren Busen konnte Konrad Fall von der Tür aus zwar nicht sehen, aber dafür sah er, was Andrej Fischer dazwischen rieb.

Konrad Fall war nicht der Typ dafür, jetzt in Fischers Zimmer zu stürmen und neben dem Lustbett eine Szene zu machen, und schon gar nicht dafür, handgreiflich zu werden. Mit welchem Recht auch? Immerhin war nicht er der gehörnte Ehemann. Aber er war ehrlich betroffen. Britta Hochstiegs Mitteilung ihn verlassen zu wollen war ihm weniger nahe gegangen, vielleicht weil sich ihre Ehe über einen langen Zeitraum aufgelöst hatte. Das hier fühlte sich an wie ein geübter Faustschlag in die Magengrube.

Er warf die Kamera mit den Aufnahmen aus der Thälmann-Siedlung auf einen Sessel, der neben der Tür stand, und verließ dann schnell das Zimmer. Die beiden hatten ihn offensichtlich nicht bemerkt. Vor der Tür, die hinter ihm ins Schloss fiel, hielt er kurz inne, schloss die Augen und lehnte sich an die Wand. Ein Schauer lief ihm über den Rücken. Diese Reaktion kam ihm jetzt doch ein wenig kleinkariert vor. Ein bisschen mehr als peinliches Schweigen sollte von ihm, Konrad Fall, schon zu erwarten sein, gerade gegenüber einem Volontär. Immerhin stand Kofa in der Hierarchie noch höher als dieser Jüngling. Ohne darüber nachzudenken zog er sein Telefon aus der Tasche, suchte die Kamerafunktion – das dauerte ein wenig – öffnete nochmal die Tür, hielt es durch den Türschlitz und löste aus. Der verwackelte hochrote Kopf Fischers, der auf der hübschen Bestatterin hockte und sich der Tür zugewandt hatte. Auch Maria Pölke guckte verständnislos von unten, am dünnen Hintern Fischers vorbei, in die Kamera.

Konrad Fall knallte mit letzter Kraft die Tür zu, ging in sein Zimmer und warf sich auf sein Bett. Er wollte weinen, konnte es aber nicht. Er wollte trinken, durfte es aber nicht. Er wollte Andrej Fischer umbringen, war dazu aber nicht fähig. Stattdessen schrie er in sein Kissen, bis ihm die Luft ausging. Dann überkam es ihn. Trotz seiner Erschöpfung sprang er auf, zerrte seine Tasche unter dem Bett hervor, wühlte und griff sich die

Myrrhentinktur. Er sah sie an wie einer, der eine Tüte Erbrochenes in der Hand hielt. Dann warf er sie in hohem Bogen aus dem Fenster. Am liebsten hätte er noch eine Verwünschung hinterhergebrüllt, traute sich aber nicht, denn in der angrenzenden Jugendherberge waren Menschen zu hören. Dann schloss er das Fenster schnell wieder. Er fühlte sich besser. Konrad Fall zog seine Jacke aus und entledigte sich der klobigen Wanderstiefel. „Von wegen intelligentes Nano-Material – alles Betrug“, dachte er. Dann trat er noch einmal ans Fenster. Er wusste selbst nicht, warum. Wahrscheinlich, um zu sehen, ob jemand etwas bemerkt hatte. Dann wurde er von einer durch die Scheibe krachenden Flasche Thüringer Myrrhentinktur am Kopf getroffen. Konrad Fall sackte augenblicklich zu Boden.

Eigentlich träumte Konrad Fall nie, oder er konnte sich nach dem Erwachen nicht daran erinnern. Deshalb überraschte ihn die lebhafte Erinnerung in seinem Kopf, nachdem er aus seiner kurzen Bewusstlosigkeit aufgewacht war. Klar sah er vor seinem inneren Auge, wie er gekrümmt den Anlauf einer Schanze hinuntergefahren war. Nach dem Absprung hatte Konrad Fall bemerkt, dass er Langlaufski angeschnallt hatte und dass aus dem Podestplatz nichts werden und er sich beim Aufsprung die Beine brechen würde. Aber er war gar nicht auf Schnee gelandet, sondern im Sessel des „Direktionschefs Information“ bei der „Bayerischen Sendeanstalt“. Dieser Sessel hatte ihn bei seinem einzigen Besuch im Büro des Direktionschefs sehr beeindruckt. Konrad Fall hatte dort nur als Kofferhalter des Ausbildungsleiters fungiert. Warum er sich dieses Bild eingeprägt hatte, wusste er nicht mehr zu sagen – wahrscheinlich war es die schiere Größe des Sessels gewesen. Großer Sessel, große Macht, großer Mann. So einfach ging es manchmal.

Jedenfalls hatte Konrad Fall im Traum eine Weile auf dem riesigen braunen Ledersessel gesessen und Angst gehabt, jemand könne ihn entdecken. Aber just in dem Moment, als sich mit einem Schlag die Bürotür geöffnet hatte, der neue Intendant forsch eingetreten war und mit dem Finger auf ihn gezeigt hatte, erwachte er.

Konrad Fall brauchte ein paar Sekunden, um zu realisieren, wo er war und was geschehen war. Er wunderte er sich. Nicht so sehr über den Inhalt des Traumes, sondern darüber, dass er ihn überhaupt erinnern konnte. So sehr er sich in der Vergangenheit auch angestrengt hatte, das gerade Geträumte hatte er sich nie vergegenwärtigen können. Das war schon in seiner Schulzeit so gewesen. Die anderen Schüler hatten morgens von Zahnausfällen erzählt, von plötzlicher Nacktheit, verpassten Anschlusszügen, allerlei deplatzierten Menschen an deplatzierten Orten, von Feuer und Flammen. Er hatte dazu nichts beitragen können und vermutete hinter den obskuren Schilderungen pure Wichtigtuerei. Besonders die Sparte der „feuchten Träume“ hielt er für reine Erfindungen.

Ob und wovon die Systemassistenten von *Content Mafia 24* träumten, wusste Konrad Fall nicht, mit denen redete er über nichts Persönliches. Und wovon Andrej Fischer träumte, war ihm gänzlich egal. Konrad Fall dachte an nichts anderes als an Rache. Bestimmt interessierte Britta Hochstieg sich für die Sexübungen ihres neuen Lovers. Und um die Fallhöhe zu steigern, würde Konrad Fall sofort nach unten gehen und alles brühwarm dem gehörnten Ehemann erzählen: Leichen weg, Frau weg. Alles am gleichen Tag. Kofa hoffte inständig, dass das zu viel für den Beinahe-Weltrekordler Pölke sein und er Fischer ordentlich verdreschen würde.

Aber der Bestatter geriet nicht im Geringsten aus der Fassung, geschweige denn in Rage. Obwohl Konrad Fall sich bemühte, den Seitensprung seiner Frau besonders explizit zu schildern, interessierten Mark Pölke die saftigen Details nicht die Bohne. Im Gegenteil, der Bestatter bekam immer bessere Laune. Und das hatte einen ganz einfachen Grund.

„Weiß ich alles, weiß ich alles. Da sind wir ganz locker. Sie macht die Gästebetreuung. Dafür habe ich meine Männerabende, Sie wissen schon. Aber haben Sie schon das Neueste gehört?“

„Nee, was denn? Hat die FIS es sich anders überlegt und ihren Weltrekordsprung anerkannt?"

„Das wäre sicher an der Zeit, aber es ist noch besser. Vorhin hätte ich mir beinahe den Strick genommen, in echt jetzt, habe ihn schon gesucht. Aber wissen Sie, was ich stattdessen gefunden habe?"

„Anstatt des Stricks?"

„Ja."

„Nein, weiß ich nicht."

„Die toten Damen, beide, in unwürdiger Pose zwar, aber einigermaßen unversehrt."

„Und wo?"

„Raten Sie mal."

„In der Badewanne?"

„Würden Sie dort nach einem Strick suchen?"

„Auf dem Dachboden?"

„Fast, nahe dran. Sie lagen in meinem Carport hinter den Gartenmöbeln. Die zwei Hübschen sind schon auf dem Weg ins Krematorium. Was sagen Sie dazu?"

„Ich möchte niemals sterben."

Pölke lachte, aber Konrad Fall war von seiner laschen Reaktion enttäuscht und, ja, auch darüber verwundert, dass der das so leicht nahm. Das Klischee besagte zwar, dass die Ostdeutschen in Sexdingen unverklemmt seien. Aber das war doch nur ein Klischee.

„Was haben Sie denn da am Kopf?"

Erst jetzt kam Konrad Fall der Schmerz wieder ins Bewusstsein. Er befühlte scheu die Stelle. Sie war geschwollen, getrocknetes Blut verklebte sein Haar.

„Ach, das. Das wollte ich Ihnen auch noch sagen. Da hat jemand eine Flasche durch die Scheibe in ihrem Gästezimmer geworfen. Wahrscheinlich einer aus der Jugendherberge."

„Und hat Sie getroffen?"

„Ja, aber nicht so schlimm."

„Nicht so schlimm? Zeigen Sie mal her!"

Im Gegensatz zum Seitensprung seiner Frau interessierte der Vorfall mit der Thüringer Myrrhentinktur den ehemaligen Skispringer brennend. Mark Pölke examinierte Konrad Falls Kopfverletzung und verlieh seinem Missfallen durch schnalzende Mundgeräusche Ausdruck. Dann nahm er ihn am Arm und zog ihn Richtung Tür. „Das muss ich mir ansehen."

Mark Pölke ging voran und stieg die düstere Treppe hinauf, um den Schaden in Augenschein zu nehmen. Konrad Fall trottete ihm hinterher. Aber ausgerechnet an der engsten Stelle der Treppe begegneten die beiden Männer Maria Pölke, die ihnen tadellos frisiert und in ihre schwarze Bestatteruniform gekleidet entgegenkam. Konrad Fall blickte zu Boden und hielt die Luft an, als sie sich auf der engen Stiege aneinander vorbeiquetschten. Am liebsten hätte er sie angeschrien, aber ihm kam nur ein verlegenes Räuspern über die Lippen.

Als Pölke und er nach einer gefühlten Ewigkeit im ersten Stock anlangten, wandte sich dieser nochmals um und rief seiner Frau hinterher. Sie solle, wenn der Putzbrunnen wegen des Notartermins anriefe, sagen, grundsätzlich ja, aber der Preis des Ackers müsse nochmal besprochen werden. Der Rest habe sich ja geklärt.

„Klärchen, Struppi."

Maria Pölke schien bester Stimmung. Das verletzte den verliebten Konrad Fall noch mehr. Er wühlte sich wie ein armes Schwein. Aber es blieb ihm keine Zeit zu jammern, denn Mark Pölke öffnete die Tür zu seinem Zimmer und begutachtete mit zusammengekniffenen Augen die zerschlagene Scheibe. Er sah sich im Zimmer nach dem Wurfgeschoss, das den Schaden verursacht hatte, um und hob die Flasche vom Boden auf.

„Thüringer Myrrhentinktur? Welcher Jugendliche benutzt denn sowas?"

„Hat vielleicht einer was mit dem Zahnfleisch?"

Pölke blickte Konrad Fall wie einen an, der sich dumm stellte.

„Sicher nicht. Wenn Sie mich fragen, saufen die das Zeug. Dabei gibt es Bier für neunundddreißig Pfennige."

„Wieso also?"
„Ganz einfach: Die Betreuer sollen es nicht bemerken. Man riecht keinen Alkohol, ganz klar. Wir haben uns früher schwedischen Kautabak unter die Lippe gesteckt. Aber dieses Mal hat das ein Nachspiel."
Pölke machte sich am Fenster zu schaffen, entfernte vorsichtig lose Glasreste aus dem Fensterrahmen und holte dann einen Handfeger, um die Scherben auf dem Fußboden zusammenzukehren. Die Myrrhentinktur war in Mark Pölkes Hosentasche verschwunden. Konrad Fall verspürte kurz den Impuls, sie ihm unter einem Vorwand abzuschwatzen, unterließ es aber, weil er Fragen befürchtete. Besonders zumal Pölke die Tinktur schon als „Beweismittel" tituliert hatte.
Pölke hantierte unterdessen mit einem Stück Pappe, um das Loch abzudecken. Er arbeitete größtenteils schweigend, mal einen kleinen Fluch ausstoßend, mal ein Stöhnen beim Aufstehen. Aber immer von den Augen Konrad Falls begleitet, der darauf hoffte, die Myrrhentinktur könnte ihm aus der Hosentasche gleiten, denn durch das Aufstehen und Niederknien, war sie schon zur Hälfte aus Pölkes Tasche gerutscht. Es bestand eine reelle Chance, dass er sie verlieren würde. Aber dann wandte Pölke sich mit einem so merkwürdigen Ansinnen an Konrad Fall, dass dieser darüber die Tinktur vergaß.
„In der ganzen Aufregung heute Morgen ist mir ein Gedanke gekommen, der auch für Sie interessant sein könnte."
„Okay, was für ein Gedanke?"
„Na ja, eigentlich habe ich die Idee schon, seitdem Sie hier sind. Könnte sich für uns beide rechnen."
„Na, wir Journalisten rechnen nicht gerne ..."
„... sondern berichten eher. Ich weiß. Nach Möglichkeit ausgewogen und unparteiisch."
„Genau."
„Aber nehmen wir mal an, dass die Welt nicht untergeht, Pasewalk nicht von irgendwelchen Trotteln gestürmt wird, dann tut

vielleicht ein bisschen Rechnen Not?"
„Was wollen Sie damit sagen?"
Konrad Fall war irritiert und ob der umständlichen Ansprache des Bestatters ein bisschen alarmiert. Was konnte einer, der verlorengegangene Leichen auf der Suche nach einem Galgenstrick in seiner Garage fand, ihm vorschlagen wollen? Sollte er sich das überhaupt anhören? Oder besser das Zimmer verlassen, einfach kehrtmachen? Vielleicht sollte er nach Berlin zurückfahren und das ganze Pack zur Hölle schicken. Auf der Stelle.
„Es ist ein bisschen teuflisch, ich gebe es zu."
„Was denn, in Gottes Namen? Rede Sie endlich!"
„Also, ich habe ein bisschen recherchiert, wir Pasewalker sind ja nicht auf den Kopf gefallen. ‚Weltuntergang', das klingt für mich als Bestatter ja erst einmal ganz gut. Ich hätte noch ein paar Plätze im Kühlregal frei. Und wenn jetzt schon der ‚Weltuntergang' ausfällt, so kann ich scheinbar doch auf ein paar Selbstmordfälle der Sektenheinis hoffen. Mit der Polizeileiche an der Zugstrecke ging es los, mit dem Christian Bettac hat es noch nicht ganz geklappt, aber vielleicht kommt da noch mehr. Was meinen Sie?"
„Wie kommen Sie bloß auf solchen Unsinn?"
„Kein Unsinn! Allein in Jonestown gab es 1978 neunhundert tote Sektenmitglieder, nicht alle freiwillig, aber immerhin. Hier, ich hab' das mal notiert. Wo hab' ich es bloß ..."
Mark Pölke klemmte sich den Handfeger zwischen die Beine und durchsuchte umständlich die Taschen seines Bestatteranzugs. Bei der Suche schob er die Myrrhentinktur zu Konrad Falls Erschrecken wieder tief in die Hosentasche. Nach einer Weile fand Pölke einen gefalteten Zettel in seiner Westentasche und wedelte damit vor Kofas Nase herum.
„Hier steht es, muss man gar nicht so weit zurück. Allein in den neunziger Jahren ... ich les mal vor: 1993 Waco, USA, vierundachtzig Tote, zwei Mal die Sonnentempler, 1994 und 1997, insgesamt vierundsiebzig Tote, 1996, Aum-Sekte in Japan, achtzehn Tote und nochmal 1997, Heavens Gate, San Diego, USA,

neununddreißig Tote."

„Und was soll das heißen?"

„Sie bringen sich um, soll das heißen."

„Das ist doch schön für Sie."

„Und für Sie. Das gibt Schlagzeilen, oder nicht?"

„Sicher. Wenn es im Zusammenhang mit dem ‚Weltuntergang' steht."

„Na, sehen Sie? Gut für uns beide."

„Gut für uns beide."

„Also helfen wir einfach ein bisschen nach."

„Helfen wir ein bisschen nach?"

„Wir müssen nur ein paar von Ihnen auf den richtigen Gedanken bringen. Wenn sie nicht von selbst darauf kommen."

„Auf welchen Gedanken?"

„Jetzt tun Sie doch nicht so. Na: sich umzubringen. Hier in Pasewalk. Und dann: Tatütata, jede Menge Polizeileichen, jede Menge Schlagzeilen. Dann raus aus dem Karrieretief, Sie und ich."

„Und Sie haben schon einen genauen Plan, wie das zu bewerkstelligen sein wird?"

„Was heißt genau? Für das Drehbuch brauche ich natürlich Sie als Mann vom Fach. Und ein paar Jungs und Mädels aus meinem Motoradclub, die verkleiden sich und erzählen dann, dass nahe der Erde ein Komet oder Ufo vorbeifliegt, dass dazu bestimmt ist, die wahren Gläubigen aufzunehmen."

„Sie haben sich ja richtig Gedanken gemacht."

„Man tut, was man kann."

„Geht's noch weiter?"

„Wahre Gläubige erkennt man natürlich daran, dass sie bereit sind, für ihren Glauben zu sterben. Das war schon immer so. Die Seelen steigen dann auf und werden auf dem Kometen, der von superintelligenten Außerirdischen bewohnt wird, rematerialisiert. Sie werden dann auf den Mutterplaneten gebracht. Und dort leben sie friedlich als Goldhändler."

„Wieso Goldhändler?"

„Ein extra Anreiz."
„Und das soll funktionieren?"
„Einen Versuch ist's Wert."
„Einen Versuch."

Es war spät geworden und Konrad Fall, von diesem Tag völlig erschöpft, erbat sich Bedenkzeit. Natürlich war ihm der Gedanke an Sektenselbstmorde schon selbst gekommen, deshalb war er ja bei Rollwitz aus dem Zug geklettert. Das hielt er für möglich. Aber er hatte gedacht, dass die Apokalyptiker diesen Teil selbst übernehmen würden. Fakt war, dass er in Pasewalk bisher keine ernstzunehmenden Kandidaten für einen Massenselbstmord gesehen hatte. Selbst Ronny auf dem Kletterpilz war nur an der monetären Seite des „Weltuntergangs" interessiert. Das Ganze war ein Reinfall, nicht nur, was die Selbstmorde betraf. Das ganze Weltuntergangsszenario war aufgebauschter Nonsens, es gab einfach kein Ereignis weit und breit, über das es sich lohnen würde zu berichten.

Es war nicht wichtig, was berichtet wurde, sondern dass überhaupt etwas berichtet wurde. Wer diese wahren Worte über die moderne Nachrichtenproduktion gesprochen hatte, Konrad Fall kam nicht darauf. Grundsätzlich stimmte er zu. Aber was Konrad Fall in Pasewalk entgegenschlug, war das Nichts, die ultimative Ereignislosigkeit. Er verdiente sämtliche Journalistenpreise der Republik dafür, informativ und ohne Sarkasmus über dieses Vakuum zu berichten. Aber er wusste nicht, wie er es anstellen sollte. Er konnte nur hilflos Marionetten in die Kulisse schieben, sie einen Text aufsagen und ein paar Pirouetten drehen lassen. Er konnte den Schein wahren, konnte ein Rauschen produzieren und der Wahrheit ein bisschen auf die Sprünge helfen. Mehr nicht. Und wenn er Pech hatte, grätschte ihm *Minerva-N3ws®* hinein, einfach so, wegen fehlerhafter Plausibilität. Dann müsste er das Ganze im manuellen Modus selbst verantworten. Darauf musste er es zur Not ankommen lassen.

Aber jetzt, nach dem wenig ergiebigen Besuch der Ernst-Thälmann-Siedlung, war die Luft raus. Vor Konrad Fall verborgen, übte in den morastigen Tiefen seines Unterbewusstseins das Techtelmechtel zwischen Fischer und Maria Pölke einen wesentlichen Einfluss auf dessen plötzliche Unlust aus.

Konrad Fall schob rationalere Gründe vor. Für ihn war die Sache klar: Er war Sportjournalist. Da war im Normalfall mindestens ein Mensch besonders gut oder schlecht Ski gelaufen, von einer Schanze gesprungen oder mit dem Bob gefahren. Aber hier war das absolute Nichts, die größtmögliche Ereignislosigkeit, eine Grenzfläche der Raumzeit, und gleich dahinter lag Pasewalk. Diese obszöne Art der Berichterstattung, derer er sich bis jetzt bedient hatte, konnte er nicht bis zum Ende durchhalten, nicht ohne sich lächerlich zu machen. Das würde auffliegen. Und dann war es vorbei, ganz und unwiderruflich vorbei mit seiner Rückkehr in die Top-Etage des deutschen Sportjournalismus. Das durfte nicht passieren. Eher opferte er Andrej Fischer.

Konrad Fall zog die Schuhe aus, legte sich ins Bett und zog die Decke über den Kopf. Er fühlte sich gefangen zwischen seinen Bedenken und dem Anspruch, wieder als Top-Journalist durch die Lande zu ziehen. Sollte er Britta Hochstieg anrufen und ihr alles erzählen? Was dann? Sollte er ohne Rücksprache einfach noch einen drauf setzten, Zusammenhänge zwischen den Dingen herstellen, die nicht existierten? Was konnte er, Konrad Fall, denn für die absurde Verfasstheit des heutigen Mediengeschäfts? War es an ihm, daran zu rütteln?

Es kam anders. Britta Hochstieg umarmte den verdutzten Konrad Fall regelrecht durch das Telefon.

„Mensch Konrad, fantastische Arbeit!“

„Was?“

„Ich habe gerade das *footage* von heute gesehen, Andrej hat es eben hochgeladen. Er fühlt sich nicht wohl. Wir lassen das *Minerva* schneiden.“

„Bist du damit zufrieden, Britta?“

„Zufrieden? Ich bin begeistert. Mehr kann man aus der Sache nicht rausholen. Die Oma, die Künstlerin, der Irre auf dem Spielplatz, das alles vor Plattenbauten – das ist großes Kino, Konrad. Außerdem hat *Kanal 1* heute die Berichterstattung eingestellt, ‚Minerva' kann das jetzt national richtig groß aufziehen."

„Also soll ich weitermachen?"

„Na klar sollst du weiter machen! Was denn sonst? Ihr seid doch ein Super-Team. Ich mach dich zum Sport-Chef."

„Wir, ein Super-Team?"

„Du kannst dich einfach nicht freuen. Du musst einfach immer schlechte Laune haben, oder? Aber was soll's, so war es ja schon immer."

Am Ende des Gesprächs war Konrad Fall froh, Britta Hochstieg nichts von dem Seitensprung Fischers erzählt zu haben. Es hatte ihm während des gesamten Telefonates auf der Zunge gelegen. Besonders, als Britta Hochstieg meinte, sie seien ein gutes Team, hatte er es ihr direkt ins Gesicht schreien wollen. Oder, besser noch, ihr das verräterische Bild schicken, das ihren Liebling verhakt mit der fülligen Bestattersfrau zeigte. Konrad Fall wusste, dass Britta Hochstieg solch aufgetakelte Weiber verachtete. Leider wusste er nicht, wie man ein Bild von seinem Telefon auf ein *Sius-Quantenpad* schickte. Er drückte auf dem Display herum und betrachtete das Foto im Querformat. Dieser verdammte Bubi, während er selbst durch Sibirien gestapft war, rieb der sein Ding an Maria Pölkes Busen. Wut stieg in Konrad Fall auf.

Maria Pölke hatte ganze Arbeit geleistet. Die Verkleidung, welche der finster schauende Andrej Fischer anlegen musste, sah furchteinflößend aus. Sie drapierte hier, zupfte da und ließ keinen Einwand des Volontärs gelten. Sie behandelte Andrej Fischer ein wenig ruppig, von verliebtem Turteln war da keine Spur, das gefiel Konrad Fall. Maria Pölke hatte sehr eigene Vorstellungen, was das Aussehen eines zum Selbstmord bereiten Apokalyptikers betraf, und sich geweigert, Andrej Fischer einfach mit Fell und bunten Tüchern zu behängen, wie Konrad Fall das vorgeschlagen hatte. Das wäre dem „grazilen Typ" des Volontärs nicht angemessen, so sagte sie, während Andrej Fischer aussah, als ob er am liebsten im Boden versinken würde. Aber Fischer versank nicht, stattdessen wickelte sie ihn in einen knöchellangen weißen Umhang, den sie aus dem Stoff einer Sterbedecke gefertigt hatte. Dann malte sie ein kryptisches Zeichen in Rot darauf. Die Bilder der Sonnentempler im Internet sahen ganz ähnlich aus, und daran hielt sie sich. Ein Verfechter dieses Designs war auch Mark Pölke.

„Man muss die Codes der Leute bedienen. Es muss so aussehen, wie die Leute denken, dass es aussehen muss. Kapiert?"

„Ich finde es zu aufgesetzt."

„Unsere Meinung zählt hier nicht."

Dann drückte Pölke dem Volontär noch ein schweres Kreuz aus Sandstein in die Hand und legte einen Leichensack vor ihm auf den Boden. Adam Dobrczynski stellte große Altarkerzen auf, die den leergeräumten Carport in ein schummriges Licht tauchten.

„Nur aufpassen, dass die Oberhitze nicht das Wachs auslässt, dann große Schweinerei."

Der polnische Mitarbeiter warnte seinen Chef vor dem Tropfen der Kerzen, aber Mark Pölke war mit Anderem beschäftigt.

„Irgendetwas fehlt, irgendetwas ... wo ist denn ... ah hier, das Fläschchen mit dem Gift. Das hältst du in die Kamera, klar? Den Text hält Maria, brauchst nur abzulesen, ganz einfach."

„Was ist da drin?"

„Thüringer Myrrhentinktur, wenn du es genau wissen willst."

„*What?*“
„Musst du nicht kennen, nur in die Kamera halten, so. Na, los, los! Alle auf Position!“
Konrad Fall bekam feuchte Hände und bitterer Speichel schoss ihm nach dem erneuten Auftauchen der Myrrhentinktur in den Mund. Er trank hastig einen Schluck Wasser aus dem Wasserhahn rechts neben dem Carport und versteckte die Hände tief in den Hosentaschen. Er ließ sich nichts anmerken. Und es ging. Er beruhigte sich schnell. Andrej Fischer ging es nicht so gut. Dem machte die Tinktur zwar nichts aus, aber er machte das Ganze schließlich unfreiwillig und das ohne das Versprechen des Sportressorts, wie für Konrad Fall. Kofa hatte ihn am Morgen erpresst. Auch, wenn er das nicht besonders clever angestellt hatte, so hatte er doch einen guten Moment erwischt. Denn Andrej Fischer war, kaum erwacht, weder auf den Tag noch auf eine solche Attacke vorbereitet. Er hatte sich zunächst verschlafen geweigert, an solch einem Betrug teilzunehmen, wollte schon gar nicht als Weihnachtsbaum verkleidet vor einer Kamera stehen. Und wegen vorüberschwirrender Ufo's mit einer Flasche Myrrhentinktur in der Hand mit Selbstmord zu drohen stand ebenfalls nicht auf seiner To-Do-Liste. Aber die Drohung das Bildmaterial seines Stelldicheins mit Maria Pölke an Britta Hochstieg zu senden, ließ Andrej Fischer bald zerknirscht verstummen. Konrad Fall war froh, dass der Volontär keinen großen Widerstand leistete, denn ihm war klar, dass er dem wenig entgegenzusetzen gehabt hätte. Denn überzeugt war er von der Sache auch nicht. „Augen zu und durch!“, war die Devise.
Konrad Fall war mit Mark Pölke übereingekommen, die Sache so diskret wie möglich zu behandeln, also keine Motorradclubfreunde zu engagieren. Dass Adam Dobrczynski mitten in die Vorbereitungen platzte, war Konrad Fall eigentlich schon zu viel. Wenige Mitwisser, wenig Aufwand, wenig Spuren. Sie würden das Video ganz einfach produzieren, es durch *Minerva-N3ws®* in den sozialen Netzwerken verbreiten lassen und dann abwarten. Viel

Hoffnung bestand ohnehin nicht, aber einen Versuch war es wert. Außerdem litt der Volontär, das war die Hauptsache.

Die Androhung des Selbstmordes durch Lichtschwert – so nannten sie Andrej Fischers Alter Ego – per Video war denkbar lächerlich. Der Auftritt des Volontärs war trotz häufiger Wiederholungen nicht sehr überzeugend, er verhaspelte sich, die Augen lasen sichtbar den Text von den Schildern, die Maria Pölke ihm hinhielt. Er hatte einen roten Kopf, was aber auch vom Kerzenschein rühren konnte, und knetete unablässig mit den Händen. Auch die eigentliche Selbstmorddrohung war wenig beängstigend und am Ende wäre Lichtschwert noch fast die Ampulle mit dem Gift aus der Hand geglitten. Das fing auch Mark Pölkes wohlüberlegte Geschichte von den vorüberfliegenden Ufos, den Zeittüren, dem zukünftigen Dasein als Goldhändler nicht auf. Das war alles völlig grotesk und Konrad Fall war mehr als einmal versucht, die Sache abzublasen. Aber es war zu schön zu sehen, wie der Volontär sich abmühte.

Um die Mittagszeit hatten sie das Material im Kasten und eine Stunde später hatte *Minerva-N3ws®* ohne Beanstandung das Video geschnitten, hochgeladen und in die Welt entlassen. Was das bedeutete, war Konrad Fall unklar. Er hatte Rache genommen, darauf kam es ihm an. An der weiteren Wirkungsgeschichte des Videos war er relativ desinteressiert. Er glaubte ohnehin nicht daran, dass sich irgendjemand von dieser Clownerie dazu animieren lassen würde Selbstmord zu begehen.

Zufrieden ging Konrad Fall in sein Zimmer, um ein Nickerchen zu machen, wurde dann aber durch Adam Dobrczynski gestört, der im Hof Särge auslud und sie mit einem rollbaren Untersatz über das Pflaster in Richtung Kellereingang holperte. Also dachte Konrad Fall darüber nach, was am Nachmittag noch zu tun war. Mit Britta Hochstieg hatte er für heute eine Drehpause vereinbart, da das Material aus der Ernst-Thälmann-Siedlung für mehrere Beiträge ausreichte. Wie sie in der Redaktion das Material *Minerva-N3ws®* untergejubelt hatten, wusste Konrad Fall nicht. Es war ihm egal.

Aber für den nächsten Tag, den Tag des „Weltuntergangs“, musste er sich etwas einfallen lassen. Das war das große Finale, sozusagen. Aber es stand wenig auf dem Plan. Gleich am Morgen gab es eine Pressekonferenz mit Putzbrunnen. Am Abend dann eine „Weltuntergangsparty“ im „Speicher“, der hiesigen Diskothek. Diese zwei Ereignisse waren gesetzt. Die Aussagen würden sein: Die Obrigkeit hat alles im Griff und es wird demokratisch und friedlich gefeiert. Als Reserve hatte er Karl Bettac und den *Blueser* für ein Meinungsbild und ein bisschen Geld war auch da, um zur Not noch den O-Ton eines kritischen Bürgers einkaufen zu können. Außerdem konnte Konrad Fall noch auf die echten Spiritisten hoffen, schließlich war es ihre Veranstaltung. Viel zu sagen bräuchten die nicht, einfach durchs Bild laufen, um ein bisschen Atmosphäre zu schaffen. Er wollte ja keine Dokumentation drehen.

Konrad Fall lehnte sich auf dem Bett zurück. Dobrczynski hatte den Lärm mit den Särgen eingestellt, er fühlte Erleichterung. Irgendwie war er plötzlich ganz sicher, dass alles in seinem Sinne verlaufen würde. Den Chefposten in der Sportredaktion würde er sich nicht mehr nehmen lassen. Und von dort aus würde er sein Comeback starten. Er war erst fünfzig, da mochte in der Baubranche ohne Exoskelett nichts mehr gehen, aber als Journalist war er damit im besten Alter. Ein oder zwei Jahre Sportredaktion bei *Content Mafia 24*, dann wieder Wintersport, egal, bei welchem Medium. Print, Digital oder Funk, das war ihm einerlei. Bis zu seiner großen Rückkehr ins Rampenlicht des deutschen Sportfernsehens war es kein langer Weg. Konrad Falls Karriereplan erschien ihm jetzt, von seinem Zimmer in Pasewalk aus, mehr als machbar. In spätestens fünf Jahren würde er wieder vorn mit dabei sein. Diese dumme Szene mit der Regieassistentin während der Vierschanzentournee war längst vergessen, sein Alkoholproblem für die Zuschauer nie greifbar gewesen und für die meisten der Kollegen war das Trinken ohnehin ein Kavaliersdelikt. Da herrschte eine Schwamm-drüber-Mentalität. Er war für seinen Fauxpas genug bestraft worden, das konnte ihm niemand mehr vorhalten. Konrad Fall streckte sich aus und wäre fast eingeschlafen, wenn nicht von unten ein dumpfes Donnergrollen nach oben gedrungen wäre. Donner war zumindest das Erste, an das er dachte, aber je länger das Geräusch anhielt, desto mehr ähnelte es einem rumpelnden Wäschetrockner oder einer Spülmaschine. Aber in dieser Lautstärke? Das war ungewöhnlich. Er erhob sich schwerfällig, lauschte und öffnete vorsichtig die Tür zum Flur. Aus dem gegenüberliegenden Zimmer spähte Andrej Fischer fragend in den Gang.

Beide Männer sahen sich an, erschraken kurz, und zuckten dann verlegen mit den Schultern. Beide konnten sich keinen Reim auf die Herkunft des Geräusches machen. Konrad Fall trat leise hinaus und näherte sich der Treppe. Er wusste selbst nicht, warum er so schlich und sich vorwärts tastete, als erkunde er eine dunkle Höhle und könne die Hand vor Augen nicht sehen. Als er die Treppe erreichte, verstummte das Geräusch plötzlich und unten wurde die Tür zu Pölkes Büro aufgerissen.

„So klingt das, wenn man in der Nähe eines Windparks wohnt. Damit du es weißt."

„Was soll denn das?"

„Das blüht mir durch dein Geschacher mit dem Putzbrunnen. Ich bin der Leidtragende. Nicht du, Pölke."

„Herbert, jetzt lass mal die Kirche im Dorf. Was soll ich denn sonst mit dem Acker machen?"

„Verpachte es der Genossenschaft."

„Ach, daher weht der Wind! Für einhundert Goldmark im Jahr? Du bist nicht ganz bei Trost!"

„Ja, und du bist dir zu fein, was für die Gemeinschaft zu tun."

„Du meinst wohl, für dich was zu tun?"

„Du schuldest mir was, Pölke."

„Wegen deiner Mutter hab' ich fast alles verloren."

„Alles verloren, du hättest sie um ein Haar lebendig begraben. Wie im Mittelalter."

„War es meine Schuld? Ich bin Bestatter, kein Arzt. Der stellt den Tod fest, sie war offiziell tot."
„Das ist mir egal, ihr denkt, ihr könnt schön eure Geschäfte auf meinem Rücken machen, aber so nicht. So nicht!"
„Das ist immer noch mein Grund und Boden, du kannst mir nichts."
„Geerbt hast du es, deine Sippschaft hat es 1945 von den Russen gekriegt, wie alle anderen auch. Und du verhökerst es wieder an die Junker. Schäm dich!"
„Das muss ich mir nicht anhören. Raus jetzt, raus aus meinem Haus!"
„Deinem Haus? Du meinst wohl, das Haus deiner Frau. Oder gehört es schon der Bank?"
„Raus!"
„Du wirst dich noch wundern. Ich kann auch anders, Pölke."
„Zusammen mit deiner Genossenschaftsclique? Hier, nimm deinen Scheiß-Rekorder mit."
„Mit der Einstellung wirst du nie Weltmeister, Pölke."
Die Haustür knallte, Mark Pölke fluchte.
„Jaja, du mich auch, du Drecksau."
Dann ging der Bestatter wieder in sein Büro und schloss die Tür. Stille trat ein, Pasewalker Stille. Eine Stille, durch die Konrad Fall kilometerweit lauschen konnte. Er hörte, wie irgendwo eine Mülltonne über das Pflaster gezogen wurde, wie der Kies unter jemandes Autoreifen knirschte, wie von weitem eine Kreissäge sang.
Konrad Fall blickte etwas ratlos zu Andrej Fischer, der ihm langsam entgegenkam. Der Volontär hielt ihm sein Quantenpad hin. Konrad Fall zögerte, es zu nehmen.
„Was soll ich damit?"
„Geh mal auf ‚Minerva'."
„Komm, mach es es nicht spannend!"
„Also, gut. Hier. Das sind die *social media statistics*. Und das ist unser Video."
„Ja doch."

„Sieh dir das an: *clicks, likes, shares, retweets*. Siehst du diese Zahlen?"

Andrej Fischer tippte auf dem Display herum. Viel zu schnell für Konrad Fall, um den Fingerbewegungen zu folgen und zu begreifen, was der Volontär da machte."

„Na, und?"

„Das geht voll *viral*."

„Was meinst du? Sprich Deutsch. Die sollen darauf klicken, deswegen machen wir das doch."

„Aber dreihundertfünfzigtausend Mal in den ersten drei Stunden sind echt *a lot*. Das Ding geht steil, sehr steil."

„Ist doch gut, dann sehen dich viele."

„Konrad, du verstehst nicht. Wenn das Ding weiter so abgeht, sind wir heute Abend locker bei ein wenn nicht sogar zwei Millionen Aufrufen."

„Ja und?"

„Mensch, Konrad! Und wenn sich wirklich einer umbringt?"

Es war nicht so, dass Konrad Fall diese Möglichkeit nicht bedacht hatte, aber sie war ihm höchst theoretisch erschienen. Wer sollte denn von dem Video erfahren? In Konrad Falls Welt galt, dass man gehörige Anstrengungen unternehmen musste, um von der Öffentlichkeit überhaupt wahrgenommen zu werden. Er hatte nicht einmal im Ansatz begriffen, wozu neuronale künstliche Intelligenz in Form eines Contentmanagers wie *Minerva-N3ws®* in der Lage war. Außerdem war es ihm bei der Sache in erster Linie um die Demütigung des Volontärs gegangen, und die war voll geglückt.

„Wir müssen das *deleten*."

„Da hab' ich keinen Einfluss drauf. Musst du mit Pölke besprechen."

Konrad Falls Telefon klingelte in seinem Zimmer, er murmelte eine Entschuldigung und schob sich an Andrej Fischer vorbei. Er nahm das Telefon vom Nachtschränkchen und stöhnte leise, als er den Namen auf dem Display las: Britta. Das war ihm jetzt alles zu viel. War doch ein freier Tag heute. Konrad Fall zögerte, den Anruf anzunehmen.

„Was ist los? Geh ran!"

„Ach, jetzt nicht. Wir müssen das mit dem Video klären. Und uns vor dem ‚Weltuntergang' ein bisschen auszuruhen, wäre auch nicht schlecht."

„Kannst das doch nicht klingeln lassen."

Mark Pölke zeigte sich gegenüber den Löschabsichten Andrej Fischers wenig einsichtig. Für ihn war die Sache klar: Die Leute sollten sich ja umbringen. Die Weltuntergängler, sie sollten sterben, und zwar wie die Fliegen. Je mehr, desto besser, dann ab in Pölkes Kühlkammer und zur Einäscherung nach Polen. Nur deshalb habe man das Video ja gedreht. Der Bestatter gab sich auch unzugänglich gegenüber den rechtlichen und moralischen Einwänden, die Andrej Fischer anführte. Alles sei verschleiert, nichts rückverfolgbar. Er, Pölke, sei jedenfalls nicht gewillt, das Video zu löschen, gerade jetzt nicht, das Passwort für Lichtschwerts Videoportalkanal gebe er keinesfalls heraus. Was sie mit ihrem eigenen System machten, sei ihm egal. Aber das Video bleibe online. Damit war für Pölke die Sache beendet. Er rief durch die geschlossene Tür nach Adam Dobrczynski, sie hätten noch eine Leiche im St. Elisabeth abzuholen, das müsse jetzt schnell über die Bühne gehen, der Tote habe schon eine Weile unentdeckt dagelegen. Am Abend würde man sich noch einmal besprechen und weitersehen.

„Bei einer Million Klicks auf das Video lasse ich mit mir reden."

Pölke lachte und verschwand pfeifend im Keller, um die Kühlanlage anzuschalten.

„Ihr habt keine Ahnung, was daraus werden kann. Das ist *Minerva-N3ws®*, die funktioniert anders als ein Anzeigenblatt."

Der Volontär sollte recht behalten. Sein von flackerndem Kerzenschein beleuchtetes Gesicht war am Abend zwar nicht der Aufmacher der Nachrichten auf *Kanal 1*, aber eine Sequenz schaffte es in einen Beitrag über den bevorstehenden „Weltuntergang". Der Beitrag, der sich anfänglich ironisch gab, nahm die Drohung Lichtschwerts mit Selbstmord zum Anlass, auf die große Polizeipräsenz hinzuweisen, die die Situation in Pasewalk unter Kontrolle halten sollte. Auch in anderen Orten, in Frankreich und der Türkei seien die Behörden auf ein ähnliches Szenario eingestellt. Dann wünschte die Moderatorin allen eine weltuntergangsfreie Nachtruhe und entschwand lächelnd. Alle saßen wie vom Blitz getroffen in Mark Pölkes Kinosesseln. Die Nachrichten waren eigentlich nur eingeschaltet worden, um „Heat of the Night", den neuesten „James Bond"-Film, zu unterbrechen und Zeit für Toilettengang und Getränkenachschub zu haben. Konrad Fall war kein großer Freund solcher Filme, aber die Zerstreuung tat ihm gut, denn er war aufgeregt und blickte mit gemischten Gefühlen auf den nächsten Tag. Er hatte auch nichts dagegen gesagt, dass als Vorfilm zweimal der missglückte Weltrekordversuch Pölkes angesehen worden war. Pölke hätte ihn gerne auch ein drittes Mal gezeigt, aber Maria Pölke hatte interveniert.

Jetzt saßen alle wie gelähmt. Der Volontär bewegte sich als erster, zog sein *Sius-Quantenpad* aus der Tasche und tippte zittrig auf dem Display herum.

„Wir müssen das löschen!"

„Wie viele Klicks, wie viele Klicks?"

„Moment, verdammt."

„Wie viele, wie viele?"

„Ungefähr achthunderttausend."

„Ist das viel?"

„Verdammt viel für zehn Stunden."

„Lass es doch noch *online*."

„Das wird *deleted*! *Right now*!"

Andrej Fischer sprang auf und Konrad Fall sah sofort, dass es für Pölke jetzt unangenehm werden würde. Die Halsschlagader des Volontärs pumpte unentwegt Blut in dessen sich rötendes Gesicht, seine Augen wurden starr, die Lippen zitterten.

„Der schlägt ihn", dachte Konrad Fall. Ihm fiel der Waldheimer Dorfschläger Puntila ein, der seine Opfer auch immer so angesehen hatte.

Maria Pölke erkannte ebenfalls die Zeichen der heraufziehenden körperlichen Auseinandersetzung und stand erschrocken auf. Mit einem zuckersüßen, schmeichelnden Ton wandte sie sich an ihren Mann und versuchte, ihn zu überreden.

„Komm, Struppi! Gib das Passwort raus. Das können wir mit dem Jungen nicht machen, der wird doch des Lebens nicht mehr froh, wenn den einer erkennt."

Aber Pölke war für die beruhigenden Worte seiner Frau nicht empfänglich und ließ keine Einsicht erkennen.

„Nein, nein und nochmals nein!"

Pölkes Stimme wurde mit jedem Schritt, den Andrej Fischer auf ihn zu machte, schriller. Dann ging er, von Fischer getroffen, zu Boden. Der Fall war mehr einem Ausrutschen Pölkes geschuldet, denn der Volontär hatte eher stümperhaft zugeschlagen. Konrad Fall reckte seinen Kopf, näher heran wollte er nicht. Kofa konnte nicht sehen, was sich danach am Boden zwischen den Kinosesseln abspielte. Er hörte nur, wie Andrej Fischer schrie:

„Das Passwort! Gib mir das *fucking* Passwort!"

Pölke antwortete ebenso laut:

„Erst, wenn die Kühlkammern voll sind!"

So ging das hin und her, bis Frau Pölke, die deutlich mehr Kampfgewicht als der Volontär mitbrachte, diesen von ihrem Mann wegzog und ihm beschwichtigend die Schulter tätschelte.

„Das bringt doch nichts."

„Lass mich!"

Beide Streithähne zogen sich etwas zurück. Fischer ordnete verlegen seine Kleidung, indem er mal hier, mal da daran zupfte. In der Stille hörte man jetzt das schwere Atmen der Kontrahenten und das Klackern von Maria Pölkes Stöckelschuhen auf dem Fliesenboden, die ihrem Mann ein Taschentuch reichte. Dann sprang im Nachbarraum ratternd die Kühlanlage an.

Konrad Fall war beeindruckt vom Gewaltausbruch, auch wenn Puntila ganz anders hingelangt und neben dem Videoportal-Passwort wahrscheinlich auch Pölkes Tresor-Code aus diesem herausgeprügelt hätte. Es war klar, dass Fischer zwar *Minerva-N3ws*® an der automatischen Weiterverbreitung des Videos und der automatisch erstellten und geposteten Fotos und Texte hindern konnte. Aber zurückholen ließ sich nichts mehr. Und an das Original-Video kam er nicht ran, das hatte Pölke selbst hochgeladen.

„Eine Nacht noch, dann seid ihr hier raus, klar?“

Mark Pölke wischte sich mit dem Taschentuch über das Gesicht. Konrad Fall wollte widersprechen, wurde aber durch das Klingeln seines Telefons zurückgehalten. Er zog es hervor und sah auf das Display: Britta. Instinktiv versuchte er, die Lautstärke des Klingelns durch das Auflegen seiner Finger auf den Lautsprecher zu drosseln. Als das nicht viel nutzte, schob er es unter seinen Pullover und hielt die Hand darauf. Alle sahen erwartungsvoll zu ihm, aber Konrad Fall konnte sich nicht überwinden ranzugehen. Er fürchtete insgeheim, sie könnte in diesem lächerlichen Video Andrej Fischer erkannt haben. Natürlich hatte sie das, denn was sonst sollte der späte Anruf kurz nach den Nachrichten bedeuten? Er hielt das dumpfe Tröten unter seinem Pullover aus, gleich würde sich der Anrufbeantworter einschalten. Sollte sie erst einmal darauf sprechen, dann würde er wissen, woher der Wind wehte, könnte sich darauf einstellen und zu einem selbstgewählten Zeitpunkt zurückrufen. Bis dahin würde er sich seine Argumente zurechtlegen. Vielleicht war es unter diesen Umständen tatsächlich keine schlechte Sache, das Video zu löschen, zumindest für ihn, Konrad Fall, hatte es ja seinen Zweck erfüllt. Sein Wechsel in die Sportredaktion war zum Greifen nahe und es gab keinen Grund, jetzt noch über Leichen zu gehen. Er setzte sein gewinnbringendes Journalistenlächeln auf – hier konnte der Volontär noch was lernen – und wandte sich süßlich an den mit verschränkten Armen dastehenden Mark Pölke.

„Vielleicht sollten wir einen Kompromiss schließen, ja?“

„Zwischen Leben und Tod gibt es keine Kompromisse."
„Jetzt mach nicht gleich wieder dicht, Struppi."
„Endlich läuft mal was in meinem Scheiß-Leben. Und dann ... ist doch wahr!"
„Also, wir sind jetzt bei achthunderttausend Klicks, das ist eine riesige Menge. Wir gucken ab jetzt nicht mehr hin und lassen es laufen."
„Was soll denn daran ein Kompromiss sein, Konrad? Ich will, dass es *deleted* wird!"
„Lass mich doch ausreden: Um Punkt Mitternacht nehmen wir es raus. Also in ungefähr anderthalb Stunden. Nach dem ‚James Bond' und pünktlich zu Beginn des ‚Weltuntergangs'."
Pölke willigte überraschend ein. Die drei Männer verabredeten, sich um Mitternacht in Pölkes Büro zu treffen, um das Video von der Plattform zu entfernen.
Der Raum lag im Dunkeln. Der Bestatter saß hinter seinem Schreibtisch, zumindest vermutete Konrad Fall das, denn sehen konnte er ihn nicht. Sein Anblick verschwamm hinter den zwei großen Hologrammen, die über dem Tisch schwebten. Motorengeräusche und das Quietschen von Autoreifen erfüllten den Raum, dann Pistolenschüsse. Konrad Fall ging, den Kopf leicht eingezogen, um den U-förmigen Schreibtisch herum. Der Bestatter brummte etwas Unverständliches zur Begrüßung und war ansonsten ganz von einem Computerspiel eingenommen. Er raste darin mit einem Auto quer durch eine Stadt und schoss wahllos Menschen nieder. Zumindest kam Konrad Fall das Geballer wahllos vor. Über den anderen Bildschirm liefen bunte Zahlenkolonnen von Aktien, Wechselkursen und Rohstoffnotierungen.
„Ich muss noch schnell Amok laufen. Ist aber gleich vorbei."
Der Volontär klopfte leise, trat ein und zog sich still einen Stuhl aus der Beratungsecke heran. Er sagte kein Wort, guckte nur im Raum herum, als erwarte er, jemanden im Dunkel stehen zu sehen. Als sein Blick das Regal mit den verschiedenen Urnen, die als Ansichtsexemplare dienten, streifte, kreuzte er die Arme

vor der Brust und biss sich auf die Lippen. Irgendetwas ging wieder mit ihm vor, das bemerkte Konrad Fall sofort, aber wer nicht hören wollte, musste eben fühlen. Endlich beendete der Bestatter seine Amokfahrt mit einem Seufzer und einem kurzen Schlag in das Hologramm hinein.

„Ah, nee! Wegen der drei Menecken ..."

„Können wir jetzt? Ich will ins Bett."

„Dann gucken wir mal, was unser Lichtschwert auf dem Tacho hat."

Und das war richtig viel. Exakt 953.296 Aufrufe hatte das Portal für das dilettantische Drohvideo bis Mitternacht gezählt und in hunderten Kommentaren darunter wimmelte es von Anfeuerungsrufen, Beschimpfungen und eigenen Selbstmorddrohungen. Es war eine regelrechte Diskussion darüber entstanden, mit welchen Mitteln man sich umbringen sollte, um in einigermaßen unversehrtem Zustand von den Außerirdischen mitgenommen zu werden. Ganz oben standen verschiedene Vergiftungstode, wobei der mit Kohlenmonoxid die meisten anzusprechen schien. Sich zu erschießen, von einem Hochhaus zu springen oder sich zu erhängen, wurden wegen der körperlichen Auswirkungen verworfen. Ein ganz Witziger berichtete unter dem Namen „Darwin" von einem Mann aus Frankreich, der bei seinem Selbstmord nichts dem Zufall hatte überlassen wollen. Der Franzose hatte sich mit einem Strick um den Hals auf eine Klippe gestellt und den Strick an einem Felsen vertäut. Um ganz sicher zu gehen, nahm er zusätzlich noch Gift ein und wollte sich während des Falls erschießen. Das war der Plan. Der Selbstmörder sprang und schoss, traf aber das Seil, welches ihn nun nicht mehr strangulieren konnte. Zu seinem Verhängnis schluckte er nach seinem Aufprall auf das Wasser so viel davon, dass er sich übergeben musste und damit das Gift ausschied. Aber am Ende wurde alles gut, berichtete „Darwin", denn der Mann starb im Krankenhaus an einer Unterkühlung. Sogar Andrej Fischer, der verwirrt wirkte, musste bei dieser Geschichte lächeln. Aber die meiste Zeit starrte der Volontär unbeteiligt vor sich hin. Selbst den Vorgang des Löschens, den

Mark Pölke groß zelebrierte, schien der Volontär kaum wahrzunehmen. Etwas ging mit ihm vor, ohne dass Konrad Fall Genaueres ergründen konnte.

„So, alle zufrieden?"

Britta Hochstieg versuchte in jener Nacht noch weitere fünf Mal, ihren Ex-Mann telefonisch zu erreichen, allerdings ohne Erfolg. Geweckt wurde Konrad Fall vom Hämmern Andrej Fischers gegen seine Tür, welche er vorsorglich verschlossen hatte. Kofa blickte auf die Uhr. Es war fünf Uhr am Morgen, von draußen drückte die stockdunkle Nacht gegen das notdürftig reparierte Fenster, ein paar dünne Schneeflocken flogen hinein. Konrad Fall war nicht sauer, nicht gereizt. Irgendwie hatte er den Volontär erwartet. Er wusste auch nicht genau, warum, aber da war so eine Ahnung in ihm gewesen. Wenige Stunden zuvor hatte man schon sehen können, dass es Andrej Fischer nicht gut ging. Dass die Situation nach Eskalation roch. Konrad Fall war Alkoholiker, auch wenn er das vor niemandem zugeben würde. Was er also definitiv wusste, war, welche widerwärtigen Dinge in einem Menschen passieren konnten, wenn diesem der Stoff ausging. Er wusste, wie sich das Blickfeld einschränkte, wie alles eng und dunkel wurde. Er wusste, wie es war, gierig einen Deoroller abzulecken oder sich mit Nasenspray vollzupumpen. Was ein Kokainsüchtiger auf Entzug so trieb, wusste er nicht. Aber Konrad Fall vermutete, dass es nicht weniger abstrus und für Außenstehende nicht weniger abstoßend sein würde. Als Kofa das Messer in der Hand des Volontärs sah, wurde ihm schlagartig klar, dass es mit dem Genuss von Deoroller und Nasenspray in dessen Fall nicht getan sein würde.

„Ich weiß, wer dich geschickt hat!"

Konrad Fall war unsicher, aber wegen des Messers nicht beunruhigt, denn noch hielt Andrej Fischer es in der linken Hand, mit der Klinge nach unten, den Arm seitlich vom Körper gestreckt. Keine unmittelbare Angriffshaltung. Auch war seine Stimme ruhig und kontrolliert, anders, als das vorangegangene Hämmern an der Tür, welches zweifellos auch die Pölkes gehört haben mussten. Konrad Fall erwartete, das Ehepaar jeden Moment die Treppe nach oben steigen zu hören. Bis dahin musste er Andrej Fischer hinhalten. Dann könnte Frau Pölke sich wieder mit Engelszungen des Psychopathen annehmen und er zurück ins Bett gehen. Konrad Fall machte einen kleinen Schritt zurück, schob vorsichtshalber die Tür zwischen sich und Andrej Fischer und flüsterte:

„Was machst du hier? Wir müssen früh raus. Leg dich wieder hin."

„Steckst du mit ihnen unter einer Decke?"

„Komm, wir müssen nachher fit sein."

„Ihr habt das alles sauber eingefädelt: den Weltuntergang, Pasewalk, Maria, das Video. Aber ihr kriegt mich nicht. *Never ever*!"

„Sieh doch: Übermorgen sind wir wieder in Berlin, dann ist alles wieder gut!"

„Ich habe alles aufgeschrieben, von Anfang an. Es ist eindeutig. Hier!"

Andrej Fischer zog aus dem Hosenbund ein zerfleddertes Notizheft und reichte es Konrad Fall.

„Sie operieren in ziegenköpfigen Pentagrammen."

„Wer?"

„Die satanische Kirche. Tu nicht so, als wüsstest du es nicht, Baphomet."

„Was?"

„Baphomet, leugne deinen Namen nicht!"

Konrad Fall blätterte nun deutlich beunruhigter durch das Heft. Die Seiten waren mit verschiedenfarbigen Sternzeichen bedeckt, an deren Spitzen jeweils ein Name stand. In der Mitte jedes Sterns stand „ich" geschrieben.

„Was soll das sein?"

„Das sind ihre Überwachungspentagramme. So arbeiten sie, im Pentagramm, immer fünf zusammen. Es sind nicht immer die Gleichen, sie arbeiten in verschiedenen Konstellationen. Das macht sie unsichtbar für die Welt."

Konrad Fall hielt es für ratsam, den Volontär einfach reden zu lassen. Was sollte er zu dessen Auftritt auch sagen? Es war verrückt. Endlich hörte er Geräusche von unten. Die Schlafzimmertür der Pölkes öffnete sich und Konrad Fall sah durch den matten Schein, der die Treppe herauf leuchtete, dass jemand unten Licht gemacht hatte.

„Hallo? Alles in Ordnung?"

Es war Mark Pölke, der schlaftrunken nach oben rief und eine starke Veränderung in Andrej Fischers Gesichtsausdruck auslöste.

„Das ist er! Ich muss weg. Sie kommen, um mich zu holen."

Schreiend wandte sich Andrej Fischer ab und rannte in sein Zimmer. Konrad Fall folgte ihm im Abstand weniger Sekunden, er konnte aber nicht verhindern, dass der Volontär das Fenster öffnete und hinaussprang. Er hatte es auch nicht gewollt. Es war vielmehr so, dass Konrad Fall erleichtert war, als ein lautes, blechernes Geräusch ertönte und dann Hundebellen und das Knallen der Hoftür zu vernehmen waren.

„Was ist hier los?"

„Er ist aus dem Fenster gesprungen!"

„Gott verdamm' mich, bin ich froh wenn ihr zwei Verrückten weg seid. Und für alles, was hier kaputtgeht, schicke ich euch eine Rechnung."

IV

Der Morgen des „Weltuntergangs“ begann mit frostigem Schweigen. Die Eheleute saßen sich still am Küchentisch gegenüber, Konrad Fall trank drei Tassen Kaffee, ohne ein Wort zu sprechen, und die Anrufe Britta Hochstiegs blieben weiter unbeantwortet.

Auch Adam Dobrzcynski schob ungewöhnlich wortkarg zwei Transportsärge über den Hof. Darin lag ein Ehepaar aus Uelzen. Aus dem grauen Himmel fiel Schnee. Andrej Fischer blieb verschwunden.

Konrad Fall war trotz des trüben Wetters und der nächtlichen Vorkommnisse guter Dinge. *Der Blueser* war auf seinen morgendlichen Anruf hin sofort zur Stelle gewesen, um den desertierten Andrej Fischer zu ersetzen. Sie hatten ein paar schöne Bilder mit Karl Bettacs BTR-40 geschossen, nachdem der am Morgen überraschend vor Pölkes Haus vorgefahren war. Er wolle sich die „Volksbelustigung“, wie er es nannte, auf dem Pasewalker Marktplatz nicht entgehen lassen. Auf diese öffentliche Veranstaltung wies später am Vormittag auch Tito Putzbrunnen bei seiner Pressekonferenz im Rathaus hin.

Nach langem Hin und Her hatten sich die maßgeblichen Stellen in der Stadtverwaltung in Absprache mit der Polizei darauf geeinigt, kurzfristig eine Bühne mit Musik und Unterhaltung auf dem Marktplatz der Stadt zu organisieren. Für die Moderation hatte man Marion Roth, eine in Pasewalk ansässige ehemalige Ansagerin aus dem DDR-Fernsehen, gewonnen. Ein paar Vereine sollten sich vorstellen, auch lokalen Arbeitgebern wurde Raum zur Präsentation gegeben, dazwischen immer wieder musikalische Einlagen, die die Stimmung heben sollten. Die lokalen Gastronomen würden für das leibliche Wohl sorgen, die Verwaltung ein paar Infostände aufbauen, Toilettenwägen seien gebucht. Damit könne man einem etwaigen Ansturm von Esoterikern die Vernunft der Pasewalker Bürgerschaft entgegensetzen – das sei das beste Sicherheitskonzept, dieser Überzeugung war auch Polizeiobermeister Witthuhn.

„Wenn wir wie vernünftige Deutsche feiern, dann müssen sich die Apokalyptiker anpassen und nicht umgekehrt, das ist ganz einfache Psychologie."

Auch Herbert Bröllin hatte sich wieder zum Protest eingefunden und sich, nachdem er an der Tür des Rathauses abgewiesen worden war, mit Kabelbinder an den Rollstuhlfahrerzugang neben dem Haupteingang gekettet. Er trug eine, sich in einer Klarsichthülle befindliche handgeschriebene Losung um den Hals: „Keine Windkraft in unseren Dörfern – Bürger vor Profiten!", war darauf zu lesen.

Der ausländischen Presse blieb die Demonstration wieder unverständlich, trotzdem hielten die Kamerateams auf den Protestierenden, der still dasaß und die Journalisten anlächelte. Als nach dem Ende der Pressekonferenz alle wieder aus dem Rathaus traten, war Herbert nicht mehr da, nur sein Protestschreiben flatterte, mit Klebestreifen am Geländer befestigt, im Wind. Die Polizei hatte ihn erst von diesem losgeschnitten und ihn dann, nach einem schlappen „Widerstand gegen die Staatsgewalt", in Gewahrsam genommen.

Konrad Fall war mit dem *Blueser* im Schlepptau nach der Pressekonferenz noch einmal zu Pölkes Haus zurückgekehrt. Einerseits, um das Stativ, das sich durch die unkundige Behandlung durch den *Blueser* einen Fußbruch zugezogen hatte, zu ersetzen. Anderseits, um nach Andrej Fischer Ausschau zu halten. Denn, so wenig er den Stenz seiner Ex-Frau mochte, ein bisschen verantwortlich fühlte er sich doch. Und ohne den Volontär nach Berlin zurückzukehren, war keine Option, da sah Konrad Fall seinen neuen Job in der Sportredaktion wackeln. Das konnte Britta Hochstieg als Vorwand dienen, einen Rückzieher zu machen. Das durfte keinesfalls passieren. Fischer musste – egal ob panisch, wahnsinnig oder in einem sonst gearteten Zustand – in die Obhut seiner Ex-Frau übergeben werden. Konrad Fall lächelte bitter, als er sich vorstellte, wie der hilflose Volontär durch Britta zur Schnecke gemacht werden würde. Er wusste nur zu gut, dass Britta Hochstieg hinlangen konnte. Sie war der Albtraum jedes Süchtigen, so viel stand fest.

Während er nach oben in Andrej Fischers Zimmer ging, um das Ersatzstativ zu holen, wartete *der Blueser* im Hof und unterhielt sich rufend mit dem immer noch hin- und hereilenden Adam Dobrzcynski über den heutigen „Weltuntergang“. Satzfetzen drangen durch das offene Fenster nach oben.

„... arme Leute lieben Erfahrung mit Schmoren in Endzeit.“

„... aber Pasewalk ... ist doch irre!“

„... in Polen alles schnell vom Tisch geräumt durch kluge Intelligenz.“

„... sehr vernünftig ...“

„Nicht im Rezept für jede Person am Tisch.“

Oben im Haus des Bestatters betrat Konrad Fall das Zimmer des Volontärs und staunte. Kleidung, Kameraequipment und Bettzeug lagen verstreut auf dem Boden. Auch die Gardinenstange war heruntergerissen, das Polster der kleinen Couch aufgeschlitzt und Tisch und Stuhl umgeworfen. Es war Konrad Fall in der Nacht gar nicht aufgefallen, dass der Volontär so gewütet hatte, aber vielleicht war es auch während seiner Abwesenheit passiert. Andrej Fischer hatte sogar versucht, die Raufasertapete, auf die er zuvor ein Pentagramm geschmiert hatte, von der Wand zu reißen. Alles war zerbrochen, zerfetzt und aufgekratzt. Wahrscheinlich hatte der Volontär auf der Suche nach Drogen buchstäblich das ganze Zimmer umgegraben wie ein Gemüsebeet. So ähnlich hatte Konrad Falls Wohnung, nach seinem Rausschmiss bei Britta Hochstieg, auch manchmal ausgesehen. Abgesehen vom Pentagramm. Aber als Alkoholiker hatte man in Berlin eigentlich Rund-um-die-Uhr-Betreuung, weshalb solche Verzweiflungstaten bei Konrad Fall wirklich nur selten vorgekommen waren. Aber die Erinnerung daran, die ihn kurz überkam, war schmerzlich.

Im Hof half *der Blueser* Adam Dobrzcynski einen Sarg in das Auto zu hieven. Beide lachten gedämpft und schienen sich gut zu verstehen.

Konrad Fall stocherte in der Bettwäsche des Volontärs, schob mit dem Fuß eine leere Kameratasche unters Bett, blickte in den leeren Schrank, dann hilflos durch den Raum. Wie sollte er in dem Chaos etwas finden? Konrad Fall wollte systematisch vorgehen und hob erst den Stuhl auf, dann den Tisch. Da, unter der Tischplatte, lag das Telefon von Andrej Fischer. Kein Wunder, dass Andrej Fischer nicht auf seine Versuche reagierte, ihn telefonisch zu erreichen. Siebzehn verpasste Anrufe, dreiunddreißig Cyber-Chat-Anfragen.

Danke für den Link. Was soll das werden? Lass dich von ‚Konstanter Fall' in nichts reinziehen. Sehnsucht.

Was macht das in den Nachrichten? Löscht das sofort.

Seid ihr verrückt? Das hat ein Nachspiel. Für euch beide. Die Redaktion steht Kopf.

Konrad Fall wurde durch ein Räuspern hinter seinem Rücken aufgeschreckt und legte das Handy ruckartig auf den Tisch. *Der Blueser* stand in der Tür.

„Was ist denn hier los?"

„Nichts."

„Nichts?"

„Mein Kollege hat ein Problem."

„Sieht aus, als werden hier die schwarzen Messen gefeiert, nicht in der Thälmann-Siedlung."

„Jaja."

„Falls du das Stativ suchst, das steht da drüben."

„Na, dann los!"

In der Innenstadt brodelte es – jedenfalls für Pasewalker Verhältnisse. Das hieß, es waren Menschen auf der Straße. Menschen in unmodischer Kleidung, große Menschen, kleine Menschen, dicke Menschen, dünne Menschen. Aber alle in freudiger Erwartung einer gewissen Abwechslung vom Alltag. Die Pasewalker zog es ausnahmslos in Richtung Markt. Mit einem geübten Blick aus Bettacs BTR-40 erkannte Konrad Fall sofort, dass die Konkurrenz schon da und die journalistische Treibjagd eröffnet war. Die Bürger schritten in langen Kolonnen auf den Gehwegen wie Zebraherden durch die Serengeti und die Kamerateams umkreisten sie wie Raubkatzen ihre Beute. Ab und zu wagte eines der Teams einen schnellen Vorstoß, um die vermeintlich schwächsten Glieder der Herde zu einem Statement zu drängen. Und immer, wenn sie zustießen, rissen sie ein Loch in den Strom der Pasewalker, die versuchten, dem herannahenden Angriff der Mikrofondrohnen, Stative und Kameras auszuweichen.

Konrad Fall schüttelte den Kopf. Die schwächsten Glieder einer Herde, im Sinne der Bereitschaft, mit der Presse zu reden, erkannte der geübte Journalist Konrad Fall leicht. Er brauchte dazu weder die grünen Fähnchen am Kopf, die *Minerva-N3ws®* für eine hohe Aussagebereitschaft vergab, noch den Anblick eines debilen, leichtgläubigen Gesichtsausdrucks, von strähnigem Haar oder einer untertänig gebeugten Körperhaltung. So pflegten viele seiner Kollegen, ihre zu befragenden Opfer auszuwählen. Konrad Fall war davon überzeugt, dass es zwei Arten von Viel-und-gerne-Rednern gab. Einmal die Selbstgerechten: vorzugsweise männlich mit etwas Körperfülle und gerader Körperhaltung, meist jenseits der fünfzig und immer farblos gekleidet und ohne Humor. Und die Oberschlauen, die asketischen Halbbelesenen, mit leichtem Hang zur Verschwörung, die an den Stellen einsetzte, an denen sie nicht weiter wussten. Kofa lag selten falsch, aber selbst den theoretisch redewilligen Pasewalkern, also jenen, die all seine Kriterien erfüllten, schien der Mund versiegelt zu sein.

Vermutlich lag das an einer Art Übersättigungseffekt durch die seit Tagen andauernde, weltweite, mediale Aufmerksamkeit. Also rannten sie davon, drängten sich zusammen, kicherten, schnauzten oder spuckten sogar auf die Objektive der Lichtfeldkameras. Das taten sie, ohne sich darüber im Klaren zu sein, dass eine Kamera grundsätzlich alles aufzeichnete und man in Kasachstan auf Model-Release-Verträge pfiff.

Durch die weiträumigen Absperrungen der Polizei konnte der BTR-40 nicht näher an den Marktplatz heranfahren als Ringstraße Ecke Grabenstraße und Karl Bettac musste das Ungetüm dort zwischen mickrigen Kleinwagen parken. Natürlich sorgte das Kriegsgerät für viel Aufsehen unter den Pasewalkern, aber ihre Äußerungen über das ungewöhnliche Vehikel blieben den Insassen unverständlich. Das tieffrequente Dröhnen der Musikanlage, welches vom Markt herüberwehte, übertönte alles andere. Konrad Fall stöhnte resigniert, als er daran dachte, was ihm jetzt bevorstand. Er ahnte, was es hieß, wenn „vernünftige Deutsche" in Pasewalk einen „Weltuntergang" kurz vor Weihnachten feierten. Dem vom Markt aufsteigenden Bratwurst- und Glühweingeruch stand jetzt kein Fahrtwind mehr entgegen. Konrad Fall musste dreimal durchatmen, bevor er dem *Blueser* mit der Kameratasche helfen konnte, die dieser ihm aus dem Innenraum des Schützenpanzers auf den Bürgersteig reichte. Konrad Fall verachtete die „vernünftigen Deutschen" nicht, aber besonders stark mochte er sie auch nicht. Das war, wenn auch unreflektiert, schon während seines Volontariates ein Problem gewesen, als er von seinem Ausbildungsleiter bei der „Bayerischen Sendeanstalt" als Kommunist verfolgt worden war. Einfache, ehrliche Umgangsformen konnte er durchaus anerkennen. Aber wenn ihm die „vernünftigen Deutschen" in ihrem heutigen Zustand geistiger Verwahrlosung zu nahe kamen und von „Lügenpresse", unterdrückter „Volksmeinung" und von der „Wahrheit" sprachen, die sie gefunden zu haben glaubten, stieß ihn das ab. Vielleicht war das der Grund, warum er beim Sport und speziell beim

Wintersport gelandet und dort glücklich gewesen war. Da trafen sich diejenigen Menschen, die dem Politik- und Fußballverblödungswahnsinn entronnen waren und sich ein bisschen Denkvermögen bewahrt hatten. Aber das tat jetzt alles nichts zur Sache, Konrad Fall musste den Kopf frei haben für den letzten Akt dieses unwürdigen Schauspiels. Wenn dieser gut verlief und dagegen sprach eigentlich nichts, konnte schon heute Abend der Vorhang fallen. Er könnte nach Berlin zurückkehren, vorausgesetzt, er würde Andrej Fischer im Pasewalker Chaos wiederfinden. Aber das würde sich schon ergeben.

Endlich waren sie auf dem Weg zum Marktplatz. Der Bestatter hatte sich bei seiner Frau untergehakt, nachdem man ihren üppigen Körper mit vereinten Kräften durch die schmale Luke gezogen hatte. Adam Dobrzcynski hatte ein Paket Werbeflyer für den „Bestattungsdicounter Pölke" in eine Umhängetasche gestopft und *der Blueser* sich auf dem Bürgersteig mit dem eigenwilligen Stativ und einer Loopings fliegenden Mikrofondrohne herumgeärgert.

Konrad Fall erwartete keinen besonders schweren Arbeitstag. Auf solchen Bürgerfesten gab es genügend Filmbares: Bühne, Bratwürste, tanzende Kinder, wahrscheinlich einen besoffenen Weihnachtsmann. Damit sollte *Minerva-N3ws®* zufriedenzustellen sein, denn einen „Weltuntergang" erwartete ohnehin niemand. Es ging nur darum, in dem Beitrag mit einem Augenzwinkern zu erzählen, wie lächerlich solche Endzeitvorstellungen waren und wie alle intelligenten Menschen super-entspannt mit der Lage umgingen. Wie sie die Feste feierten, wie sie fielen. Das entsprach dem Zeitgeist: Tiefenberuhigt in den eigenen Untergang zu taumeln. Vielleicht fände sich noch der ein oder andere Esoteriker, der etwas spinnertes ins Mikrofon sprach, ein O-Ton von einem Vertreter der Stadt würde das wieder in vernünftige Bahnen lenken.

„Auf geht's!"

Keiner der Schaulustigen war auf ein derartiges Ende des Bürgerfestes vorbereitet. Und hinterher schoben sich natürlich alle gegenseitig die Schuld zu. Der Bürgermeister schimpfte auf die internationale Presse, die alles aufgebauscht habe. Die internationale Presse hielt der Polizei vor, dass sie überreagiert habe. Die Polizei ermittelte gegen die Kreuzberger Schulklasse, die das Ganze losgetreten habe. Die Kreuzberger Schulklasse beschuldigte den rechtsextremen Bio-Bauern aus Koppelow, der sie beleidigt habe. Der hingegen äußerte sich nicht zu den Vorkommnissen. Und die Pasewalker Bürger hatten es ohnehin so kommen sehen.

Für Konrad Fall stellte sich die Sache so dar: Hätte die Polizei besonnener auf das Geschrei und Gedränge der Jugendlichen vor dem Stand des Bio-Bauern reagiert, hätte viel verhindert werden können. Besonders hätte sie nicht wahllos auf die Jugendlichen und die umstehenden Medienleute einschlagen dürfen und es ebenfalls unterlassen müssen, Pfefferspray und Elektroschockwaffen einzusetzen. Dann wäre vermutlich nicht das ganze Fest so in Bewegung geraden, Bierzelt und Bühne nicht in Flammen aufgegangen, die Toilettenhäuschen nicht umgeworfen worden und die Bilder in den Abendnachrichten wären nicht so verheerend für Pasewalk gewesen. Den Blitzeinschlag, von dem mehrere Festbesucher berichteten, die damit das Brennen von Bierzelt und Bühne erklärten, konnte Konrad Fall nicht bestätigen.

Am Anfang war alles ruhig. Beim Betreten des Marktplatzes hatte Konrad Fall alles genau so vorgefunden, wie er es erwartet hatte: eine lange Reihe von Verkaufs- und Infoständen an der einen Seite des Marktes zum ehemaligen Landratsamt hin, daran anschließend im rechten Winkel in Richtung Marienkirche die gastronomischen Angebote. In der Mitte des Platzes stand der Bierausschankwagen mit eben jenem beheizten Bierzelt, das später Feuer fing. Der Schlagersänger Toni Gigolo auf der Bühne, mit seinem Hit „Nur Du“. Vor der Bühne saß das Publikum auf Bierbänken und Kinder und Besoffene schwangen gemeinsam das Tanzbein. Die Menschenmassen – in deren Sog auch Konrad Fall und *der Blueser* – liefen erst die Seite mit den Infoständen ab: Pferdesport-, Judo-, Handballverein, daneben „Volkssolidarität", Arbeiterwohlfahrt, Caritas, dann eine Lücke für den Stromgenerator. Darauf folgten „CarGo – Autonome Autosharing AG", die „Gemeinnützige Werk- und Wohnstätten UG", der Arbeitslosenverband und vier Altenheime, alle in christlicher Trägerschaft, die mit lachenden Alten auf den Plakaten warben und selbstgemachte Kekse und Glühwein verkauften.

Eine fröhlich-nervöse Stimmung lag über dem Markt, alle schienen auf etwas zu warten. Die Pasewalker sahen sich gegenseitig forschend in die Gesichter, um herauszufinden, ob dem anderen schon etwas Außergewöhnliches aufgefallen war. Immerhin erwartete die Stadt den Ansturm tausender todessehnsüchtiger Apokalyptiker und den totalen Weltuntergang, also zumindest außerhalb Pasewalks. Aber im Moment war der einzige auswärtige Eindringling der Sänger Toni Gigolo mit seinem zweiten Hit „Ich ging fort". Neben den fehlplatziert wirkenden Journalisten natürlich. Aus Italien kam aber auch der nicht, Konrad Fall vermutete in ihm eher einen Schwaben mit gefärbtem Kopf- und aufgeklebtem Brusthaar.

Kofa ging langsam die Front der Marktstände ab und geriet kurz mit dem *Blueser* aneinander, weil dieser anfing, an jedem Infostand die Auslagen auf den Tischen im Close-up zu filmen und Flyer mitzunehmen.

„Dann musst du mir sagen, was ich dem Stativ sagen soll, bin ja kein Kameramann."

„Wir sind nicht wegen der Altenheime hier."

„Aber das betrifft uns alle irgendwann."

„Nicht jetzt!"

Nachdem der *Blueser* den aufgebauten Rollator-Parcours des St. Blasius Altenheimes erfolgreich absolviert, seinen Rucksack voll mit Infomaterial gestopft und umständlich den Pferdeschwanz geordnet hatte, platzte Konrad Fall der Kragen. Er schrie den

Taxifahrer an, er solle endlich das tun, wofür er bezahlt wurde, nämlich ihn, Konrad Fall, bei seinem Auftrag zu unterstützen und nicht als Klotz am Bein dessen Weg zu erschweren. Konrad Fall benötigte zehn Minuten, um sich wieder zu beruhigen und um dann endlich in einer kurzen Anmoderation mit bemühtem Lächeln die gute Stimmung des „Weltunterganges" hervorzuheben. Das weitgehende Fehlen von Apokalyptikern versuchte er mit dem kühlen Wetter zu begründen. Er wollte mit dem Satz, dass man ja jetzt wieder fünftausend Jahre Zeit habe, um sich auf Wichtigeres als die Apokalypse zu konzentrieren, schließen, konnte sich eine Spitze aber nicht verkneifen. Wichtigere Dinge, das seien die wirtschaftlichen Umwälzungen durch die Abschaffung des Bargeldes in Folge des Goldmark-Schocks, die sozialen Unruhen in Südeuropa und Polen nach der Übergabe der Verwaltung an eine künstliche Intelligenz und der EU-Austritt Italiens. Diese Spitze musste sein. Das war er seiner journalistischen Ehre schuldig. Denn dass dieser Apokalypse-Wahn nur ein Ausdruck der fundamentalen Wirtschafts- und Gesellschaftskrise in Deutschland und Europa war, davon war Konrad Fall mittlerweile überzeugt. Andernfalls ergäbe in dieser Welt gar nichts mehr einen Sinn.

Dann gingen sie quer über den Platz, am Bierausschank vorbei, an dessen Theke *der Blueser* einen Stopp einlegen wollte, was Kofa jedoch schroff ablehnte. Obwohl Konrad Fall ein Königreich dafür gegeben hätte, sich jetzt richtig einen „reinzulöten", wie *der Blueser* es vorgeschlagen hatte. Aber er blieb stark.

An den gastronomischen Marktständen filmten sie Bratwürste, eine Gulaschkanone und einen gut besuchten mexikanischen Imbiss. Trotz des zunehmend frostigen Klimas zwischen ihm und dem *Blueser*, war Konrad Fall guter Dinge und schätzte in weniger als einer Stunde das nötige Material beisammenzuhaben. *Minerva-N3ws*® würde es dann zu einem Beitrag weiterverarbeiten und die Veröffentlichung nach den vorgegebenen Parametern übernehmen.

Auf die Bühne trat jetzt das Orchester der Bundespolizei und spielte, nach einem Tusch zur Begrüßung, „*Somewhere Over the Rainbow*“. Konrad Fall blieb stehen und summte mit geschlossenen Augen mit, Kindheitserinnerungen an den „Zauberer von Oz“ tauchten auf, den er heimlich bei Freunden geguckt hatte, da es bei seinen Eltern zu diesem Zeitpunkt keinen Fernseher gegeben hatte. Später, als beide bei der Krankenkasse arbeiteten, war die „Anbetung der Verblödungsmaschine“ kein Thema mehr. Er hatte unbegrenzten Zugriff. Menschen änderten sich und das meist in das komplette Gegenteil dessen, was sie vorher gewesen waren. Mitten in dieser kleinen Erinnerungswolke zog ihn der *Blueser* heftig am Arm.

„Da ... da ... da hinten an der Marienkirche tu ... tu ... tut sich was!“

„Wo?“

„Na, da wo die ganzen Stative hinrennen!“

„Das sind die Spinner, endlich. Endlich!“

„Sollen wir?“

„Ja doch, was sonst? Na? Galopp!“

„Hallo, Stativ?“

„Ja, Herr?“

„Folgen.“

Diesmal half Konrad Fall dem *Blueser* die Equipmenttasche umzuhängen, dann rannten sie, von ihrem Alter und dem Schlenkern der Ausrüstung gehemmt, mit den anderen Fernsehteams in Richtung Marienkirche um die Wette.

Als sie am Eingangsportal der Kirche anlangten, waren die deutlich jüngeren Teams aus Mexiko, Türkei und Korea schon da und die Objektive ihrer Lichtfeldkameras starrten auf zwei junge Männer, die vollständig in Alufolie gehüllt vor einem Handwagen posierten. Auf diesen hatten sie eine Satellitenantenne und einen Bierkasten geladen. Die beiden waren stark angetrunken und ließen sich bereitwillig filmen. Während immer mehr Kamerateams eintrafen, begannen sie das Kufsteinlied zu grölen.

Kennst du die Perle, die Perle Tirols?
Das Städtchen Kufstein, das kennst du wohl!
Umrahmt von Bergen, so friedlich und still.
Ja das ist Kufstein dort am grünen Inn.

Die hintere Reihe der Journalisten schob, die vordere versuchte, ihre Position vor den zwei Sängern zu halten, und während sich Konrad Fall mit dem Rücken gegen die Kollegen stemmte, sah er zu seiner völligen Überraschung plötzlich Andrej Fischer vorbeirennen. Mit am ausgestreckten Arm gehaltener Kamera und den großen Pupillen eines Amphetaminabhängigen, direkt an der Ansammlung vorbei. Konrad Fall stellte sich auf die Zehenspitzen, um über die hoch aufragenden Stativberge hinwegsehen zu können.

„Da! Dahinten! Da sind noch mehr!"

„Wo, wo, wo denn?"

„Da, auf zwei Uhr. Neben der Kirche!"

„Hallo, Stativ?"

Wie auf Kommando rafften alle Kamerateams ihr Equipment zusammen, schubsten und drängten in die von Konrad Fall angezeigte Richtung. Die zwei Aluminiumgestalten blieben allein im aufgewirbelten Staub der abdampfenden Journalisten zurück.

Und tatsächlich, vor dem Seiteneingang der Marienkirche standen ein Dutzend Spiritisten im Kreis, hatten sich an ihren erhobenen Händen gefasst und schienen zu beten. Zumindest deutete Konrad Fall die Situation so, der mit Gott oder Gottähnlichem seit seiner Kindheit und Jugend in Waldheim nichts mehr zu tun gehabt hatte. Durch das Heranpreschen der Journalisten aus ihrem Tun aufgeschreckt, wandten sich die Spiritisten ängstlich zur Flucht. Sie liefen, erst langsam, dann immer schneller, zu einem hinter der Kirche in der Baustraße parkenden Bus, der ein französisches Kennzeichen trug, und schlossen sich darin ein. Ungefähr zwanzig Kamerateams umringten sie augenblicklich, bauten ihre Arbeitsutensilien um den Bus herum auf und die

Moderatoren begannen zufrieden ihre Arbeit, während aus den Busfenstern hinter ihnen verängstigt die Esoteriker blickten. Niemand zögerte auch nur eine Sekunde. Da waren die Apokalyptiker, nichts anderes zählte.

Konrad Fall hatte Andrej Fischer in dem Gedränge aus den Augen verloren. Aber der war jetzt nicht so wichtig. Offenbar hatte er sich wieder gefangen und wenn er ein paar eigene Bilder machen würde, wäre das gut. Im Moment konnte und wollte er für ihn nichts tun. Konrad Fall nahm seine Position ein, Füße schulterbreit nebeneinander, die Knie locker, den Blick gerade, auf Augenhöhe mit dem Zuschauer, Lächeln.

Pasewalk. Circa zweitausend Menschen feierten am Nachmittag friedlich auf dem Marktplatz von Pasewalk das Ende des aztekischen Kalenders. Auch einige Sekten-Anhänger reisten unter anderem aus Frankreich an. Sie versammelten sich zu friedlichem Gebet an der Marienkirche. Die Polizei, die ihre Präsenz deutlich erhöht hat, zeigt sich erleichtert, dass deutlich weniger Apokalyptiker als befürchtet den Weg nach Pasewalk gefunden haben. Trotzdem bleiben Polizei und Stadtverwaltung alarmiert, und sind nach eigenen Angaben auf alle Eventualitäten vorbereitet. Gegen etwaige Störungen der öffentlichen Ordnung sei man bereit, hart vorzugehen. Zur Stunde geht es aber vorweihnachtlich-besinnlich zu in Pasewalk und so soll es auch bleiben. In einer Stadt, in der die Welt nicht untergeht und die unfreiwillig ...

Konrad Fall wurde mitten in der Moderation von hinten angerempelt, sodass ihm das Mikrofon schmerzhaft gegen die Vorderzähne schlug.

„Konrad, du kannst aufhören, ich hab' schon alles im Kasten! Alles, ganz allein! Mir braucht man nichts zu sagen! Alles von allein! Wir können zurück nach Berlin! Komm, *let's go*!"

„Andrej?"

„Hier, eine Erklärung der Kirchengemeinde zu den Zeittüren. Sie existieren, wirklich, ich hab' sie gesehen. Aber lass uns gehen, nach Berlin! Ich habe alles, ich muss ..."

„Andrej, lass mich mal! Häng dich mal nicht so an mich dran!"

„Ich hab' doch schon alles, alles schon ‚Minerva' gefüttert, auch Britta, sie weiß es auch."

„Was weiß Britta? Was?"

„Na, das mit den Zeittüren. Alles ist hier drin!"

„Lass das, zieh nicht so am Mikro! Gib das her!"

„Konrad, gib mir das wieder ..."

„Wehe, du fasst mich nochmal an, du ..."

„Ich ..."

Der *Blueser* nahm den Volontär von hinten in den Schwitzkasten und drückte ordentlich zu, sodass dessen Gesicht sich gefährlich rot verfärbte. Andrej Fischer begann zu husten und zu röcheln, doch der *Blueser* hielt ihn fest in der Umklammerung und wirkte dabei sehr ruhig. Konrad Fall stand da wie gelähmt.

„Selbstverteidigungskurs, früher mal von der Taxiinnung bezahlt. Willste dem Spacko eine drücken?"

„Äh."

„Komm jetzt, ein paar Schellen, links, rechts und eine Faust in den Magen, dann lassen wir ihn wieder frei. Kannst du dir doch von dem nicht gefallen lassen."

Konrad Fall war mit Sicherheit kein Schläger, und es war gänzlich gegen seine zivilisierte Natur, sich in eine körperliche Auseinandersetzung mit einem anderen Menschen zu begeben. Richtig war aber auch, dass Kofa durchaus in der Lage war, einen einmaligen, nicht wiederkehrenden Vorteil zu erkennen und für sich zu nutzen. Außerdem war große Feigheit ein wesentlicher Charakterzug Konrad Falls. Niemals würde er sich freiwillig einer Gefahr oder einem körperlichen Schmerz aussetzen, genaugenommen war Konrad Falls einziger Lebenszweck, sich kein Haar krümmen zu lassen.

Dass Konrad Fall in diesem Moment das Für und Wider einer Prügelei fein säuberlich abwog, stimmte nicht. Aber bei jedem Schlag, den er setzte, fiel ihm ein Grund mehr für einen weiteren Hieb ein. Der erste Schlag war dafür, dass Andrej Fischer seine Ex-Frau beschlief. Dann eine Ohrfeige dafür, dass er jung war und einen trainierten Körper hatte. Als Nächstes einen Tritt dafür, dass er seine einzige sexuelle Fantasie kaputtgemacht hatte, indem er sie auf Frau Pölke praktiziert hatte. Zuletzt folgte ein pädagogisches Ziehen am Ohr, um die soziale Hierarchie, der die Welt nun mal unterworfen war, zu betonen. Dann zog der *Blueser* den aus der Nase blutenden Andrej Fischer weg.

„Lass, das ist genug. So viel musste jetzt nicht sein. Die Leute gucken."

„Na und?"

„Die Kasachen da drüben haben das auch gefilmt."

Konrad Fall atmete zu laut und sein Bemühen, einen weiteren Grund fürs Zuschlagen zu erfinden, beschäftigte ihn zu stark, als dass er die warnenden Worte des *Bluesers* hätte verstehen können. Nach kurzem Zögern setzte Konrad Fall nochmal an, denn ihm war tatsächlich noch etwas eingefallen, wofür er den Volontär prügeln konnte. Er wollte unbedingt noch einen Schlag dafür landen, dass Andrej Fischer während der gesamten Reise vor seinen Augen getrunken und gekokst und ihn damit in die äußerste Versuchung geführt hatte. Aber der Streich gelang ihm nur halb, zum einen aus purem stilistischen Unvermögen, zum anderen schaffte es der *Blueser*, den durch die ungewohnte körperliche Anstrengung ausgelaugten Konrad Fall auf Distanz zu halten.

Merkwürdigerweise hatte sich Andrej Fischer kaum gewehrt, weder körperlich noch verbal. Er hätte treten, schreien oder spucken können. Das alles wäre trotz des Würgegriffs möglich gewesen. Aber Fischer hatte nur die Arme schützend vor sein Gesicht gehalten und dann still in der Armbeuge des *Blueser* Konrad Falls Püffe entgegengenommen. Richtig ernstzunehmende und zu größerem Schaden führende Fausthiebe waren das nicht gewesen, dennoch sicherlich schmerzhaft.

Nachdem Konrad Fall offenbar keine weiteren Argumente für einen neuerlichen Angriff einfielen, entließ der *Blueser* Andrej Fischer vorsichtig aus der Umklammerung. Er sprach beruhigend auf diesen ein, während er selbst einen Meter zurücktrat, um vor einem überraschenden Angriff Fischers geschützt zu sein. Aber Andrej Fischer drehte sich nur schweigend um und ging, ohne seine derangierte Kleidung zu ordnen oder ein böses Wort an Konrad Fall zu richten, Richtung Marktplatz davon. „Stillhalten, nichts anderes kann diese Jugend, stillhalten und machen, was verlangt wird", dachte Konrad Fall verächtlich, nachdem der Volontär von *Content Mafia 24* aus dem Blickfeld verschwunden war.

Als er den zehnten Anrufversuch des Tages von Britta Hochstieg endlich annahm, war Konrad Fall gutgelaunt auf dem Weg zum Haus des Bestatters Pölke, um seine Sachen zu packen und nach Berlin aufzubrechen. Er fühlte sich befreit, jetzt, wo alles vorbei war. Er war stolz darauf, aus dieser Weltuntergangsfarce eine anständige Berichterstattung gemacht zu haben. Das war nicht einfach gewesen, aber er, Konrad Fall, hatte es geschafft. Das und ein ihm bisher unbekanntes männliches Machtgefühl, das daraus resultierte den Lover seiner Ex-Frau – wenn auch mit Hilfe – verprügelt zu haben, hatte ihn in eine wunderbare Hochstimmung versetzt. Er glaubte sich nun stark und gewappnet für das Gespräch mit Britta Hochstieg. Er war bereit, ihre Glückwünsche zu empfangen, denn mit nichts anderem rechnete er. Außer natürlich damit, den Lohn seiner Mühen einzustreichen: den Chefposten in der Sportredaktion.

Aber das Rechnen war nie Konrad Falls Stärke gewesen, weder in der Schule noch später. Und so verstand er zunächst gar nichts von dem, was Britta Hochstieg ihm da durch das Telefon entgegenbrüllte. Nur langsam kam ihm zu Bewusstsein, dass sie ihm fristlos gekündigt hatte. Fristlos, sofort und auf der Stelle. Sein *Minerva-N3ws® work score* habe schon lange auf Dunkelgelb gestanden und mit dem gefälschten Video sei er nicht mehr haltbar. *Minerva-N3ws®* habe Regeln. Niedergelegt in den Arbeitsrichtlinien des *Sprang & Siegel Verlags* und von allen Mitarbeitern unterschrieben. Regel Nummer eins: Von rotbeflaggten Mitarbeitern durfte der Contentmanager nichts veröffentlichen.

Konrad Fall sein nun rotbeflaggt. Damit sei er nicht mehr brauchbar, denn es gebe keinen anderen Weg der Veröffentlichung als über das CMS. Er solle aber gefälligst noch das heutige Material *Minerva-N3ws*® übergeben, sonst würde sie ihn auf Schadenersatz verklagen. Auf den Gedanken, sich zu wehren oder etwas zu erklären, kam Konrad Fall nicht. Er sagte überhaupt nichts, nicht ein Wort, Konrad Fall schwieg. Es war viel zu unglaubhaft, dass alles vorbei sein sollte, dass er von einem Computersystem entlassen werden sollte. Er, Konrad Fall, einer der Top-Sportjournalisten Deutschlands. Er hörte Britta Hochstiegs Worte, aber sie ergaben keinen Sinn, nicht in Bezug auf ihn jedenfalls. Er konnte unmöglich gemeint sein.

„Malle, guck mal den kennen wir doch. Na, wie geht's denn, Herr Journalist?"

„Hallo?"

„Mensch, was ist denn mit dem los?"

„Sieht ein bisschen blass aus um die Nase."

„Sollen wir einen Arzt rufen?"

„Ei, ei, ei! Der kippt aus den Latschen."

„Hallo? Hallo, wie heißen Sie? Sagen Sie mir Ihren Namen. Hierbleiben, hierbleiben, hierbleiben! Gucken Sie mich an! Hier! Hier ist das Vögelchen."

„Gib mal den ‚Jungpionier'. Schnell, schnell, schnell!"

Tatsächlich schafften die Krankenpflege-Azubis es, Konrad Fall vor der Ohnmacht zu bewahren.

Vielleicht hätte Konrad Fall es auch bei den zwei Schlucken „Jungpionier" belassen können. Es sozusagen als kleinen Unfall abtun.

Während Kofa aber in der Ueckerstraße stand und nicht in der Lage war, einen sinnvollen Gedanken zu fassen, überkamen ihn zwei Gefühle, die für einen trockenen Alkoholiker wie Boten aus der Vergangenheit anmuteten: Entspannung und Zufriedenheit. Es war nicht nur ungewöhnlich, dass er überhaupt etwas fühlte, sondern besonders, dass es positive Gefühle waren, die durch

Konrad Falls Körper strömten. Außer einer gewissen Gereiztheit hatte er in den letzten Monaten wenige Regungen verspürt. Nach der Einflößung dieses Gesöffs aus Energydrink, Sekt und Wodka fühlte Konrad Fall sich so gut wie seit Ewigkeiten nicht.

Für einen Moment war er glücklich, aber schon im nächsten brach ein Sturm der Verzweiflung in ihm los, dem er nur damit Herr zu werden glaubte, indem er seinen Kopf gegen einen Laternenpfahl schlug, bis er zu bluten begann. Die beiden Rollwitzer Krankenpflegerinnen zogen ihn weg und verabreichten ihm einen weiteren Schluck „Jungpionier". Dieser hatte einen für ihn wiederum unverhofften Effekt, denn er blies wie ein frischer Wind das Gewölk aus seinem Kopf. Erst nur langsam, dann aber riss die Wolkendecke mit Macht auf und nach weiteren drei Schlucken „Jungpionier" stand Konrad Fall im schönsten Sonnenschein. Konrad Fall fühlte sich erleichtert, so, als sei er aus einen unangenehmen Traum erwacht und jetzt froh wieder er selbst zu sein. Er erhob sich von der Bordsteinkante, auf welcher er, mit in die Hände gestütztem Kopf, gesessen hatte, drückte den Rücken durch und nahm zum ersten Mal Notiz von den zwei angehenden Krankenpflegerinnen, zunächst allerdings, ohne sie zu erkennen.

„Entschuldigen Sie, in welcher Richtung liegt der Markt?"

„Sind Sie sicher, dass Sie laufen können?"

„Habe mich nie besser gefühlt."

Dann wandte sich Konrad Fall um und ging durch die Ueckerstraße zurück auf den Marktplatz. Die beiden Frauen folgten ihm in einigem Abstand, unsicher, ob der Mann nun Hilfe brauchte oder nicht. Sie holten ihn am Anfang des Marktplatzes ein.

Konrad Fall verlangsamte seine Schritte, weil er eine gereizte Stimmung vom Marktplatz herüberwehen verspürte, er hörte laute Rufe und Beleidigungen. Zu dritt näherten sie sich ebenjener Menschenansammlung vor dem schon bedrohlich schwankenden Marktstand des Koppelower Bio-Bauern, die später Erwähnung im Polizeibericht fand.

Dort flogen Beschimpfungen und Drohungen zwischen einer

Gruppe Jugendlicher und dem Standbetreiber hin und her, der, so schien es, eine Art eigene Security beschäftigte. Denn wie Bauern sahen die zwei tätowierten Muskelberge, die mit verschränkten Armen Körbe voller Kartoffeln, Grünkohl und Kohlrabi bewachten, nicht aus. Konrad Fall erkannte ein paar Jungs aus dem Zug und der Jugendherberge wieder, von denen sich drei in einem Wortgefecht mit den tätowierten Bodybuildern befanden.

„Wallah, der hat mich Neger genannt!"

„Ich kann hingehen, wo ich will, du Scheiß-Nazi!"

„Verpiss dich in dein Ghetto!"

„Ich geb dir Bombe, Bastard!"

„Schnauze, Gangster, sonst kommst'e in die Gaskammer."

Vor dem Stand begann ein Gerangel. Es wurde geschubst, getreten und mit Kartoffeln und Kohlrabi geworfen. Der Stand wackelte, an einer Seite brachen die Dachstützen und Wasser, das sich auf der Dachplane gesammelt hatte, schwappte über das Handgemenge, ohne dass die ineinander verkeilten Jungs der Kreuzberger Schulklasse und die faschistischen Standwachen es bemerkten. Die Geräusche der Auseinandersetzung riefen einen Trupp behelmter Polizisten auf den Plan, der sich im Laufschritt von seinem Stellplatz in der Marktstraße näherte. Am Ort des Gefechts, in das mittlerweile auf beiden Seiten zehn Personen involviert waren, wurde der Auflauf sofort mit Pfefferspray und Elektroschockern unter Beschuss genommen und mit Schlagstöcken auseinandergetrieben. Das wiederum veranlasste die Menschen, ob beteiligt oder unbeteiligt, schreiend und heulend über den Markt zu irren und so das Drama über das ganze Weltuntergangsfest zu verbreiten. In Panik auseinanderrennend, rissen sie wie eine große Welle alles mit sich und türmten es auf der anderen Seite des Marktes wieder auf. Wer dann aber zu welchem Zeitpunkt und unter welchen Umständen die Toiletten umgeworfen, das Bierzelt angezündet und die Bühne gestürmt hatte, entzog sich Konrad Falls Kenntnis. Er selbst wurde von den zwei Azubis in eine Seitenstraße und dann in eine Kneipe gezogen.

Während das Equipment auf der Bühne umgestoßen und demoliert wurde, spielte Konrad Fall bereits ordentlich angetrunken in der „Goldenen Henne" an einem Daddelautomaten im Durchgang zu den Klos. Er hatte diesen gerade auf zwanzig Sonderspiele hochgedrückt und fühlte sich großartig, denn er hatte seit seiner Jugend nicht mehr an so einem Ding gestanden und damals auch nur, weil es etwas Anrüchiges war. Die zwanzig Sonderspiele waren ein schöner Erfolg an einem in jeder Hinsicht katastrophalen Tag. Der kleine Erfolg, der Konrad Fall vor dem totalen Zusammenbruch bewahrte. Die zwei jungen Frauen aus Rollwitz saßen an der Theke der „Goldenen Henne" und tranken Gin Tonic, während Konrad Fall verbissen am Spielautomaten die Tasten drückte.

Am Abend war Adam Dobrczynski in der Kneipe aufgetaucht, hatte ihn nickend gegrüßt, sich ebenfalls an die Theke gesetzt und dort ein Gespräch mit den Krankenpflegerinnen begonnen. Der Pole sprach wie gewohnt in seinem merkwürdigen Küchendeutsch, diesmal aber über die realen Möglichkeiten eines Weltuntergangs und dessen Wahrscheinlichkeit.

„Nennt man ‚existenzielles Risiko', alles Fragen von Zeit, wie gute Lammkeule. Nicht früh, nicht spät. Flambierte Meteorit, bumm, Deutschland verkohlt – Ablöschen umsonst."

„Du redest ja geil!"

„Schmackhafte Mücken essen alles – Frage der Zeit. Atomkrieg, Graue Schmiere, Toba-Ausbruch, Dunkelwolken, Computerkrankheit, Außerirdische sauer wie Zitronen."

„Gott, ich kapier' gar nichts."

„Was nicht kapieren? Menschenvernichtung ist nur Frage der Rezeptur. Ganz empfohlen: Demozid, Ökozid. Sie können wählen von Speisekarte."

Die angehenden Krankenpflegerinnen lachten hysterisch auf, denn sie hatten nur die Hälfte verstanden, den Rest hielten sie für besoffenes Gelalle.

„Also, krank wird man immer. Weg mit dem Scheiß!"

Die Gin Tonic Gläser schepperten aneinander. Adam Dobrczynski hielt ebenfalls sein Bierglas zum Gruß in die Höhe, wurde aber von den Damen ignoriert.

„Ja, krank ist gut. Chance von gutem Grillfleisch aus uns allen ist neunzehn Prozent in hundert Jahren."

„Na, heute jedenfalls nicht, und jetzt lass mal gut sein."

„Aber morgen, sehr wahrscheinlich. Auch Bioterror und Sonneneruption denkbar. Wahrscheinlichkeit Asteroideneinschlag mit allen werden Bratkartoffelbeilage in hundert Jahren eins zu einer Million, aber sechs Zahlen und Superzahl nicht wahrscheinlicher, trotzdem fertig Gericht jeden Samstag."

Jetzt wurde es Malle und Ralle ein bisschen mulmig und sie verließen unter dem Vorwand, das Klo besuchen zu müssen, den ihnen zunehmend unheimlich werdenden Adam Dobrczynski. So einen von künstlicher Intelligenz vertriebenen Studenten, Bestattergehilfen und Schwarzseher hatten sie noch nie getroffen. Auch rein äußerlich war er ein unangenehmer Mensch. Auf jeden Fall keiner, mit dem Malle oder Ralle nach dem Vorglühen in den „Speicher" zur Weltuntergangsparty gehen wollten. Konrad Fall war es einerlei, wann genau die Erde untergehen würde, hier und jetzt würde es schon nicht sein. Er schaltete die Spielautomatik ein, griff zittrig nach seinem Bier, nahm einen Schluck und atmete durch. Er konnte kaum fassen, wie gut es ihm ging. Seine Entlassung juckte ihn nicht die Bohne. Er hatte sich damit beruhigen können, dass er annahm, das mit der Entlassung würde so einfach nicht gehen. Immerhin hatte er ja keinen dieser Schmalspurverträge, mit denen sich die neue Generation heutzutage abspeisen ließ. In seinem Vertrag stand: unbefristet. Und er konnte sich auch an keinen Passus erinnern, der *Minerva-N3ws*® besondere Entscheidungsrechte in dieser Frage zugestand. Sie konnten ihm gar nichts.

Es war keinesfalls so gewesen, dass er sich sofort nach dem Betreten der „Goldenen Henne" vom Wirt eine Wodkainfusion hatte legen lassen, die ihn augenblicklich in ein willenloses Stück Mensch verwandelt und unter die Theke geschickt hätte. Zwar waren seine Abwehrkräfte gegen den Alkohol unter dem Eindruck des ersten Schluckes „Jungpionier" sofort zusammengebrochen, aber das war nicht verwunderlich. Wenn man bedachte, unter welchem Druck Konrad Fall in den letzten Tagen gestanden hatte und wie jeder Mensch, dem er in Vorpommern begegnet war, ihn zum Trinken verführen wollte, hatte er sich gut geschlagen. Klar, würde er sich jetzt betrinken. Jetzt, wo das Kind in den Brunnen gefallen war, ergab es wenig Sinn, mit Selbstvorwürfen um das Wasserloch herumzurennen. Er würde sich jetzt richtig betanken, aber langsam und genussvoll. Schon morgen früh würde er nach Berlin fahren und dort angekommen bei den Anonymen Alkoholikern alles beichten. Und fertig, wie bei den Katholiken. Morgen würde er zu den Anonymen gehen und sagen: „Ich heiße Konrad Fall und bin Alkoholiker." Morgen würde er es sagen. Zum ersten Mal. Konrad Fall lächelte. Morgen.

Es war nicht ohne Ironie, dass ihn ausgerechnet zwei angehende Krankenpflegerinnen zurück in den Alkoholsumpf stießen. Aber einen Vorwurf konnte er ihnen natürlich nicht machen, genau genommen war er ihnen sogar dankbar. Sie hatten ihm die Entscheidung wieder mit dem Trinken anzufangen abgenommen und nun war es sein Entschluss damit fortzufahren. Aber schon morgen würde er den kleinen Rückfall ausgestanden haben. Es gab keinen richtigen Trinker ohne Rückfall. Rückfälle mussten sein, Rückfälle waren okay.

Das andere, also seine Entlassung bei *Content Mafia 24*, konnte ihm im Moment nicht gleichgültiger sein. Abgesehen davon, dass sie ihn gar nicht loswürden, half Kofa der Gedanken an seine eigene Unersetzbarkeit, alles gelassen zu nehmen. Sollten die doch sehen, wie sie ohne einen brillanten Mann wie ihn fertig wurden. Wie sie nur mit solchen unfreien, von inneren Zwängen getriebenen, charakterlosen, verzogenen Mittelstandskindern ohne jede Lebenserfahrung zurechtkämen. Sollten die doch versuchen, den

Laden zu schmeißen. Sie konnten nur Scheitern. *Content Mafia 24*, schon dieser Name war eine Beleidigung für Konrad Fall. Und dann dieses dressierte, realitätsferne Moral- und Bildungsgehabe, ohne Sinn für den alltäglichen Kampf der Menschen. Von den Systemassistenten fuhr doch keiner mit dem öffentlichen Bus in eine Hochhaussiedlung.

„Hey, aufwachen! Du musst wieder hochdrücken, Paule Panther."

Konrad Fall schreckte hoch und blickte in die lächelnden, vom Alkohol leicht geröteten Gesichter von Malle und Ralle. Ralle gefiel ihm irgendwie, Malle nicht so. Der Automat dudelte. Es klang wie ein Hochzeitsmarsch. Konrad Fall begriff nicht sofort, was die Maschine jetzt von ihm wollte.

„Komm, Paule Panther, lass mich mal ran, ich bin ein Ass beim Hochdrücken. Rhythmus, du musst auf den Rhythmus hören, das Blinken soll nur irritieren. Am besten Augen zu."

Ralle schob sich in den Spalt zwischen Konrad Fall, der auf einem Barhocker saß, und den Spielautomaten und drückte das blinkende Licht mit großer Geschwindigkeit direkt in die Kronenausspielung. Die Maschine kriegte sich gar nicht mehr ein, flimmerte und hupte.

„So, und jetzt lässt du ihn auf Automatik laufen, der ist jetzt willig."

„Gibst du einen aus, Paule Panther?"

Ralle drehte sich, immer noch eingeklemmt zwischen Automat und Konrad Fall, auf dem Schuhabsatz um, und dieser spürte kurz ihre Brüste an seinem Oberkörper.

„Nicht in den Ausschnitt gucken! Na, los! Gin Tonic für alle!"

„Ralle, lass uns aber dort sitzen, nicht bei dem Polen an der Bar. Der ist gruselig."

Konrad Fall blickte hinüber zu Adam Dobrczynski, der jetzt seine Stirn auf der Theke aufstützte. Aber er schlief nicht, sondern las ein Buch, welches auf seinem Oberschenkel ruhte. Konrad Fall steuerte die Bar von der anderen Seite aus an, für ihn war jetzt klar, dass er nicht in Pölkes Haus zurückkehren würde. Diese ganze sinnlose, aztekische Weltuntergangsgeschichte war beendet. Alles, was er brauchte, hatte er bei sich: Parka, Wanderschuhe und sein Portemonnaie mit Ausweis und Kreditkarten. Zur Not würde er in einem Hotel übernachten oder durchmachen.

Oh, wie lange hatte Konrad Fall keinen Gin Tonic mehr getrunken, vor allem so öffentlich, so ohne Heimlichkeit, in der gemütlichen Atmosphäre einer Kleinstadtkneipe, mit zwei jungen Frauen an seiner Seite? Er war im Himmel.

Konrad Fall servierte den jungen Frauen mit großer Geste die Getränke. Dann setzte er sich zu ihnen an den Tisch. Er war froh, dass er nicht allein vor seinem Glas sitzen und hineinstarren musste. Denn man starrte automatisch ins Glas, wenn man alleine davorsaß, das wusste Konrad Fall. Besonders an sehr hohen Tresen, dann stand das Glas meist fast auf Augenhöhe und zog automatisch den Blick auf sich.

„Ich fand die Bullen waren Schuld, die hätten da niemals so brutal reinknüppeln dürfen."

„Vor allem immer nur auf die Türken oder wer das war. Die haben gar nicht geguckt. Die zwei Faschos haben sich scheckig gelacht."

Sie prosteten sich zu.

„*No justice, no peace, fuck the police!*"

Die Leute guckten irritiert zu ihrem Tisch hinüber. Aber Konrad Fall war es egal, er lehnte sich zurück und legte seinen Arm auf die Lehne des Stuhls, auf dem neben ihm Ralle nach vorne gebeugt saß und sich auf dem Tisch abstützte. Zuerst unbewusst und aus Gründen der Bequemlichkeit und Entspannung, dann hoffend, sie würde sich zurücklehnen und so weiterer Körperkontakt entstehen.

Nach einer Runde „Küstennebel" und Bier setzte sich Adam Dobrczynski zu ihnen an den Tisch. Niemand hatte ihn dazu eingeladen. Malle und Ralle rollten mit den Augen. Aber Dobrczynski machte zunächst keine Anstalten, ein Gespräch zu beginnen, sondern setzte sich ruhig vor sein Bier und las weiter in seinem Buch. Er brauchte offenbar nur etwas Gesellschaft. Das Buch war schwarz eingebunden und so sehr sich Konrad Fall auch bemühte, der Titel ließ sich nicht erkennen. Das wurmte den Journalisten.

Also wandte er sich wieder seinen Begleiterinnen zu und redete drauflos, keinesfalls wollte er einen längeren Zeitraum der Stille am Tisch zulassen. Er musste das Tosen in seinem Kopf übertönen, unter allen Umständen. Es war zwar nicht so laut, dass er hätte Schreien oder erneut seinen Kopf gegen etwas Hartes schlagen wollen, aber immer, wenn Malle und Ralle schwiegen, um einen Schluck zu trinken, sich im Raum umzusehen oder die Köpfe zusammenzustecken, wurde ihm die Stille unangenehm. Er fühlte sich verloren. Dann warf er sofort ein neues Thema in die Runde, fragte die beiden nach Lehrern, Freunden, dem Gehalt, den Bettacs, dem Leben in Rollwitz. Egal, Hauptsache sie sprachen miteinander.

In ihr Reden, Trinken und Lachen hinein, meldete sich immer wieder der Spielautomat, am Schluss mit dem Versprechen, Konrad Fall fünfundachtzig Goldmark auszuzahlen. Er gab eine Runde aus. Jetzt war auch Adam Dobrczynski mit von der Partie, die Stimmung wurde heiterer und irgendwann hatten sich alle gegenseitig schöngetrunken. Ralle setzte sich auf Konrad Falls Schoß und Malle auf Dobrczynskis. Die jungen Frauen kicherten.

Mitten in diese erste Annäherung zwischen dem ehemaligen Star-Journalisten und der angehenden Krankenschwester hinein, rief jemand der Wirtin zu, sie solle den Fernseher lauter stellen, da sei Pasewalk in der Glotze. Sie folgte der Aufforderung und eine gespannte Ruhe erfüllte den Gastraum der „Goldenen Henne“. Die angetrunkenen Schwätzer, die nicht begriffen hatten, was los war, wurden zum Schweigen gebracht. Dann starrten alle auf das brennende Bierzelt auf dem Pasewalker Marktplatz. Und auf die in Rauchschwaden versinkende Marienkirche dahinter. Feuerwehr, Polizei, Kamerastative, Schaulustige.

„Hey, Matthias! Guck mal, deine Frau!“

„Was? Wo?"
„Na, da am Bratwurststand."
Man sah dem Angesprochenen an, dass er darüber nachgrübelte, wo er zum Zeitpunkt der Aufnahme gewesen war und man sah auch, dass er nicht darauf kam. Aber die Hauptnachricht waren weder die Frau von Matthias, noch die „Ausschreitungen", wie der Kommentator die Vorkommnisse auf dem Pasewalker Marktplatz nannte, sondern dem Auffinden dreier Leichen in der Stadt und deren Umgebung. Die Toten waren an höchst unterschiedlichen Orten gefunden worden, sodass der Sprecher des „Kriminalkommissariats Pasewalk" davon ausging, dass die drei Todesfälle nichts miteinander zu tun hatten. Da war eine siebenundneunzigjährige Altenheimbewohnerin, die schon seit zwei Tagen vermisst wurde und die tot zwischen den Autos auf einem Parkplatz gefunden worden war. Dann wurde ein junger Mann in der Uecker treibend gefunden und ein älterer, der sich offenbar von einem Windrad herab in den Tod gestürzt hatte. Ein Fremdverschulden werde in allen drei Fällen untersucht, sagte der Nachrichtensprecher. Das waren natürlich ungewöhnliche und aufregende Nachrichten, sodass sich der Geräuschpegel in der „Goldenen Henne" von gespannter Stille zu einem rauschenden Tosen steigerte. Aber Konrad Fall hatte den Blick des Journalisten, wenn auch den eines besoffenen und arbeitslosen Journalisten. Er sah ganz genau hin und stutzte, als er in allen drei Bildern vom Tatort den Bestatterwagen Pölkes erkannte, auch Adam Dobrczynski lief einmal kurz in Dienstuniform durch einen Kameraschwenk. Das war bei dem Toten unter dem Windrad. Dann riss es Konrad Fall sprichwörtlich vom Stuhl, denn eben wurde Andrej Fischer als vermeintlicher Auffinder der Leiche an der Uecker interviewt. Der Volontär sah zwar müde aus, sprach aber normal: Wie er da spazieren gegangen sei, durch dieses kleine Industriegebiet an der Uecker und dann den Mann kopfüber in der Uferbepflanzung zwischen einer Menge Unrat und toten Fischen habe liegen sehen. Er habe nichts angefasst, nur ein bisschen mit der Kamera seines

Quantenpads gefilmt, denn er sei Systemassistent. Auf die Frage, warum er in diesem abgelegenen Teils Pasewalks unterwegs gewesen sei, grinste er nur und stammelte etwas davon, einen Kollegen gesucht zu haben.

Malle und Ralle hatten Adam Dobrczynski und Fischer im Nachrichten-Beitrag nicht bemerkt, sondern sich sofort am allgemeinen Aufruhr, den der unverhoffte Auftritt Pasewalks zu bester Sendezeit in der „Goldenen Henne" verursacht hatte, beteiligt.

Nur Konrad Fall begann zu grübeln, ob das alles koscher war. Es war ungewöhnlich, dass Dobrczynski nichts davon erzählt hatte, dass er heute gleich drei Leichen mit unklarer Todesursache in Pölkes Kühlkammer gebracht hatte. Warum sagte der nichts? Er blickte unauffällig zu ihm hin. Der Bestattergehilfe saß ruhig vor seinem Bier, jetzt ohne Malle auf dem Schoß, und schien sich nicht sonderlich für die Fernsehnachrichten zu interessieren. Er popelte in der Nase und schnipste das Ergebnis in Richtung Nachbartisch, an dem fünf kurzhaarige Typen in Zimmermannskluft saßen, die aber so gebannt auf den Fernseher blickten, dass sie es nicht bemerkten.

Hey, ihr nicht und du auch nicht."

Der Türsteher vor dem Eingang zum „Speicher" verschränkte die Arme vor der Brust und blickte ungnädig auf ein paar Jugendliche und Konrad Fall hinab.

„Wieso denn, Digga? Nur, weil wir Schwarzköpfe sind?"

„Für euch ist voll, ob grün oder gelb, ist egal."

„Und ich?"

„Du? Zu alt und zu besoffen."

„Bitte in diese Richtung fünfzig Meter wegtreten."

Konrad Fall taumelt leicht, als er vom Türsteher in die angezeigte Richtung geschoben wurde.

„Ihr drei könnt rein."

„Komm schon, der auch, der ist in Ordnung, Ronny."

Malle und Ralle lehnten Konrad Fall, der wirklich betrunken

war, gegen das Geländer neben dem Eingang und Adam Dobrczynski stellte sich an seine Seite, sodass Kofa nicht umfiel. Dann bestürmten sie den Türsteher erneut und nach einem Wortgefecht, bei welchem die Parteien klärten, wer wen woher kannte, bekam Konrad Fall sein leuchtendes Armbändchen und wurde, mit der Auflage ja nicht weiter zu trinken und sich unauffällig zu benehmen, auf die glitzernde Tanzfläche entlassen. Alles drehte sich um ihn, als Konrad Fall den Innenraum des „Speichers" betrat, in dem violette und weiße Lichtblitze zuckten. Die Schwaden einer gigantischen Nebelmaschine umschlossen ihn, sodass er sich einen Moment lang ganz allein auf der Tanzfläche wähnte, bis die hüpfenden Brüste von Ralle den dichten Nebel durchbrachen und auf ihn zutanzten.

Konrad Fall schwankte mehr, als dass er tanzte. Hätte er auf die drei Wodka verzichtet, die Ralle für ihn von der Bar holte, hätte er vielleicht auch die Anwesenheit Andrej Fischers bemerkt. Und er hätte es bemerkt, dass dieser die Lichtfeldkamera an einer Drohne über die Toilettentrennwand schweben ließ, als Konrad Fall dort mit Ralle zusammen verschwand.

Von einem erfolgreichen und genussvollen Geschlechtsverkehr zwischen den beiden konnte keine Rede sein. Das war erstens den beengten Verhältnissen auf dem Frauenklo des „Speichers" geschuldet und zweitens seinem alkoholisierten Zustand. Seine Erektion war allenfalls halbherzig zu nennen.

Auf den Fotos und Videos, die Andrej Fischer von diesem letztlich bemitleidenswerten Sexversuch machte, sah das deutlich verwegener aus, als es in Realität gewesen war. Beim Betrachten der Fotos hätte man den Eindruck gewinnen können, die blutjunge Krankenpflegerin und der ältere Journalist würden von Höhepunkt zu Höhepunkt eilen. Und das natürlich noch an einem für den Normalbürger recht ungewöhnlichen Ort.

Und zu dieser Einschätzung gelangten tatsächlich noch in derselben Nacht tausende Nutzer von „Cyber-Chat", mit denen Andrej Fischer aus Rache und um Konrad Fall ein für alle Mal als

Konkurrent loszuwerden, diese Fotos geteilt hatte. Die Kommentarleisten füllten sich mit Abscheu und Ekel – und dem Ruf nach Polizei und Staatsanwalt, vereinzelt auch nach Entmannung.

Denn die von Andrej Fischer mit Bedacht gewählte, suggestive Bildunterschrift lautete:

Ganz unten: Ehemaliger ‚Kanal 2'-Sportmoderator Konrad Fall ein Fall für den Staatsanwalt? Sex mit Minderjähriger auf Toilette einer Diskothek?

Was im Infonet und mit Hilfe von *Minerva-N3ws®* zu einem medialen Sturm anschwoll, verursachte in der Nacht und am darauffolgenden Morgen in Pasewalk allenfalls ein laues Lüftchen, einen kaum spürbaren Hauch drohenden Unheils. Konrad Fall torkelte in Richtung des Bahnhofs die Böschungen der Uecker entlang. Er war viel zu betrunken, um irgendetwas auch nur ansatzweise zu bemerken oder zu begreifen.

Er konnte sich an nichts erinnern, als er am Mittag im Wartesaal des Pasewalker Bahnhofs mit einem Faustschlag ins Gesicht von einem Einsatzroboter der Polizei geweckt und dann verhaftet wurde. „Verdacht auf sexuellen Missbrauch Jugendlicher. Paragraph einhundertzweiundachtzig Strafgesetzbuch", war der ihm von der Maschine genannte Vorwurf. Konrad Fall konnte sich an nichts erinnern. Weder konnte er etwas zu seiner Entlastung sagen, noch ein Geständnis ablegen. Erst als man Konrad Fall auf dem Kriminalkommissariat die Bilder aus „Cyber-Chat" und anderen Portalen zeigte, ging diesem langsam ein Licht auf.

„Ah, wohnhaft in Rollwitz, Krankenpflege-Azubi, immerhin. Name?"

„Ralle."

„Ralle? Wollen Sie uns verarschen? Das ist doch kein Name."

„Die hieß aber so."

„Also, los Günter, nach Rollwitz und hol die Dame her. Und den Kerl wieder in die Zelle."

„Roboter!"

„Ja, Herr?"
„Einschließen."

Am Abend war Konrad Fall wieder frei. Sie hatten Ralle gefunden, im Krankenhaus, bei der Arbeit. Sie war 19 Jahre alt.
„Also, schmeiß den Kinderficker raus!"
Jetzt stand Konrad Fall, ehemaliger Sportmoderator mit neuer Bekanntheit, wieder am Pasewalker Bahnhof und wartete auf den Zug nach Berlin. In zehn Meter Entfernung traten zwei Polizisten von einem Bein auf das andere und warteten auf ihren Feierabend. Der Einsatzroboter stand still. Der Befehl lautete, den Verdächtigen, der in ihrem Dienstfahrzeug merkwürdig zu zittern und zu schwitzen begonnen hatte, in den Zug nach Berlin zu setzen und bis zu dessen Ausfahrt auf dem Bahnsteig zu verweilen.

Konrad Fall blickte auf die Spitzen seiner laufunterstützenden Wanderschuhe, dann ins Gleisbett, dann in den Himmel. Er hatte die Hände tief in den Jackentaschen vergraben, nicht weil er fror, sondern weil er fürchtete, das Zittern seiner Hände könnte außer Kontrolle geraten. Er zitterte aber nicht wegen seines Alkoholentzugs, sondern aus Angst.

Konrad Fall war kurz davor in Panik zu geraten. Er suchte verzweifelt nach einem Zeichen. Nach einem Zeichen, dass dieser Mann am Pasewalker Bahnhof nicht Konrad Fall, der Sportmoderator, sein konnte. Der Sportmoderator, den man wenige Jahre zuvor an Supermarktkassen, in Restaurants und beim Wandern in den Alpen erkannt hatte. Der Sportmoderator, den man zu Wohltätigkeitsveranstaltungen und als Laudator bei Preisverleihungen eingeladen hatte, der in Talkshows gesessen und mit den erfolgreichsten Wintersportlern seiner Zeit per Du gewesen war.

Hier, am düsteren Gleis des Pasewalker Bahnhofs, verband ihn nichts mehr mit dieser Person. Vielleicht war er ja nicht Konrad Fall, der Sportmoderator, sondern Konrad Fall, der Hausmeister oder Friedhofsgärtner. Er konnte sich einigermaßen entsinnen, wie er in den letzten Tagen bei einem Bestatter Namens

Pölke gewohnt, dessen Frau begafft und mit Andrej Fischer versucht hatte, über einen nicht stattfindenden „Weltuntergang“ zu berichten. Das war alles klar. Aber davor, was war davor? Er war doch berühmt gewesen, er war doch nur irgendwie hineingeraten in diese hirnrissige Berichterstattung, aber warum? Er war doch bekannt gewesen, aber wofür nochmal?

Konrad Fall flossen die Tränen die Wangen hinab als der Zug nach Berlin in den Bahnhof einfuhr, quietschend hielt und die zwei Polizisten und der Roboter endlich Feierabend machen konnten. Er stieg ein, setzte sich ins obere Stockwerk des Waggons, konnte aber keine Ruhe finden. Je mehr er versuchte, sich zu erinnern, wie alles gekommen war, desto weniger konnte er es sich erklären. Irgendwann hielt Konrad Fall es nicht mehr auf dem Sitz aus und er begann, unruhig die Gänge entlangzuwandern. Vereinzelt fragte er Mitreisende, die versehentlich seinen Blick erwiderten, ob sie ihn erkannten, ob sie wüssten, wer er sei. Er selbst habe den Verdacht, dass er ein bekannter Sportmoderator sei. Ob sie ihn erkennen würden? Sie sollten doch bitte mal genau hinsehen.

Die Menschen wichen ängstlich zurück, er rückte näher, ergriff Arme, klammerte sich an einzelnen Passagieren fest, die so aussahen, als würden sie etwas wissen. Dann fand er einen, der ihn erkannte. Aber es war jemand, der nur die Anschuldigungen aus dem Infonet kannte. Jemand, der die Nachricht über Konrad Falls Freispruch verpasst hatte, der offenbar auch einen schweren Tag gehabt hatte und Konrad Fall mit zwei Faustschlägen vor der Toilette niederschlug.

„Dich Schwuchtel will keiner kennen!“

„Hey, lass mal den Typen los! Wallah, ich kenn’ den!“

„Das glaube ich, dass du den kennst.“

„Khaled, komm mal, hilf mal mit, du Hund!“

„Lass die Kartoffeln das doch selbst ausmachen.“

„Ich kenn den, der ist wirklich aus dem Fernsehen, komm wir helfen dem, dann werden wir berühmt.“

„Mir tut meine Hand noch von gestern weh."
„Ach, komm. Wenn wir alle hingehen?"

Es fanden sich vier Kreuzberger Jungs, die Konrad Fall, der zusammengekauert und wimmernd vor der Zug-Toilette lag, von dort wegzogen. Sie legten ihn quer über die ausklappbaren Sitze im unteren Teil des Zuges und postierten sich wie eine Schildwache um ihn herum.

Der Zug holperte durch die Dunkelheit, Richtung Berlin. Konrad Fall kam es vor, als würde er in einem Lazarettzug von der Front in die Heimat gebracht. Er fühlte sich sicher und behütet, die Kameraden würden auf ihn aufpassen, die Kameraden würden ihn nach Hause bringen.

Ganz so weit, wie vom verwundeten Konrad Fall erhofft, ging die Liebe seiner neuen Kameraden aber nicht, sie übergaben ihn vor den Drehtüren des Berliner Hauptbahnhofes der Obhut eines arabischen Taxifahrers. Dieser hätte den nur noch zusammenhangslos Lallenden fast auf halber Strecke ausgesetzt, weil er nicht verstehen konnte, wo sein Fahrgast hinwollte. Aber mit vereinten Kräften schafften sie es in die Pariser Straße.

Konrad Fall kroch auf allen vieren die Marmortreppe zu seiner Wohnung hoch, suchte nach seinem Schlüssel, den er nicht fand, und schloss dann die Augen. Er sah eine schöne schneebeschwerte Fichte, eine Loipe mit einer wunderbar geraden Spur in der weiß-glitzernden Landschaft. Das erinnerte ihn daran, wie er einen bekannten Biathleten auf dem Höhepunkt der Karriere gefragt hatte, was denn danach komme, nach den Siegen, den Pokalen und dem Ruhm.

„Dann mache ich eine Würstchenbude im Schwarzwald auf."

ENDE

Ebenfalls erschienen

FLORIAN LANGBEIN:
„Wetterleuchten“
(Roman)

Softcover, ca. 208 S., Edition Periplaneta
print ISBN: 978-3-95996-121-9
epub ISBN: 978-3-95996-122-6

„Es braucht nur einen winzigen Funken, der das, was in uns schlummert, in ein gleißendes Inferno verwandelt, einen winzigen Funken, der uns die Grenzen unseres Lebens sprengen und uns in den Wahnsinn abgleiten lässt. Der menschliche Geist ist wie ein mit Benzin übergossener Haufen alter Autoreifen. Er kann sein eigener Scheiterhaufen werden. Wir müssen nur so mutig – oder so dumm sein, das Streichholz anzuzünden.“

Was, wenn du jede verrückte Idee, jeden zerstörerischen Impuls ausleben könntest? Das ist die Frage, die sich Thorsten stellt, als sein bester Freund, der charismatische, nun schwerkranke David ihn und seine Freunde dazu auffordert, ihm ein paar unvergessliche letzte Tage zu bereiten. Die acht einst unzertrennlichen Menschen lassen sich auf ein Abenteuer ein, auf dessen brachiale Konsequenzen sie nicht vorbereitet sind.

Mit Florian Langbein geht ein weiterer Slam-Poet bei Periplaneta unter die Romanciers. „Wetterleuchten“ ist ein furioser Entwicklungsroman, der sich aus einer ungewöhnlichen Perspektive mit gegenwärtigen gesellschaftlichen Entwicklungen und Phänomenen auseinandersetzt.

versandkostenfrei bei
www.periplaneta.com

Ebenfalls erschienen

JOHANNES KRÄTSCHELL: „Herr Schlau-Schlau wird erwachsen“

Buch & MP3-CD, Hardcover, 178 S./104 min.
20,6×13,5 cm, ISBN: 978-3-95996-030-4,
GLP: 20,00 € (D)

Hannes ist fassungslos: Seine Eltern setzen ihn einfach so vor die Tür. Nach 35 Jahren unter einem Dach. Dabei hat er doch nie gestört, zahlt pünktlich seinen Mietanteil, wäscht seine Unterhosen selbst und hat nur ein Mal eine Frau mit nach Hause gebracht. Zwischen seinen viertausend Büchern und dem trockenen Rotwein aus Apulien war seine Welt bisher übersichtlich und in Ordnung.
Unsanft aus dem Nest gestoßen versucht er, voller Selbstmitleid, die abgetragenen Mauern seines Lebens an anderer Stelle wieder aufzubauen. Doch schon am ersten Abend in seiner neuen Wohnung klingelt es an der Tür. Mit einem Begrüßungstropfen und einer Kiste Weinbrandbohnen in den Händen stellt sich sein Nachbar aus dem Erdgeschoss vor. Und der hat ein völlig anderes Lebenskonzept ...

Johannes Krätschells mitreißender Roman erzählt charmant und aberwitzig Episoden einer verspäteten Menschwerdung. Ein Plädoyer gegen die Angst vor Veränderung und eine Laudatio auf das Leben, wie es eben ist: trostlos, köstlich, tragisch, fabelhaft und vor allem unvorhersehbar.
Das Buch erscheint als limitierte, komplett in Berlin gefertigte, fadengebundene Hardcover-Edition, die eine 104 Minuten lange Lesebühnenfassung des Romans als MP3-CD enthält, die der Autor eingelesen hat.
Das Cover stammt von Herrn Krätschells Kollege Benjamin Kindervatter, mit dem er seit Jahren die berühmten Leseduelle bestreitet.

versandkostenfrei bei www.periplaneta.com